Paul Colize

Paul Colize est né en 1953. Il vit à Waterloo près de Bruxelles. *Back up* a été lauréat du prix Saint-Maur en poche. *Un Long moment de silence* a été lauréat du prix Landerneau polar, prix du Boulevard de l'Imaginaire, finaliste du Grand Prix de littérature policière et, comme *Back up*, finaliste du prix Rossel en Belgique. Il a également été sélectionné pour le prix des lecteurs de Quais du Polar.

L'Avocat, le nain et la princesse masquée est son dernier ouvrage, paru aux éditions de la manufacture de livres en 2014.

L'AVOCAT, LE NAIN ET LA PRINCESSE MASQUÉE

PAUL COLIZE

L'AVOCAT, LE NAIN ET LA PRINCESSE MASQUÉE

LA MANUFACTURE DE LIVRES

Pocket, une marque d'Univers Poche,
est un éditeur qui s'engage pour la préservation
de son environnement et qui utilise du papier fabriqué
à partir de bois provenant de forêts gérées
de manière responsable.

Le Code de la propriété intellectuelle n'autorisant, aux termes de l'article
L. 122-5, 2° et 3° a, d'une part, que les « copies ou reproductions strictement réservées à l'usage privé du copiste et non destinées à une utilisation collective » et, d'autre part, que les analyses et les courtes citations dans un but d'exemple et d'illustration, « toute représentation ou reproduction intégrale ou partielle faite sans le consentement de l'auteur ou de ses ayants droit ou ayants cause est illicite » (art. L. 122-4).
Cette représentation ou reproduction, par quelque procédé que ce soit, constituerait donc une contrefaçon, sanctionnée par les articles L. 335-2 et suivants du Code de la propriété intellectuelle.

© La Manufacture de livres, 2014
ISBN : 978-2-266-25432-8

PROLOGUE

Le mariage est la principale cause de divorce.

Sans le premier, le second n'aurait jamais vu le jour. L'affaire se limiterait à une séparation assortie de quelques larmes ou de vagues reproches. La vie reprendrait ensuite son cours et chacun poursuivrait son chemin la tête haute.

Un coup de gueule fielleux ou un suicide avorté viendrait de temps à autre troubler l'ordre des choses, mais ce ne seraient que des cas isolés.

Il n'y aurait pas ces discussions orageuses, ces règlements de comptes miteux, ces débats houleux, ces polémiques sordides, ces déballages impitoyables et ces vaines tentatives de réconciliation. Il n'y aurait ni palabres interminables, ni négociations nauséeuses pour la garde du chien ou la répartition de la vaisselle.

Sans mariage, le divorce n'existerait pas, j'aurais fait autre chose de ma vie et je n'en serais pas arrivé là.

LUNDI 22 AOÛT 2011

1

LA FIANCÉE DU PIRATE

— Vous ne trouvez pas ça scandaleux ?

Nolwenn Blackwell était plantée devant moi, les jambes écartées, les seins menaçants, la minirobe en tension maximale.

Comme tout un chacun, j'avais eu l'occasion d'apprécier sa plastique à la télévision, en particulier lors de ses démêlés médiatiques avec son footballeur. Néanmoins, la voir virevolter en chair et en galbe dans mon bureau me faisait plus d'effet que je ne l'aurais imaginé.

Je fis glisser mes demi-lunes sur le bout de mon nez et la dévisageai.

— Vous savez, madame, dans mon métier, nous assistons tous les jours à des choses scandaleuses, étonnantes ou cocasses.

Plus récemment, je l'avais vue minauder au bras de sa dernière conquête pendant la finale du tournoi de Roland-Garros. Enlacés dans leur loge, ils guettaient les caméras en se bécotant comme des collégiens. Au début du mois de juillet, sa conquête était devenue son futur conjoint.

— Des choses cocasses ? Vous plaisantez ? Un

13

homme qui vous trompe avec une prostituée aux yeux de tous ? Vous trouvez ça cocasse ?

Au début du mois, un paparazzi avait immortalisé son fiancé alors qu'il batifolait avec une stripteaseuse au bord d'une piscine dans une villa tropézienne.

De fait, je trouvais la chose cocasse.

— Non, bien entendu, ce n'est pas ce que j'ai voulu dire.

Elle lança les bras en l'air.

— De quoi ai-je l'air ? Nous étions censés nous marier. Les tabloïds sont déchaînés. Je suis la risée de la planète.

Elle n'avait pas tort.

En revanche, annoncer sa décision de rompre les fiançailles à la une de la presse people sans en informer le principal intéressé n'était pas l'approche la plus habile pour tempérer la verve journalistique.

D'un geste théâtral, elle posa la main sur sa poitrine.

— Moi, Nolwenn Blackwell, la risée de la planète !

Le visage meurtri, elle s'assit, prit sa tête entre ses mains et se mit à pleurer.

Au début de ma carrière, ce genre de réaction me désemparait. J'exprimais ma compassion, je leur offrais des Kleenex, je leur proposais quelque chose à boire.

Avec l'expérience, j'ai compris que cela ne servait à rien.

À présent, j'attends la fin de l'averse. Quand la scène perdure, je marque des signes d'impatience, je soupire, je toussote, je regarde l'heure.

Ils récidivent rarement.

Leurs larmes ravalées, je leur sers mon discours habituel.

Un divorce doit être appréhendé comme un business.

C'est une affaire comme une autre. Du commerce. Du marchandage. Aucune négociation ne se gagne dans l'émotion.

En règle générale, les femmes embraient, certaines deviennent de redoutables businesswomen. Les hommes préfèrent lâcher du lest et cracher au bassinet, pour autant qu'on leur fiche la paix. Ils ont suffisamment à faire avec la gamine qui remplace leur épouse et monopolise leur énergie.

Je m'abstins de le préciser, convaincu qu'elle le voyait comme tel.

Je l'observai à la dérobée.

Nolwenn Blackwell était le premier top model belge à avoir embrassé une carrière internationale. Mannequin dès ses treize ans, elle avait défilé pour les plus grands couturiers alors qu'elle en avait à peine dix-sept. Son mètre quatre-vingt-cinq, sa longue chevelure blonde, ses grands yeux verts striés d'or et ses formes avantageuses avaient ensorcelé les responsables de casting les plus retors.

À dix-neuf ans, elle avait quitté le plat pays et s'était installée à New York. Une publicité géante sur Times Square avait fini de forger sa réputation. Elle y apparaissait en tenue légère pour vanter une nouvelle gamme de croquettes pour chiens.

Entre une séance de photos et deux défilés, elle avait séduit Roberto Zagatto, un international de football argentin qui évoluait dans un club de pointe anglais. Six mois plus tard, leur relation avait pris fin par insultes interposées dans la presse à scandale.

Au début de l'année, elle avait jeté son dévolu sur Amaury Lapierre, un capitaine d'entreprise de trente ans son aîné qui lui arrivait au menton, riche héritier d'un grand groupe industriel français et ami personnel de qui on sait.

Après que la vidéo d'une interview confession qui versait dans une mièvrerie pitoyable eut créé le buzz sur Internet, l'opinion publique s'était émue ; le petit Amaury avait-il la carrure suffisante pour diriger un groupe de vingt mille personnes qui pesait plus de deux milliards d'euros en Bourse ?

Son conseil d'administration lui avait recommandé de se montrer plus réservé ou d'officialiser sa relation, d'autant que son addiction pour le poker et les jeux de hasard avait déjà défrayé la chronique quelques années auparavant.

Elle releva la tête et essuya ses larmes.

— Je me sens trahie, outragée, bafouée.

J'ôtai mes lunettes.

— Pourquoi être venue me voir ?

Elle se moucha.

— Vous êtes le meilleur.

Je pressentais cette réponse, mais dans sa bouche, elle prenait fière allure. Il est vrai qu'en quinze ans de carrière et plus de cinq cents divorces j'avais connu peu de revers.

Je m'éclaircis la voix et pris un ton conciliant.

— Je vous remercie, madame, mais vous n'êtes pas encore mariée, que je sache.

Mariée, l'affaire eût été un jeu d'enfant.

Elle avait été gravement offensée par le comportement outrancier de son époux, comportement qui rendait impossible toute poursuite de la vie commune. Il m'aurait suffi de plaider la désunion irrémédiable, de débattre le prix et d'établir ma note d'honoraires.

— Je suis sûre que vous pouvez faire quelque chose. On m'a dit que vous trouveriez une solution.

À l'origine, je ne me destinais pas à cette spécialité. Je rêvais de devenir la diva du pénal, je voulais défendre la veuve et l'assassin.

Le sort en a décidé autrement.

À la fin de mes études de droit, j'avais ouvert mon propre cabinet au lieu de rejoindre une grande association comme l'avaient fait la plupart de mes camarades.

Après une traversée du désert et quelques loyers impayés, j'avais reçu la visite d'un homme en instance de divorce. La procédure s'éternisant, il envisageait de réclamer des dommages et intérêts à sa future ex-épouse pour absence de vie sexuelle. L'homme se déclarait dans l'impossibilité de poursuivre une vie normale, son statut de catholique pratiquant l'empêchant d'avoir des relations sexuelles hors mariage.

Son avocat lui avait ri au nez.

Poussé par mon découvert, j'avais pris l'affaire. J'avais jeté mes forces dans la bataille et obtenu gain de cause.

Ce premier succès avait scellé mon destin.

— Qu'attendez-vous de moi, madame Blackwell ?

Elle se releva, se pencha en avant et frappa du plat de la main sur le bureau.

— Que vous lui fassiez regretter ses actes.

Je profitai de la proximité pour sonder la profondeur de son décolleté.

— Qu'entendez-vous par là ?

— Que vous lui fassiez cracher le dernier centime du dernier euro de son dernier million, que vous le ridiculisiez comme il m'a ridiculisée, que vous lui fassiez un procès retentissant et que vous le discréditiez aux yeux de tous.

Le vernis se fendillait.

— Sans vouloir vous servir un lieu commun, la sagesse populaire dit qu'un mauvais arrangement vaut mieux qu'un bon procès.

Elle haussa le ton.

— Je ne veux ni mauvais ni bon arrangement, je ne veux pas d'arrangement du tout. Je veux ruiner sa réputation, ruiner sa carrière, ruiner sa vie et vous seul êtes capable de m'aider à le faire.

J'actai.

Le secret de ma réussite ne tenait pas à ma bonne connaissance des rouages de la justice belge, mais plutôt à la mise à profit des lacunes du Code civil et des vides juridiques. En outre, je n'hésitais pas à faire appel à certains techniciens pour servir les intérêts de mes clients ; photographes, portiers, serruriers, tenanciers de bar, danseuses légères, séducteurs, éboueurs, ingénieurs du son, faussaires, flics retraités et anciens de la Légion étrangère faisaient partie de mes fournisseurs attitrés.

En règle générale, la hauteur de mes honoraires me permettait de trier ma clientèle sur le volet. Pour témoigner de mon opiniâtreté à vaincre, je me faisais rétribuer au *success fee*, un pourcentage que je me réservais sur les sommes conquises.

Je n'avais pas que des affaires juteuses à traiter, tant s'en fallait, mais lorsqu'un divorce d'envergure se profilait en Belgique, l'un des conjoints débarquait à coup sûr chez moi.

— L'affaire n'est pas des plus simples, madame. Votre relation avec M. Amaury Lapierre est malgré tout assez récente. Étiez-vous domiciliés à la même adresse ?

Elle martela à nouveau le bureau en s'accompagnant du talon, manie qui commençait à m'agacer.

— Non, mais la date du mariage était fixée, les lieux étaient réservés, la liste des invités était prête.

— J'en conviens, madame, mais aux yeux de la justice, vous n'êtes pas mariée.

Elle croisa les bras.

— Ce qui signifie que je n'ai aucun droit ? Nous sommes au XXIe siècle, non ? Une femme peut se faire déshonorer dans un pays industrialisé sans qu'elle ait le moindre recours ? C'est ça, la justice ?

J'étais en outre capable d'évaluer en quelques minutes les forces en présence et de soupeser mes chances de réussite.

— Jouons cartes sur table, quelle somme avez-vous en tête ?

La question la désarçonna.

Le droit français en la matière ne m'était pas inconnu. J'avais déjà eu l'occasion de croiser le fer avec mes confrères parisiens. Je connaissais leur propension aux envolées grandiloquentes. À leurs effets de manche, j'opposais une retenue verbale et un pragmatisme de bon aloi.

Une nouvelle croisade dans l'Hexagone n'était pas pour me déplaire.

Elle fit aller sa bouche de gauche à droite.

— Dix millions !

Je tiquai.

— Vous êtes gourmande.

— Huit ?

Atteinte à l'honneur, rupture offensante. L'affaire était délicate, mais jouable.

— Je travaille au pourcentage.

— Je ne descendrai pas en dessous de sept. Vingt pour cent pour vous.

— Trente-cinq.

— Vingt-cinq.

J'esquissai une moue dubitative et laissai le silence accomplir son œuvre.

Il ne fallut pas plus d'une dizaine de secondes pour qu'elle cède.

— Trente, mais j'y perds.

J'inclinai le buste en signe d'acquiescement.

— Bien. Cet aspect étant réglé, penchons-nous sur le dossier.

2

PARFUM DE FEMME

Nous levâmes nos flûtes et les fîmes tinter.

— À votre succès.

— À notre succès.

Elle avala une lampée de champagne et plissa les yeux.

— C'est comment votre petit nom ? Henri, Hector ?

Le serveur remit la bouteille dans le seau à glace et saisit l'occasion pour me lancer une œillade.

— Hugues.

Elle réprima un rire.

— Hugues ? Ce n'est pas un peu vieux jeu ?

— Mes parents sont très snobs.

Le climat s'était réchauffé. La bouteille de Roederer Cristal que nous savourions avait joué une part active dans l'opération. Mon cerveau commençait à s'embrouiller et la diction de Nolwenn devenait pâteuse.

— Pourtant, Tonnon, ce n'est pas très snob.

— Ma mère est née Marie-Thérèse de Bergerhode.

Nous avions d'emblée entamé l'examen du dossier.

Je lui avais posé une série de questions et elle y avait répondu avec précision. Dans ce genre d'affaires,

21

le succès ou l'échec peut dépendre d'un infime détail. Un geste, une parole, une anecdote, une note de restaurant égarée, tout est susceptible d'être exploité.

Durant cette phase exploratoire, j'avais entre autres appris qu'elle s'appelait Gisèle Duplat dans la vraie vie, ce qui, pour tout dire, était moins glamour que Nolwenn Blackwell.

J'avais également pu constater qu'elle était loin de la caricature de ravissante idiote que l'on prête généralement aux représentantes de sa profession. Elle était vive, cultivée et avait le sens de l'humour.

— Hugues de Bergerhode, quelle classe ! En plus, avec vos cheveux noirs et vos yeux bleus, vous êtes plutôt beau gosse.

Je fis une réponse sobre.

— On me le dit quelquefois.

Nous avions travaillé plus de deux heures.

À 20 heures, elle m'avait proposé de faire une pause et d'aller prendre un verre. Comme elle repartait le lendemain pour New York et que mon emploi du temps était fort chargé, je lui avais suggéré de le faire suivre par un dîner léger, ce qui nous permettrait de poursuivre nos échanges et de faire progresser le dossier.

— Vous êtes marié ?

— Je ne l'ai jamais été et ne le serai jamais. Je fais partie des chausseurs bien chaussés.

— Vous êtes contre le mariage ?

— Je suis contre le divorce, ce qui revient au même.

Je l'avais emmenée au Cercle Royal Gaulois dont j'étais un membre assidu.

Enfoui dans le parc de Bruxelles, l'endroit était convivial et discret. Il fallait montrer patte blanche pour y entrer, ce qui était propice à la situation. Je ne tenais pas à apparaître dès le lendemain en couverture d'un quotidien, même si le risque était limité.

À l'inverse des États-Unis, où une banale salle d'audience pouvait revêtir des allures de plateau hollywoodien, la Belgique ne considérait pas la publicité qui entoure les affaires juridiques comme l'expression solennelle de la liberté d'expression. Les choses allaient changer et j'en tirerais certainement profit, mais je n'étais pas encore familiarisé avec les finesses de l'outil.

— Vous êtes gay ?

— Marié ou gay, c'est assez réducteur.

— Ne me dites pas que vous êtes un célibataire endurci.

— Disons que je suis célibataire par conviction.

— C'est ce que disent les vieux garçons maniérés qui vivent dans un milieu aseptisé.

— On peut apprécier l'ordre et la propreté sans être monomaniaque.

Elle prit un air entendu.

— Bien sûr.

Un ange passa, la photo de mon appartement bien rangé glissée entre les ailes.

Le chef de salle intervint à point nommé. Notre table était prête. La fin août était clémente, il nous avait installés dans les jardins.

À l'instar du serveur, il ne se priva pas de m'adresser une moue admirative au passage. La présence de Nolwenn n'était pas passée inaperçue. Certains convives l'avaient reconnue et les commentaires allaient bon train. La majorité des hommes présents avaient les yeux qui sortaient de leurs orbites.

Nous laissâmes le dossier de côté et prîmes notre repas en parlant de choses et d'autres.

Elle me parla de son enfance, de ses débuts dans le métier, de la jalousie viscérale dont se nourrissaient ses consœurs et de ses ambitions cinématographiques. Elle ne put s'empêcher de se plaindre des errements de Lapierre et de son addiction au jeu qui lui avait valu de passer de longues soirées en solitaire.

Elle prit également la liberté de me livrer quelques confidences intimes.

— En plus, sur le plan de ce que vous savez, c'était loin d'être Casanova.

— Vous m'en voyez navré.

— Ça vous choque que je vous dise ça ?

— Aucunement, mais l'argument est inutilisable légalement.

— Les lois sont mal faites, on punit le harcèlement sexuel, mais on tolère l'incompétence.

La France avait récemment abrogé le délit de harcèlement sexuel, mais je ne crus pas opportun de m'étendre sur le sujet.

Une bouteille de médoc nous tint compagnie et nous terminâmes le repas par un cognac millésimé.

Je ne réclamai pas l'addition, la note était portée sur mon compte.

Elle en fut surprise.

— Vous ne payez pas ?

— Ils ont confiance en moi.

Elle parut hésiter.

— À ce propos, Hugues... je peux vous appeler Hugues ?

Je compris par là qu'elle avait une question embarrassante à me poser.

— Officieusement, je vous l'autorise.

— Concernant la provision…

Je comptais mettre ce point à l'ordre du jour de notre prochaine rencontre. Dans les affaires de divorce, les revirements de situation sont à ce point légion qu'il est prudent de demander une avance avant d'entreprendre une quelconque démarche active.

— Rien ne presse, vous pouvez me faire un virement.

Elle se pencha en avant et m'invita à en faire autant.

— J'attends une coquette somme d'argent dans les tout prochains jours, mais je n'aimerais pas que ce détail freine votre enthousiasme.

Elle ôta sa montre et la glissa dans ma main.

J'avais eu le temps de l'examiner. C'était une Rolex en or sertie de diamants, outrancière et hors de prix. Son cadeau de fiançailles, à n'en pas douter.

— Prenez-la, en attendant. De toute façon, je la déteste et je comptais la revendre.

Je la glissai dans ma poche.

— Je la tiens à votre disposition, je vous ferai parvenir un reçu dès demain.

— Inutile, je vous fais confiance.

Je sentis les effets de l'alcool lorsque je me levai.

Elle chancela et se retint à mon bras.

— Vous êtes grand, Hugues, vous mesurez combien ?

— Un mètre quatre-vingt-treize, comme Lincoln, de Gaulle et Mandela.

— Ben Laden aussi, si j'ai bonne mémoire.

Elle conserva mon bras et nous traversâmes la salle sous les regards inquisiteurs des membres bien-pensants.

Lorsque nous arrivâmes sur le parking, elle trébucha

et prit appui sur moi. Par précaution, je passai la main autour de sa taille pour prévenir un nouveau glissement de terrain.

— Hugues, je ne peux pas conduire dans cet état. Vous voulez bien appeler un taxi ?

Je m'arrêtai net et auscultai le ciel.

Un étrange pressentiment m'assaillit.

J'arrivais à la croisée des chemins et il me fallait prendre une décision. Le choix que j'allais faire risquait de changer le cours de ma vie. J'entrevoyais les conséquences potentielles des différentes options qui m'étaient offertes et identifiai sans peine la plus mauvaise d'entre elles. Pourtant, je savais que c'est cette plus mauvaise décision que j'allais prendre. J'avais assez d'expérience pour savoir ce dont une femme est capable lorsqu'elle est en rupture affective. Qui plus est, si elle a un verre dans le nez.

Je contemplai une nouvelle fois l'astre lunaire.

Il n'était pas trop tard, je pouvais encore me ressaisir et prendre la bonne décision.

Je m'entendis prononcer :

— Je préfère vous raccompagner. À cette heure-ci, vous risqueriez de tomber sur un chauffeur en état d'ébriété.

3

NUIT D'IVRESSE

Le pied-à-terre de Nolwenn se trouvait dans le bas d'Uccle, non loin de la place Saint-Job, à moins d'un kilomètre de mon domicile.

Elle habitait dans un immeuble sans style, comme il en existe de nombreux dans le quartier. J'étais passé des centaines de fois devant le sien sans y prêter attention.

— Soyez gentil, Hugues, aidez-moi à monter, je risque de m'effondrer dans l'ascenseur.

Même si je tenais mieux l'alcool qu'elle, j'éprouvai quelques difficultés à me garer et dus m'y reprendre à deux fois.

Je sortis, contournai la voiture et l'aidai à sortir.

Elle semblait avoir retrouvé quelque peu ses esprits, mais son pas restait hésitant.

Nous traversâmes la rue et gravîmes les quelques marches qui menaient à la porte d'entrée. Elle tâtonna pour parvenir à introduire la clé dans la serrure.

Nous prîmes l'ascenseur et nous arrêtâmes au troisième.

Elle se dirigea vers l'une des portes, fit volte-face et leva le doigt.

— Ne faites pas attention au désordre, Hugues. Je n'ai pas de femme de ménage, je ne viens que rarement dans cet appartement. Avant, je possédais un aquarium avec un tas de poissons exotiques. Quand je rentrais, ils étaient tous morts. C'était atroce, ils flottaient à la surface, la bouche ouverte. Je devais en racheter d'autres, ça me coûtait une fortune. Vous avez des animaux, Hugues ?

— Un nid de fourmis dans le jardin. Je suis preneur d'une solution pour qu'elles soient mortes quand je rentre.

L'appartement était de belles dimensions. Le chaos qui régnait évoquait davantage la chambre d'étudiante que la résidence d'un top model. L'essentiel du mobilier provenait du catalogue Ikea. Des animaux en peluche et des bibelots encombraient les étagères. Des vêtements pendaient aux chambranles des portes et une photo géante d'elle, en tenue d'Ève, alanguie sur un divan, occupait l'un des murs.

Un bref coup d'œil à l'instantané me permit de noter qu'elle était une vraie blonde.

— Vous aimez ?

Je pensais avoir été discret.

— Beaucoup.

— Issue de ma collection personnelle. Celle-là est l'une des plus innocentes. Amaury voulait que je les fasse disparaître.

— Il a déclaré cela devant témoins ?

Atteinte à la liberté personnelle, tentative d'asservissement.

— Non, pas que je sache. Oubliez le dossier pour l'instant.

— Il ne faut rien négliger.

— Vous ne lâchez jamais prise ? Je vous offre un verre ?

— Il serait plus raisonnable de s'en tenir là et d'aller dormir.

Elle leva les yeux au ciel.

— Vous êtes attendu quelque part ?

— Non.

— Alors, lâchez-vous un peu, Hugues. J'ai un cognac hors d'âge dont vous me direz des nouvelles.

— Dans ce cas, un petit, en vitesse.

Elle disparut dans la cuisine et je m'installai dans le canapé.

Un amoncellement de brochures publicitaires et de courrier non ouvert parsemait la table basse. Le monticule était encadré de canettes de Coca light, de pots de yaourt vides, de gadgets insignifiants et d'un quotidien allemand.

Même si je n'étais attendu nulle part, j'étais moins célibataire que je ne l'avais laissé entendre. J'entretenais depuis trois ans une relation intermittente avec une femme d'affaires impitoyable dénommée Caroline.

Elle partageait ma vision du mariage, même si elle y avait goûté en son temps. De cette union éphémère était née une petite peste colérique et butée qui ne me portait pas dans son cœur. Un lien fusionnel unissait la mère et la fille, raison pour laquelle nous faisions appartements séparés.

Hormis les rares nuits où sa progéniture logeait chez son père, nous ne nous voyions que pour dîner au restaurant, visionner un film, assister à une pièce de théâtre ou soulager notre libido.

J'estimais être dans le top trente de ses priorités, loin

derrière sa fille, sa carrière, son image et son enrichissement personnel.

Nolwenn reparut, les bras chargés d'une bouteille de liquide ambré et de deux verres. Elle les posa sur la table et se dirigea vers la chaîne haute-fidélité.

— Musique ? Vous aimez le *smooth jazz* ?

— Beaucoup. Surtout s'il est vocal. Michael Franks, si vous avez.

— Connaisseur, je vois.

Les premières mesures de *Chain Reaction* et la voix suave de Michael Franks s'élevèrent dans la pièce.

Elle s'assit à mes côtés et remplit nos verres.

Je remarquai qu'elle avait profité de son éclipse pour s'asperger d'un parfum sensuel.

— À nous, Hugues.

— À nous.

Je pris une gorgée et l'avalai.

Une déflagration secoua l'appartement, mon cœur s'arrêta de battre et je cessai de respirer.

Nolwenn était hilare.

— Je vous avais prévenu, Hugues, c'est du cognac hors d'âge, il doit avoisiner les soixante degrés. Cadeau d'un fan, comme la plupart des babioles qui traînent ici.

De la lave me dévorait les entrailles. Une boule de braise remonta à la surface. Je devais être écarlate.

Je tentai un mot d'esprit, mais aucun son ne sortit de ma bouche.

Elle se pencha et dénoua ma cravate.

— On respire.

Elle défit le bouton de ma chemise et ouvrit le col.

— On se détend.

Elle s'attaqua au deuxième bouton et poursuivit la manœuvre jusqu'au dernier.

Je cherchais toujours l'air lorsqu'elle glissa la main dans l'échancrure de ma chemise et se mit à me caresser la poitrine.

Elle approcha sa bouche de mon oreille.

— On se laisse aller.

Sa tête glissa dans mon cou, descendit le long de mon torse. Sans crier gare, elle me mordilla un téton. Une onde de plaisir se propagea jusqu'à l'extrémité de mes orteils.

Elle poursuivit lentement la descente.

Je renversai la tête en arrière et croisai le regard d'un singe en plastique qui observait la scène depuis le sommet de la bibliothèque.

Sa bouche était à la hauteur de mon nombril lorsqu'elle détacha ma ceinture et ouvrit mon pantalon.

Elle parut satisfaite de ce qu'elle y trouva.

— Mon Dieu, Hugues !

Un sursaut de bienséance m'envahit. Je saisis sa tête à pleines mains dans le but de me soustraire à la caresse, mais sa bouche entama l'irrépressible va-et-vient.

J'imagine sans peine ce que pourraient penser les femmes de mon comportement, et elles n'auraient pas tort. Quant aux hommes qui seraient tentés de me jeter la pierre, je leur demanderais de me dire, en leur âme et conscience, ce qu'ils auraient fait à ma place ?

MARDI 23 AOÛT 2011

4

LE FACTEUR
SONNE TOUJOURS DEUX FOIS

La sonnerie du téléphone résonna.

J'ouvris un œil, assailli par la sensation qu'une foreuse me transperçait les tympans.

Je m'assis dans le lit.

J'étais chez moi.

Seul.

Le jour était levé et je n'avais pas coupé mon portable.

J'avais une gueule de bois phénoménale, mon cœur tambourinait dans mes tempes et des relents de cognac agressaient mes narines. Je ne connaissais que trop bien ces lendemains de veille ; le lingot de plomb dans la tête, la ligne d'horizon indécise, la nausée lancinante et la conviction profonde que la mort, imminente, sera une délivrance.

Je tâtonnai à la recherche du téléphone et consultai l'écran.

Caroline.

Je jetai un coup d'œil au réveil.

9 h 10.

— Bonjour, ma chérie.

— Bravo !

Un déclic et un chuintement continu s'ensuivirent.

Il m'était déjà arrivé d'essuyer des formules approchantes, mais elle les assortissait d'une explication avant de raccrocher.

Je me levai avec précaution et enfilai ma robe de chambre. Mes vêtements disséminés çà et là me permirent d'imaginer ce que furent mes derniers instants avant le naufrage. Mon caleçon et mes chaussettes traînaient au pied du lit, ma chemise était roulée en boule à l'entrée de la chambre, mon pantalon et mon veston gisaient dans le hall d'entrée.

Je me dirigeai d'un pas prudent vers la cuisine.

J'explorai l'armoire à pharmacie, m'affalai sur une chaise et contemplai la désagrégation de trois comprimés d'Alka-Seltzer dans un verre d'eau.

Le carillon de la porte d'entrée retentit au moment où je tentais d'avaler la mixture.

Elle avait fait vite.

Elle s'était emportée pour une raison quelconque, avait raccroché dans un geste irraisonné et éprouvait quelques scrupules. Elle venait à présent me présenter ses excuses.

Je jetai un coup d'œil dans le miroir. J'étais dans un état pitoyable ; les cheveux en bataille, le teint blafard, les yeux bouffis, soulignés de larges cernes bleuâtres.

La sonnerie résonna une seconde fois. Je tentai tant bien que mal de composer un sourire avenant et ouvris la porte.

Ils étaient deux.

Ils auraient pu passer pour frères.

Petits, ils avaient forcé sur les séries télé, il ne leur manquait que le Stetson et l'imperméable fripé.

— Monsieur Tonnon ?

— C'est moi.

Le visage de celui qui m'avait adressé la parole ne m'était pas inconnu.

— Jean-Paul Witmeur, inspecteur principal à la RL Crime de Bruxelles.

Witmeur ?

Il fit un geste en direction de son double.

— Michel Grignard, mon collègue. Nous pouvons entrer ?

Jean-Paul Witmeur ?

Je fouillai dans ma mémoire. Le cheveu gras, le nez luisant, une épaule plus haute que l'autre. J'étais certain d'avoir déjà eu affaire à ce Witmeur.

— Bien sûr, messieurs. Que me vaut votre visite ?

— Nous avons quelques questions à vous poser.

Ils prirent l'initiative d'entrer.

Witmeur lança un coup d'œil aux habits éparpillés sur le sol et les enjamba sans un mot.

— Où étiez-vous cette nuit, vers 4 heures ?

La voix, l'intonation traînante.

Je savais d'où je le connaissais.

Witmeur/Depasse

Une affaire que j'avais traitée deux ans auparavant.

Il était alors marié à une jeune femme timide, réservée et soumise qu'il trompait à tour de bras.

Pour ses trente ans, il lui avait offert une opération des seins. L'intervention avait été au-delà d'un simple affermissement de son tour de poitrine. Elle avait pris confiance en elle et s'était épanouie. Après des années de dépérissement, la chrysalide était devenue papillon. Dans la foulée, elle avait découvert la double vie de son mari, pris un amant et demandé le divorce.

Nous l'avions emporté sur toute la ligne. Pour la beauté du geste, j'avais réclamé à son ex la moitié du montant prêté pour l'intervention chirurgicale de sa conjointe. Contraint et forcé, il s'était acquitté de l'ensemble des exigences, mais avait formellement contesté cette dernière. Les huissiers avaient dû s'en mêler.

Je cherchai à briser la glace.

— Nous nous connaissons, il me semble ?

Il me fixa droit dans les yeux.

— Oui, j'ai dû revendre ma moto pour rembourser les nichons de ma femme.

Il se souvenait de moi.

Grignard esquissa un rictus d'embarras tandis que Witmeur sortait son carnet de notes.

— Je répète ma question : où étiez-vous cette nuit, vers 4 heures ?

— Ici. Vraisemblablement.

— Vraisemblablement ?

Son ton suspicieux commençait à m'irriter.

— Que se passe-t-il, monsieur Witmeur, j'ai brûlé un feu rouge ? Je me suis garé sur un passage pour piétons ?

— Connaissez-vous Mlle Nolwenn Blackwell ?

La question me désarçonna.

Je pris l'air inspiré.

— C'est un mannequin, non ?

Il fit un signe de tête à Grignard.

Ce dernier avança d'un pas.

— Mlle Blackwell a été découverte ce matin, dans son appartement, sans vie.

Une longue pratique des prétoires m'avait appris à rester impassible, même lorsqu'on m'assénait un coup de poignard. Malgré cela, j'accusai le coup.

— Morte ?

— Morte.

— Elle a fait un malaise ?

— Deux balles dans la tête.

— Elle s'est suicidée ?

Witmeur intervint.

— Il a dit *deux* balles dans la tête.

— Deux balles dans la tête ? Qui l'a tuée ?

— L'enquête ne fait que commencer, mais nous avons déjà quelques indices. Je répète ma question, connaissiez-vous Mlle Blackwell ?

Nier me parut inutile.

— Elle est passée me voir à mon cabinet, hier après-midi.

— Hier après-midi ?

— Oui, c'est ce que je viens de vous dire.

— Étiez-vous chez elle cette nuit, vers 4 heures ?

— Non, à cette heure-là, j'étais rentré chez moi.

— Rentré chez vous ? Par quel moyen ?

— Pourquoi cette question ?

— Des voisins déclarent avoir vu Mlle Blackwell entrer chez elle vers minuit et demi. Elle était accompagnée d'un homme dont le signalement ressemble fort au vôtre. Cet homme roulait dans une Mercedes Classe E de couleur grise, immatriculée FBG 454. À l'heure qu'il est, cette voiture est toujours garée devant le domicile de Mlle Blackwell et il se trouve que vous en êtes le propriétaire. Je répète la question, par quel moyen êtes-vous rentré chez vous ?

Ils n'avaient pas perdu de temps.

— À pied.

— À pied ?

— Ou en taxi, je ne sais plus.

Je déteste les taxis, les banquettes sont crasseuses et les chauffeurs roulent comme des Huns. À pied me semblait plus probable, même si j'éprouvais quelques difficultés à concevoir que j'avais parcouru un kilomètre en titubant.

— Vous ne savez plus ?

— Franchement, non.

— Avant de rentrer chez vous – vous ne savez plus comment – vous étiez donc chez Mlle Blackwell ?

À l'heure qu'il était, ils avaient déjà prélevé les empreintes et auraient les résultats dans la journée. S'ils avaient accès à la base de données des États-Unis où je séjournais de temps à autre, ils sauraient dès ce soir que j'étais allé chez elle. Sans compter que je n'avais aucune raison de refuser qu'ils prennent mes empreintes.

Une image traversa mon esprit.

Ma cravate.

Je ne l'avais pas vue dans le tas.

— Oui, elle m'a offert un verre après sa visite au cabinet.

— Quel type de relation entreteniez-vous avec elle ? Était-ce une de vos clientes ?

Dilemme.

Dans trois à quatre jours, ils auraient les résultats des analyses ADN. En plus de ma cravate, ils seraient en possession d'un de mes cheveux, de fibres provenant de mon costume, de quelques-uns de mes poils pubiens ou des restes de mes fluides intimes.

Si je répondais oui, je risquais d'être radié de l'ordre des avocats.

Le code de déontologie était clair à ce sujet.

L'avocat se gardera de nouer avec son client des relations personnelles ou d'affaires qui compromettent son indépendance.

Si je répondais non, quelle était la nature de mes contacts avec elle ?

Mon regard balaya le salon à la recherche de la bonne réponse. Je découvris avec horreur mon portefeuille, mes clés et ma montre sur la table basse, à deux pas d'où nous nous trouvions. À leurs côtés se trouvait la Rolex en or et diamants de Nolwenn, une pièce d'une valeur de quatre-vingt mille euros au bas mot, mobile suffisant pour commettre un meurtre dans soixante pour cent des pays de la planète.

Si je ne l'avais pas volée, pourquoi me l'avait-elle confiée ?

L'avocat se gardera de pratiquer une méthode de rémunération qui compromette son indépendance, par exemple en acceptant en paiement certains biens ou services qui mettraient en péril, fût-ce en apparence, son indépendance, sa dignité ou sa délicatesse.

Comble de malchance, Witmeur avait suivi la direction de mon regard.

Je tentai de le distraire.

— Monsieur Witmeur, tout ceci me dépasse, je n'ai rien à voir dans cette affaire. C'est dramatique, j'en conviens, mais il s'agit sans doute d'un cambriolage qui a mal tourné.

Grignard intervint.

— Il n'y a pas eu d'effraction.

— Pas d'effraction ?

— Non, pas d'effraction. Ce qui signifie que l'assassin est entré avec elle. Ou qu'elle lui a ouvert la porte, à 4 heures du matin. Ou qu'il avait la clé. Vous voyez ?

Il fallait que je dessoûle, que je prenne du recul et que je trouve un moyen de me sortir de ce traquenard.

Je pris un ton formel.

— Messieurs, puis-je vous demander de me laisser le temps de prendre une douche et de m'habiller ? Je suis disposé à passer vous voir en vos bureaux en fin de matinée ou dans l'après-midi pour répondre à vos questions. En attendant, je vous prierais de rester discrets à propos de cette histoire et de ne pas mêler inconsidérément mon nom à celui de Mlle Blackwell.

Witmeur fit un geste las en direction de Grignard.

Celui-ci sortit un quotidien de sa poche intérieure et le déplia.

C'était un exemplaire de l'édition du matin de *La Dernière Heure*.

À l'heure où ils avaient bouclé, les rédacteurs ne savaient pas encore que Nolwenn avait été assassinée.

J'apparaissais en première page. Sur la photo, prise dans le parking du Cercle Gaulois, Nolwenn était accrochée à mon cou et j'avais passé mon bras autour de sa taille.

Le titre jouait en demi-teinte.

« Nolwenn Blackwell : contre-attaque en vue ou nouveau coup de foudre ? »

Le mot jaillit du fond de mon subconscient.

— Bravo !

5

VERY BAD TRIP

Le visage de Patrick, mon ami de toujours, exprimait la plus profonde désolation.

— Je n'irai pas par quatre chemins, Hugues. Tu es dans la merde.

La photo m'immortalisant bras dessus, bras dessous avec Nolwenn Blackwell, éméchée mais pétante de santé, était parue à 6 heures du matin dans *La Dernière Heure*.

Deux heures plus tard, au journal de 8 heures, les radios annonçaient sa mort de manière laconique. Les voisins avaient entendu deux fortes détonations vers 4 heures du matin, la police était intervenue et l'avait trouvée morte, l'enquête suivait son cours. Ils n'en disaient pas davantage.

Même si l'on ne parlait pas de moi dans le déroulement du second acte, le citoyen lambda établirait un lien étroit entre les deux événements ; nous nous étions gorgés d'alcool, j'étais allé chez elle, j'avais tenté de lui faire subir les pires outrages, elle avait refusé, je l'avais assassinée.

— Je sais que je suis dans la merde, mais ne me regarde pas de cette manière.

Il était 11 heures.

Je devais me présenter à la police à midi. Patrick avait répondu présent à mon appel de détresse et était venu chez moi en un temps record pour que je lui relate l'affaire dans les grandes lignes.

Nous avions fait nos études ensemble, mais il avait persévéré dans la voie que je m'étais initialement tracée et était devenu un pénaliste réputé. Il comptait dans sa clientèle quelques personnages peu recommandables qui lui réglaient ses honoraires à l'aide d'enveloppes remplies de petites coupures.

Physiquement, il était mon contraire absolu, petit et enveloppé, chauve et débraillé.

Il passa la main sur son crâne.

— Je sais que ça va te paraître absurde, mais je dois te poser une question et tu dois m'y répondre. Que s'est-il réellement passé ?

Je fronçai les sourcils en signe d'impuissance.

— Je ne pourrais pas te répondre. Tu sais ce que c'est.

Il acquiesça d'un signe de tête, l'air contrit.

Le goût de la fête tenait une place déterminante dans l'échelle de valeurs des avocats. Dîners, réceptions, cocktails, petites rentrées, grandes rentrées, revues, tout était prétexte à se réunir pour faire la bombe. Plus d'une fois, Patrick et moi avions frôlé le coma éthylique.

À l'issue du banquet de la rentrée, l'un de mes éminents confrères, sommité dans le domaine social, avait été retrouvé à l'aube, dans une grande artère de la capitale, pataugeant dans le caniveau, cherchant à se faufiler sous une voiture. Interrogé par la police, il avait déclaré vouloir échapper à une horde de grizzlis qui le poursuivaient.

Notre attachement aux lois n'était qu'un masque au travers duquel nous cherchions à comprendre les motivations de ceux qui les transgressaient. Lorsque nous plaidions, nous nous couvrions de nos atours, robe, cravate, et nous nous dissimulions derrière nos belles phrases et nos manœuvres de séduction. Nous ne faisions pas les lois, mais nous étions là pour les interpréter et les faire appliquer. Lorsque la tension et le stress diminuaient, nous aimions retrouver l'être amoral qui sommeillait en nous. À notre tour, nous transgressions les règles pour nous vautrer dans l'inconduite et l'intempérance.

La jouissance et le plaisir formaient le ciment de notre esprit de corps.

— Je te pose la question différemment, Hugues, est-il possible que… ?

— Que je l'aie tuée ?

— Désolé, je dois savoir.

— Non, je ne l'ai pas tuée.

— D'où vient le flingue, alors ?

— Si tu me demandes d'où vient le flingue, cela veut dire que tu penses que je l'ai tuée. Ce flingue appartient à l'assassin de Nolwenn Blackwell. Je n'en ai jamais possédé et je ne sais pas m'en servir.

— Ils ont examiné tes mains ?

— Oui.

— Ils ont fait un prélèvement ADN ?

— Oui.

— Ils ont pris les vêtements que tu portais hier ?

— Oui.

— Bon. Au moins, ils ne trouveront pas de traces

de poudre ou de sang. Mais ils pourront arguer que tu étais à poil et que tu portais des gants ménagers.

L'image traversa mon esprit.

— Ils ne vont pas trouver de poudre ou de sang, mais ils risquent de trouver du sperme, et dans ce cas, ce sera le mien.

Il ne put s'empêcher de hocher la tête.

— Pourquoi *ils risquent* ?

— Je ne sais pas ce qu'elle en a fait.

Il leva les yeux au ciel.

— Je vois. Même s'il est dans son estomac, ils le trouveront.

— J'aurais dû rentrer chez moi, je ne serais pas mêlé à cette histoire.

— Ta voiture est restée là-bas. Si tu es rentré en taxi, ils trouveront la compagnie qui s'en est chargée et l'heure du trajet, ce qui pourrait te mettre hors de cause. Si tu es rentré à pied, prie pour que quelqu'un t'ait croisé et s'en souvienne.

— À la question « était-elle ma cliente », qu'est-ce que je réponds ?

— Vous avez conclu un accord ?

— Verbal.

— Déclare qu'elle est venue te demander un simple conseil et que tu ne lui as pas réclamé d'argent.

— La Rolex ?

Il se redressa et se frotta le menton.

— Tu m'as dit qu'elle voulait la revendre ?

— Elle ne l'aimait plus et comptait la revendre.

— Dis-leur que tu envisageais de l'acheter pour Caroline, mais que tu souhaitais la faire expertiser d'abord.

Je fis une moue dubitative.

— Pour Caroline ? Une Rolex en or et diamants ?

— Ça vaut ce que ça vaut. Au moins, ça explique qu'elle l'ait mise à ta disposition momentanément. Précise que tu avais prévu de lui envoyer un reçu aujourd'hui.

— Les autres questions ?

— Réponds à chaque question, sans donner de détails, en t'en tenant aux faits, rien qu'aux faits, sans imaginer, concevoir, minimiser, exagérer, généraliser ou extrapoler.

— Ça va, je connais.

— Et surtout, tu t'en tiens à une version et tu ne la changes plus.

— Bien.

— Autre chose. Tu vas être sous le feu des projecteurs. Tu risques de te retrouver face à des caméras ou à des appareils photo. Pas de sourire. Visage serein et déterminé. Pas de tension. Ne réponds à aucune question à la volée. Ne te laisse pas démonter par des phrases pièges ou des affirmations agressives.

— C'est tout ?

— Pour l'instant, c'est tout.

6

GARDE À VUE

Je connaissais la scène, je l'avais vue des dizaines de fois à la télévision. La pièce aveugle, la table métallique, les chaises bancales, les traînées de sang sur les murs, la glace sans tain et la caméra qui filme l'interrogatoire.

Je voyais le pauvre type affalé sur une chaise, les flics teigneux qui tournoyaient autour de lui, hurlaient dans ses oreilles et lui allongeaient une gifle quand l'envie leur en prenait.

Lorsqu'il n'en pourrait plus, le gentil entrerait dans la pièce, ferait sortir le méchant, se mettrait à lui parler d'un ton doucereux et recueillerait sa confession.

Je connaissais la scène et j'étais persuadé que cela se passerait comme tel.

Je n'en étais pas loin. Les gifles exceptées, mon après-midi se déroula à peu de chose près de cette manière, dans la première partie en tout cas.

Le planton qui m'accueillit était courtois et je ne dus patienter que quelques minutes avant qu'un homme massif d'une cinquantaine d'années vienne à ma rencontre en traînant Witmeur et Grignard dans son sillage.

Il se présenta, commissaire Henri Buekenhoudt, et prit soin de ne pas me tendre la main. Le trio m'installa dans une petite salle sans fenêtres et m'offrit un verre d'eau tiède.

En préambule, le commissaire Buekenhoudt déclara d'une voix monocorde que ses services souhaitaient faire la lumière sur cette triste affaire et qu'ils avaient quelques questions à me poser. Il me fit un bref topo sur les faits qui ne m'en apprit pas davantage que ce qu'en disaient les radios.

Il entama ensuite les hostilités en mode mineur.

Qui étais-je, prénom et nom, où étais-je né, à quelle date, où se situait mon domicile, quel était mon état civil, quelle était ma profession ?

À chacune de mes réponses, il hochait la tête en signe d'assentiment comme si les informations que je lui fournissais coulaient de source et qu'il aurait répondu de la même manière. Les deux autres sbires se tenaient en retrait et attendaient leur tour, les yeux rivés sur ma nuque.

Après avoir noté mon adresse de messagerie électronique et mes différents numéros de téléphone, Buekenhoudt se leva et sortit de la pièce sans prononcer un mot.

Fidèle aux poncifs les plus éculés, Grignard ôta sa veste et s'assit sur la table. Witmeur vint se poster derrière moi, dérobé à ma vue.

Certains échanges défièrent l'imagination.

— Où étiez-vous hier après-midi, aux environs de 17 heures ?

— À mon cabinet.

— De combien de personnes se compose votre cabinet ?

— J'ai un collaborateur et deux assistantes.

— Ça fait donc trois personnes ?

— Quatre avec moi-même.

— En effet. Quels sont leurs noms ?

— Mon collaborateur s'appelle Maxime Gillio.

— Gillio ?

— Oui, Gillio, vous voulez que j'épelle ?

— Je sais écrire.

Maxime travaillait pour moi depuis cinq ans. Je l'avais recruté à la sortie de l'université. J'avais d'emblée été séduit par son cynisme et son absence de scrupules, qualités précieuses dans ma spécialité.

En règle générale, il me secondait dans les affaires importantes, mais commençait à en initier certaines. Un chaos indescriptible régnait sur son bureau. Néanmoins, il mettait la main sur les documents que je lui demandais en moins de dix secondes. Avec son goût prononcé pour les blagues douteuses et les chemises voyantes, il donnait une touche récréative au cabinet.

— Quels sont les noms de vos assistantes ?

— Véronique Dessaint et Véronique François.

— Elles s'appellent toutes les deux Véronique ?

Qu'étais-je censé répondre à une telle question ?

— Oui.

Elles étaient aux antipodes l'une de l'autre. Véronique Dessaint était un petit bout de femme, vive et enjouée, d'humeur sociable. C'était la sprinteuse de l'équipe. En plus du suivi administratif des affaires, elle prenait en charge les communications téléphoniques, accueillait les clients, gérait mon agenda et s'occupait de la comptabilité.

L'autre, la marathonienne, se terrait au fond du cabinet. Ma seule présence la tétanisait. Elle était discrète, perfectionniste et accomplissait avec détachement des tâches que la majorité des cabinets exécraient. Quand la rentrée des classes approchait, certaines clientes désinvoltes nous envoyaient leur collection de tickets de caisse relatifs aux fournitures scolaires. Sans sourciller, elle les répartissait sur le bureau, les triait par date et par type, transcrivait les données sur une liste, calculait les montants, établissait les totaux et réclamait la quote-part à la partie adverse.

En aparté, Maxime l'appelait la *Molaire*, la grosse du fond.

— Étaient-ils tous trois présents à votre cabinet, hier à 17 heures ?

— Non, seule Véronique Dessaint était présente à cet instant.

— Les trois autres étaient donc absents ?

— Non, les deux autres, puisque j'étais là.

Après une heure de ce manège, Grignard sortit de la pièce et céda la place à Witmeur dont j'avais presque oublié la présence.

Ce dernier opta pour une stratégie différente.

Du pied, il accrocha une chaise, la retourna et s'assit à califourchon pour me faire comprendre que nous allions à présent aborder les choses sérieuses et entrer dans le vif du sujet. Les étapes précédentes n'étaient qu'une mise en jambes destinée à affaiblir mes défenses.

De fait, il me soumit à un tir nourri de questions. Je dus lui détailler l'entrevue au cabinet, le dîner au Cercle Royal Gaulois et les circonstances qui m'avaient poussé à monter dans l'appartement de Nolwenn.

Je suivis le conseil de Patrick et ne m'en tins qu'aux faits, sans commenter, supposer, juger, extrapoler ou procéder par déduction.

De temps à autre, l'interrogatoire avait pris des airs de dialogue de sourds.

— Pourquoi Mlle Blackwell n'a-t-elle pas regagné son domicile avec son véhicule ?

— Nous avons pris ma voiture pour aller dîner. Son véhicule est resté devant mon cabinet. En sortant du Cercle Royal Gaulois, Mlle Blackwell m'a proposé de la ramener chez elle.

— Pourquoi ?

— Elle a déclaré : je ne peux pas conduire dans cet état.

— Parce qu'elle avait trop bu ?

— Je ne sais pas, elle a déclaré : je ne peux pas conduire dans cet état.

— Vous ne savez donc pas si elle avait trop bu ?

— Non.

— Mais vous savez qu'elle a bu ?

— Elle a déclaré : je ne peux pas conduire dans cet état.

— Vous l'avez poussée à boire dans le but de la ramener à son domicile ?

— Non.

J'avais acquis une certaine dextérité pour éluder les questions suggestives, mais je dus néanmoins refréner ma verve pour ne pas tomber dans le piège.

Vinrent les instants qui précédèrent mon amnésie passagère.

— Qu'a fait Mlle Blackwell lorsque vous êtes arrivés à l'appartement ?

— Elle a refermé la porte.

Il leva les yeux au ciel.

— Ensuite ?

— Elle a enlevé ses chaussures.

52

— Poursuivez.

— Elle a proposé de m'offrir un verre.

— Que lui avez-vous répondu ?

— J'ai accepté.

— Pourquoi ?

— Elle avait un cognac hors d'âge dont j'allais lui dire des nouvelles.

Il ferma les yeux et prit une grande goulée d'air.

— Soit. Que s'est-il passé ensuite ?

— Elle est allée dans la cuisine pour chercher la bouteille et deux verres.

— Après cela ?

— Elle a mis un disque. Nous nous sommes assis dans le canapé et elle a rempli les deux verres.

— Ne jouez pas avec mes nerfs, que s'est-il passé ensuite ?

— J'ai avalé mon verre.

— Et ?

— C'est tout ce dont je me souviens.

Il soupira, se leva et sortit de la pièce en claquant la porte.

Comme dans un mauvais vaudeville, Grignard entra dans la foulée et vint se rasseoir sur la table.

Il me posa les mêmes questions et je donnai les mêmes réponses.

À la fin du chassé-croisé, Buekenhoudt passa sa tête dans l'embrasure et pria Grignard de le rejoindre.

Je restai seul dans la pièce.

Dans un silence assourdissant, j'observai la glace sans tain, les rayures sur la table, les taches sur le sol.

Je compris pourquoi certains suspects avouaient un crime et se rétractaient par la suite. J'étais un citoyen respectable, membre du barreau de Bruxelles, mon

53

casier judiciaire était vierge et ils manquaient de preuves formelles. J'imaginai la pression que devait endurer le quidam qui ne bénéficiait pas de mes prérogatives.

Une demi-heure plus tard, le trio fit son entrée d'un pas décidé, une lueur de satisfaction dans les prunelles.

De toute évidence, ils se préparaient à sonner l'hallali. Ma mise à mort était à l'ordre du jour.

Witmeur posa une enveloppe brune sur la table.

Je me fis une idée du contenu et éprouvai les pires appréhensions.

Ils avaient fait vite.

Même à l'ère du numérique, la police scientifique continuait à prendre les photos des scènes de crime en format argentique pour éviter que l'on soupçonne quiconque de les avoir retouchées. Les labos étaient surchargés et ce délai très court signifiait qu'ils considéraient l'affaire Blackwell comme prioritaire.

Cela signifiait également qu'il ne restait que deux à trois jours avant qu'ils ne découvrent que Nolwenn et moi avions eu une relation sexuelle, consentie ou non, acte scellant mon implication présumée dans le meurtre. Ils se tourneraient vers le juge d'instruction, lui demanderaient de m'inculper et de me placer sous mandat d'arrêt. Dans les affaires de meurtre, à de rares exceptions près, l'inculpé est aussitôt mis en détention provisoire.

Par conséquent, je ne bénéficiais que de quelques heures de liberté pour trouver le moyen de me sortir de ce guêpier.

Witmeur glissa la main dans l'enveloppe, sortit un premier cliché et l'étala sur la table.

Je reconnus le salon de Nolwenn, le désordre de toute part, les gadgets futiles, les vêtements sur les cintres.

Avec horreur, je découvris ma cravate étalée sur le dossier du canapé qui avait vu nos ébats.

Il extirpa une seconde photo, la plaça sans un mot à côté de la première. Il s'agissait d'un plan de la table du salon sur laquelle j'identifiai la montagne de courrier, les deux verres côte à côte et la bouteille de cognac entamée.

Je frémis malgré moi.

Une descente aux enfers m'attendait. Ils allaient me faire revivre le meurtre de Nolwenn, séquence par séquence. La méthode était tendancieuse, mais éprouvée. Dans de nombreux cas, la vue des photos créait un choc brutal. Le suspect craquait et avouait son forfait.

La troisième photo avait été prise dans la chambre de Nolwenn. Un large lit ovale occupait l'espace. Une forme était allongée, mais les draps qui la recouvraient empêchaient de distinguer la scène.

J'étais tétanisé à l'idée de ce qui allait suivre. J'étais néanmoins rassuré sur un point : je n'avais jamais vu cette chambre de ma vie.

Il prit le quatrième cliché et le mit dans mes mains.

— Regardez, monsieur Tonnon.

La photo était prise sur le côté du lit. Nolwenn me fixait de ses yeux morts. Une partie de son crâne avait disparu et une large tache de sang s'épaississait sur l'oreiller.

J'eus un mouvement de recul.

Jusqu'à présent, je ne m'étais préoccupé que de m'apitoyer sur mon sort et de m'ingénier à échapper au chef d'accusation qui me pendait au nez. La mort de Nolwenn n'était qu'un fait, des paroles à la radio, un arrière-plan qui me mettait en danger. Cette fois, la réalité me sautait au visage. Nolwenn était morte, assassinée de deux balles dans la tête.

Je la revis, debout devant mon bureau, emportée, impulsive, somptueuse. J'entendis son rire résonner. Je me souvins de son humour, de son sourire charmeur et de sa vivacité d'esprit. Je n'avais passé que quelques heures avec elle, mais nous avions été amants et elle m'avait envoûté.

Je n'entendis pas la question que Witmeur me posa. Les yeux rivés sur la photo, je sus que ma mission ne consistait pas seulement à sauver ma peau, mais à trouver le salaud qui avait commis ce meurtre.

MERCREDI 24 AOÛT 2011

7

L'IMPASSE

Les photos avaient produit l'effet escompté.

J'avais peu dormi. Sans doute n'avais-je pas fermé l'œil de la nuit. Le visage de Nolwenn était imprimé dans mon cerveau et me poursuivait depuis la veille.

Je me levai, évitai de me regarder dans le miroir et me dirigeai vers la cuisine.

Malgré le choc qu'ils m'avaient infligé, je n'avais rien avoué.

Devant mon mutisme, Buekenhoudt était sorti de la pièce en maugréant. Il avait reparu une dizaine de minutes plus tard pour me signifier que je pouvais m'en aller, mais que je devais rester à la disposition des autorités.

Avant de rentrer chez moi, j'étais passé au *Press Shop* où j'avais acheté tous les quotidiens qui se trouvaient à portée de main. J'étais également passé chez le traiteur pour me prendre un plat préparé et une bouteille de Vichy.

Devant ma porte, j'avais découvert un grand sac en plastique dans lequel étaient jetées la paire de pantoufles, la robe de chambre et les lunettes de lecture que j'utilisais lorsque j'étais chez Caroline, ce que j'interprétai comme l'annonce tacite de la fin de notre relation. Si un doute avait subsisté, le mot qui se trouvait dans le fond du colis l'aurait dissipé.

Ne me téléphone plus, ne m'écris plus, ne m'adresse plus jamais la parole.

Je me préparai un café fort, avalai deux antidouleurs pour dénouer les contractions qui emprisonnaient ma nuque et allumai la radio.

Hormis ce billet, je n'avais reçu aucun message de soutien ou d'encouragement de la part de mes amis, de mes confrères ou de mes connaissances. Ils préféraient voir d'où venait le vent avant de choisir leur camp.

En dehors de mes parents qui m'avaient renouvelé leur confiance, seul Patrick m'avait appelé. En quelques mots, je lui avais relaté les événements de l'après-midi.

Il s'était montré confiant.

— Ils ne t'ont pas inculpé, c'est bon signe, ça signifie qu'ils ne sont pas sûrs de leur coup. Il leur manque des preuves. S'ils te convoquent devant le juge d'instruction, j'entre en piste.

J'avais passé la soirée à parcourir les gazettes, à écouter les informations à la radio et à regarder les journaux télévisés. J'avais ensuite visité les sites Internet qui couvraient l'affaire. Je m'étais couché tard pour ne pas parvenir à trouver le sommeil.

Je jetai un coup d'œil à l'extérieur.

Le ciel était couvert, mais il ne pleuvait pas. J'enfilai mon survêtement et mes chaussures de jogging.

Je sortis, respirai à pleins poumons et entamai un premier tour de l'avenue Circulaire.

L'affaire faisait grand bruit, tant en Belgique qu'en France. Même si elle ne faisait pas la une, elle figurait dans les sujets brûlants.

Amaury Lapierre avait fait quelques ronds de jambe à la télévision. Le brushing millimétré et le teint hâlé, il avait déclaré de sa voix haut perchée qu'il était bouleversé par cette triste nouvelle et qu'il espérait que la police mettrait rapidement la main sur les responsables de cet acte barbare.

Certains médias évoquaient à mots couverts mon implication dans l'affaire. Selon la sensibilité politique du support ou la hauteur de sensationnalisme recherché, ils précisaient qu'un homme, un témoin, un suspect, un avocat, voire un avocat bruxellois, avait été entendu par la police.

Un magazine people bien connu ne s'était pas embarrassé de telles précautions et révélait en page d'accueil de son site que Nolwenn avait passé la soirée et une partie de la nuit avec Hugues Tonnon, quarante-quatre ans, avocat bruxellois de renom, célibataire convoité, qui avait été interpellé à l'aube et avait été interrogé par la police durant une partie de la journée.

Je bouclai le second tour de l'observatoire, le souffle court.

J'approchais de mon domicile lorsque j'aperçus Witmeur.

Il revisitait les standards avec un art consommé. Il était assis sur l'aile de ma Mercedes, une jambe repliée, le talon posé sur la roue avant, le regard lointain.

Il m'interpella en continuant à fixer un point imaginaire.

— Nous avons du nouveau, monsieur Tonnon.

Je cherchai à reprendre mon souffle.

— Ah bon ?

Il indiqua la maison d'un signe du menton.

— Nous pouvons parler quelques minutes ?

— Bien sûr, vous voulez entrer ?

— Nous serons plus à l'aise.

Son air cauteleux ne présageait rien de bon.

Nous entrâmes. Je le laissai debout dans le hall.

J'observai durant quelques instants ses cheveux gras, son nez luisant et ses épaules désaxées.

— Je vous écoute.

— Nous avons contacté votre opérateur téléphonique.

— Oui, et alors ?

— Dans la nuit de lundi à mardi, votre numéro a appelé le central des Taxis Verts.

De délicieux fourmillements envahirent mes bras.

— C'est possible, je ne m'en souviens pas.

— Il était 1 h 23, précisément. Une voiture de la compagnie de taxis s'est présentée au domicile de Mlle Blackwell à 1 h 47 et vous a déposé à votre domicile quelques minutes plus tard. Le chauffeur a déclaré que vous étiez ivre mort. Vous auriez chanté durant le trajet.

J'éprouvai quelque mal à contenir ma joie.

— En tout cas, je vous félicite pour votre rapidité et votre efficacité, monsieur Witmeur. J'espère à présent que l'enquête permettra d'arrêter le coupable. Vous pouvez compter sur mon entière collaboration.

Il resta impassible et balaya le salon du regard.

— Dites-moi, monsieur Tonnon, c'est une bien belle montre que vous avez là.

D'autres fourmillements, moins agréables, firent leur apparition, dans ma nuque cette fois. Il pointait la Rolex de Nolwenn, restée sur la table depuis la nuit tragique.

Je tentai tant bien que mal de masquer mon affole-
ment.

— Cette montre ne m'appartient pas, Mlle Blackwell
me l'avait confiée.

Il prit l'air faussement surpris.

— Mlle Blackwell vous l'avait confiée ?

— Oui, pourquoi ?

— Vous ne nous en avez pas parlé.

— Vous ne m'avez pas posé la question.

Il fit un pas vers la table.

— Je peux ?

— Allez-y.

Il s'empara de la montre, la soupesa avec une moue
admirative.

— Belle pièce.

— Mlle Blackwell n'en voulait plus, elle envisageait
de la revendre. Je lui avais proposé de la faire expertiser, je comptais le cas échéant la lui racheter.

Il dodelina de la tête.

— Vous comptiez la lui racheter ?

— Oui.

— Pour vous ?

— Pour ma compagne.

— Vous avez une compagne ?

Je jetai un coup d'œil au sac en plastique abandonné
dans l'entrée.

— Monsieur Witmeur, tant sur le plan technique
que sur le plan légal, cette montre appartient à présent
aux héritiers de Mlle Blackwell. Si vous estimez que
cet objet a ou pourrait avoir un lien quelconque avec
le meurtre, considérez-le comme pièce à conviction et
emportez-le, mais arrêtez de jouer au chat et à la souris.

Vous savez désormais que je n'ai rien à voir dans cette histoire.

Il se mit de profil, tourna la tête dans ma direction, posa les mains sur les hanches et prit l'air énigmatique. Il ne lui manquait que les fines lunettes de soleil.

— Je ne vois pas ça de la même manière.

— Vous ne voyez pas ça de la même manière ? Vous voyez ça comment, alors ?

Il hocha la tête, l'œil mauvais.

— Ça vous a plu de m'humilier ?

— Pardon ?

— Ça vous a amusé de me faire payer les nichons de cette salope ?

Je pris un ton conciliant.

— C'est de l'histoire ancienne. Les affaires de divorce n'ont rien d'amusant. Je défends les intérêts de mes clients, voilà tout, c'est mon rôle.

— Les intérêts de vos clients, bien sûr.

Il revint vers moi, approcha son visage.

— Je vais vous dire ce qui s'est passé après que le taxi vous a déposé à votre domicile.

— Je ne comprends pas.

Il haussa le ton.

— Vous avez fait semblant d'être soûl. Vous saviez que nous remonterions la piste du taxi. Vous êtes rentré, vous vous êtes déshabillé et vous avez laissé traîner vos affaires, sachant que nous les trouverions ici même le lendemain matin. Vous vous êtes changé, vous avez pris une arme et vous êtes retourné à pied à l'appartement de Mlle Blackwell. Il n'y a pas eu effraction parce que vous aviez pris ses clés après l'avoir fait boire. Vous êtes entré chez elle et vous lui avez tiré une balle dans la tête. Comme vous êtes un manche, vous avez raté

64

votre coup et vous avez dû tirer une seconde fois. Vous êtes ensuite rentré chez vous, vous avez fait disparaître les vêtements, les gants et l'arme. Vous vous êtes lavé de la tête aux pieds, vous avez avalé quelques verres d'alcool pour parfaire le scénario et vous avez attendu sagement notre venue.

J'avais l'impression d'être devenu muet, sourd et aveugle. Je faisais un cauchemar et j'allais me réveiller.

Il recula d'un pas et fit jouer la montre dans sa main.

— C'est en tout cas la thèse que je compte défendre. Je suis sûr que le procureur du Roi me suivra. Vous avez une moto, monsieur Tonnon ?

J'étais à ce point groggy que je ne vis pas où il voulait en venir.

— Non, pourquoi ?

— Dommage. Je vous en aurais offert un bon prix. Vous n'en aurez plus besoin là où vous irez.

Je balbutiai.

— Vous savez bien que tout ça est complètement faux.

— Le juge d'instruction tranchera.

Il fit une nouvelle fois jouer la montre.

— À part vous et moi, qui sait que vous êtes en possession de cette montre ?

Je me figeai.

— Personne.

Une nouvelle fois, je me trouvais à la croisée des chemins. Le message qu'il me lançait était clair.

Je réfléchis à toute vitesse.

Le premier scénario paraissait le plus probable : j'avais affaire à un flic corrompu. Je lui cédais la montre et il oubliait son scénario bis. Si quelqu'un

65

venait à s'inquiéter de sa disparition, il mettrait cela sur le dos de l'assassin.

La deuxième hypothèse était tout aussi vraisemblable ; il voulait ma peau. Il voulait me voir agoniser dans l'arène et se délectait à l'idée d'exhiber ma queue et mes deux oreilles aux médias et à son ex. Si j'acceptais le deal, il repartait avec la montre, mais au lieu de l'oublier dans sa poche, il la brandirait à Buekenhoudt et m'accuserait d'avoir tenté de le soudoyer.

Dans les deux cas, il était gagnant.

Il se déhancha, triomphant, ce qui fit jaillir son épaule rebelle.

— Qu'est-ce que vous en dites, maître ?

En règle générale, je m'interdis les mots grossiers, les propos orduriers et le vocabulaire inconvenant. Mes années de plaidoirie m'ont inspiré l'amour de la formule adaptée, du verbe juste, de la repartie élégante et du respect de la langue.

Néanmoins, un écart aux bonnes règles permet de temps à autre de mieux en cerner le bien-fondé.

J'ouvris la porte et lui indiquai la sortie.

— Allez vous faire foutre, Witmeur.

8

L'OMBRE D'UN DOUTE

J'arrivai au cabinet de méchante humeur.

Par chance, aucun photographe ne semblait guetter ma venue. Je me garai dans le parking souterrain et pris l'ascenseur sans croiser âme qui vive.

Dès que j'entrai, Véronique prit le téléphone, la Molaire se planqua derrière son écran et Maxime fit mine de chercher un dossier dans son fatras.

Je me rendis dans mon bureau et les convoquai tous les trois.

Ils entrèrent, l'air penaud.

— J'aimerais que les choses soient claires. Je n'ai rien à voir dans cette affaire. Dans quelques heures ou quelques jours, je serai déchargé de toute responsabilité dans ce meurtre. D'ici là, je vous demande de ne répondre à aucune question émanant de la presse ou autre média et de ne faire aucun commentaire de quelque nature que ce soit, à qui que ce soit. Je vous remercie pour votre attention, les clients attendent, vous pouvez retourner travailler.

Ils sortirent, la tête basse.

Je rappelai Maxime.

Je tenais à lui démontrer que mes préoccupations personnelles n'éclipsaient pas mon sens des réalités.

— Comment s'est terminée l'affaire Haumont ?

Il assurait la défense d'une femme dont le mari réclamait le divorce sous prétexte qu'il avait surpris des photos d'elle sur Meetic, le site de rencontres bien connu. Inscrite sous un faux nom, elle s'y complaisait dans des poses suggestives et y faisait l'éloge de ses compétences.

L'affaire ne se présentait pas à notre avantage jusqu'à ce que notre enquêteur découvre que le mari, chômeur de longue durée, s'était improvisé masseur chinois. À l'insu de sa femme, il louait un studio dans lequel il avait installé une table de massage et punaisé quelques planches anatomiques glosées dans la langue idoine.

Ironie du sort, il diffusait une publicité sur le même site de rencontres, également sous un faux nom, dans laquelle il vantait sa capacité à stimuler des points d'acupuncture qui ne figuraient pas dans la cartographie classique.

Maxime ouvrit les bras comme si la réponse allait de soi.

— Gagné.

— Bravo, quelle ligne de défense as-tu choisie ?

Il prit l'air angélique.

— *Nemo auditur propriam turpitudinem allegans.*

« Nul ne peut invoquer sa propre turpitude », vieil adage juridique qui signifiait que nul ne peut réclamer justice si le dommage qu'il subit est le produit de ses actions illicites.

— Félicitations.

Ce dénouement heureux tenait tant à l'opportunisme de Maxime qu'au travail préliminaire de Raoul Lagasse, notre enquêteur. Le souvenir de cet épisode me fit penser qu'il était grand temps de faire appel à lui.

J'attendis que Maxime ait regagné son bureau et composai son numéro.

Il décrocha dès la première sonnerie.

— Maître Tonnon, j'attendais votre appel.

— Il faut que je te voie au plus tôt.

Je le tutoyais, mais il ne parvenait pas à en faire autant, ce qui laissait à penser aux témoins de nos échanges que nous entretenions une relation de type suzerain-vassal.

— Je m'en doute. Je termine mon petit-déjeuner, je peux être chez vous dans dix minutes.

— Parfait, je t'attends.

Raoul Lagasse était l'un de mes prestataires extérieurs les plus précieux.

Sa carrière d'inspecteur de police s'était arrêtée, au même titre que sa voiture de service, dans la vitrine d'un magasin de chaussures, à l'issue d'une course-poursuite avec un petit trafiquant de drogue.

En plus de la destruction du véhicule et des dégâts causés au commerce, il avait saccagé une partie du mobilier urbain sur plusieurs kilomètres, embouti une dizaine de véhicules et blessé grièvement le quidam qu'il pourchassait.

Ses excellents états de service n'avaient pas suffi à le soustraire aux sanctions disciplinaires. Pour sauvegarder les apparences, il avait bénéficié d'un plan de retraite anticipée.

Depuis, il avait arrêté de boire et fondé une société spécialisée dans les recherches en tout genre. Il me fournissait un travail de qualité à un prix abordable. Habile communicateur, il entretenait de bons contacts avec ses anciens collègues et bénéficiait d'entrées complaisantes dans de nombreux services.

Dix minutes plus tard, il fit son entrée dans mon bureau.

— Bonjour, maître, inutile de m'expliquer, je sais, je lis les journaux.

Il était de taille moyenne et se tenait légèrement voûté. En plus de ses santiags et de ses cravates en cuir, il portait une banane à l'ancienne qui vibrait au gré de son discours.

Dans le milieu qu'il avait fréquenté antérieurement, son teint cuivré et sa peau grenue lui avaient valu des surnoms tels que le Reptile, le Caïman ou Crocodile.

Plus terre à terre, Maxime l'appelait Sac à main.

Je lui fis un résumé de mes péripéties, depuis l'irruption de Nolwenn dans mon cabinet jusqu'à mon entrevue matinale avec Witmeur.

Il hocha la tête à plusieurs reprises avant de se lancer.

— Il raconte ce qu'il veut, votre Witmeur, mais il faudrait peut-être qu'il avance des preuves.

— Me concernant, la présomption d'innocence n'est pour lui qu'une vue de l'esprit.

— Le coup de la montre est un traquenard. Les ripoux ne s'attaquent pas aux avocats. Vous avez bien fait de l'envoyer balader.

J'avais pris la bonne décision.

— Si tu le dis.

— Reprenons depuis le début, maître. Il y a eu meurtre. S'il y a meurtre, il y a forcément assassin et mobile. Si vous n'êtes pas l'assassin, c'est donc quelqu'un d'autre.

J'avais appris à ne pas me fier aux apparences, ses

lapalissades et son bon sens populaire permettaient souvent de démêler les fils et d'y voir plus clair.

— Je te suis.

— Si vous voulez savoir qui est l'assassin, commençons par essayer de cerner le mobile. Le vieil adage, maître, savoir à qui le crime profite.

— Le premier nom qui me vient à l'esprit est celui d'Amaury Lapierre.

Il parut surpris.

— Pourquoi ?

— Il n'avait pas envie de se retrouver au tribunal face à son ancienne compagne, encore moins de lui payer un dédit astronomique.

— Astronomique ? Qu'est-ce qu'elle comptait lui demander ? Cinq millions ? Dix millions ?

— Dans ces eaux-là.

— Qu'est-ce que ça représente pour un type de sa trempe ? Un mois de salaire ? D'après la presse, il lui est arrivé de perdre un million d'euros au poker en une seule soirée. Si c'était une question d'argent, son avocat aurait réglé l'affaire à l'amiable, pas besoin de la tuer pour ça.

De fait.

— En effet, Raoul, sans doute y avait-il une autre raison. Peut-être avait-elle appris quelque chose qu'elle ne devait pas savoir, le groupe Lapierre est également actif dans l'armement.

Il écarquilla les yeux.

— Bien sûr, c'est évident ! Comme l'histoire avec Marilyn et Kennedy, elle en savait trop. Il fallait la faire taire. Dans un tel cas, que fait-on ?

— On recrute un tueur ?

— Exactement, on recrute un tueur. Un tueur professionnel muni d'une vieille pétoire bruyante qui réveille le voisinage. Un tueur tellement expert dans son domaine qu'il rate sa cible à bout portant et doit l'achever d'un second coup.

La photo de Nolwenn fit sa réapparition.

— Épargne-moi les détails. Tu as une autre idée ?

Il secoua la tête de gauche à droite, ce qui fit frémir sa banane.

— Ce qui m'intrigue, c'est qu'il n'y a pas eu d'effraction. Je n'ai pas vu le dossier d'instruction et ils vous disent ce qu'ils veulent bien vous dire, mais si c'est le cas, ce tueur est un proche de la victime. En d'autres mots, s'il n'y a pas eu d'effraction et qu'il n'est pas entré par une fenêtre, c'est qu'il avait la clé.

— Ou qu'elle le connaissait et lui a ouvert la porte.

— Et quand elle lui a ouvert, il lui a demandé gentiment de bien vouloir retourner dans son lit pour qu'il puisse exécuter sa besogne là-bas ?

— Ça ne colle pas, tu as raison.

— Non, ça ne colle pas. Si elle le connaissait et lui avait ouvert, il l'aurait tuée dans le hall d'entrée. Parions que le légiste attestera qu'elle a été tuée dans son sommeil.

— Il avait donc la clé.

Il me regarda, espérant que je suivrais la piste qui brillait dans ses yeux.

Je fis une tentative.

— Un ancien amant ?

— Pourquoi pas ? Vous pensez à quelqu'un ?

— Le premier nom qui me vient est celui de Roberto Zagatto, le footballeur. Il l'avait plus ou moins menacée de mort dans la presse.

— Oui, mais ses menaces de mort étaient purement

médiatiques. Zagatto disputait un match amical à Lisbonne lundi soir. Il n'est rentré en Angleterre que mardi après-midi. Je me doutais que vous alliez m'appeler, j'ai vérifié.

— Qui avait donc cette clé ? Le concierge de l'immeuble ? Ses parents ? Un cambrioleur ?

— Un cambrioleur ? Quelque chose a disparu ?

— Tes ex-confrères ne m'ont rien laissé entendre qui allait en ce sens.

— Vous n'avez rien remarqué sur les photos ?

— Non, rien de particulier. Je ne pense pas qu'il y ait un coffre dans l'appartement. Elle n'y venait qu'à l'occasion.

— Elle ne vous a rien dit qui pourrait laisser à penser qu'elle se sentait menacée ?

— Non, rien. Elle était furieuse, mais vivante et bien dans sa peau.

Il se pencha en avant et prit le ton de la confidence.

— Avez-vous pensé, ne fût-ce qu'un instant, que la cible pourrait être différente ?

— C'est-à-dire ?

— Que vous soyez la cible de ce montage. Que ce soit vous la personne visée. Que quelqu'un cherche à vous neutraliser.

Je restai stupéfait.

Il se leva.

— Bien, je prends l'affaire en charge, maître. Je vais voir ce qu'ils ont réellement. Je vais aussi analyser le pedigree de la donzelle. De votre côté, essayez de vous souvenir de tout ce qu'elle a dit, même un détail, quelque chose qui vous aurait marqué. Repassez chaque scène dans votre tête.

— Je ne fais que ça depuis deux jours.

— Continuez. Et regardez dans vos affaires en cours s'il n'y a pas un gros poisson à qui vous faites de l'ombre. Je vous téléphone dès que j'ai quelque chose.

Il était à peine sorti que Véronique fit son apparition.

Elle me fit l'inventaire du programme de la journée et des appels téléphoniques qu'elle avait reçus. Plusieurs journalistes avaient tenté de me joindre.

— Répondez-leur que je n'ai rien à déclarer.

Quelques clients souhaitaient que je les rappelle.

— Rappelez-les et dites-leur que j'ai pris quelques jours de congé. En cas de besoin, passez-les à Maxime.

Une nouvelle cliente souhaitait un rendez-vous urgent.

Je réfléchis un instant.

Plonger dans une nouvelle affaire me changerait les idées.

— Proposez-lui une entrevue d'une demi-heure maximum en fin d'après-midi.

Elle prit l'air embarrassé pour me communiquer la dernière information.

— M. Buekenhoudt a appelé, il demande que vous le rappeliez au plus tôt.

— Merci, Véronique.

Je consultai ma montre.

10 h 30.

Je n'avais aucune envie de rappeler Buekenhoudt.

J'étais innocent, je n'avais rien à me reprocher. Quarante-huit heures auparavant, j'étais un avocat respecté. Je bénéficiais d'une bonne réputation, j'avais une compagne qui valait ce qu'elle valait, mais j'avais une compagne. Je vivais dans une belle maison, j'étais en bonne santé, j'avais des amis, des parents aimants, ma partie de bridge du jeudi.

En quelques heures, j'avais tout perdu. J'étais devenu un paria, la presse me traînait dans la boue, mes collaborateurs me niaient, mon téléphone restait muet et j'étais soupçonné de meurtre.

Je me levai et sortis du bureau.

— Véronique, rappelez M. Buekenhoudt, dites-lui que je lui téléphonerai en fin d'après-midi.

— Bien, monsieur.

Il fallait que je me change les idées.

— S'il y a quelque chose d'urgent, appelez-moi sur mon portable. Je repasserai en fin d'après-midi pour mon rendez-vous.

— Bien, monsieur.

Je jetai un coup d'œil à l'extérieur.

Le soleil avait chassé les nuages.

Le programme de ma journée m'apparut comme une évidence. Une promenade au bord de la mer me ferait le plus grand bien. Marcher au bord de l'eau, respirer l'air du large, déguster des croquettes aux crevettes sur une terrasse ensoleillée. Un moment de calme. Du silence. Des choses simples et essentielles pour me débarrasser des images qui me hantaient.

Je passai devant le bureau de Maxime et y jetai un coup d'œil. Le chaos régnait en maître. Sa table de travail était surchargée de dossiers, de papiers et d'enveloppes. Son écran était tapissé de Post-it de différentes couleurs.

Je lui interdisais de faire entrer un client dans son bureau et le sommais de fermer sa porte lorsque je recevais des visiteurs.

Il m'adressa un signe de la main.

Je m'arrêtai sur le pas de sa porte et balayai la pièce du regard.

Une lumière s'alluma dans mon cerveau.

L'âge aidant, ce genre de situation m'arrivait de plus en plus fréquemment.

Je me rendais quelque part pour dénicher quelque chose.

Quand j'arrivais là où je devais aller, je me demandais ce que j'étais venu y chercher. Je m'immobilisais, tel un chien de chasse à l'arrêt, le nez tendu, les oreilles dressées, une patte levée, en quête de l'indice qui me permettrait de retrouver la mémoire.

Cette fois, je venais de trouver.

Je savais ce qui avait disparu dans l'appartement de Nolwenn.

9

LA MORT AUX TROUSSES

J'évitai la sortie d'Aalter et poursuivis ma route vers Ostende. La perspective d'avoir à subir le regard caustique de mes confrères en vacances dans leur propriété de Knokke-le-Zoute ne m'enthousiasmait guère.

J'optai pour le Coq, station familiale pleine de charme et chargée de souvenirs. Elle avait vu mes années d'enfance, mes châteaux de sable et mon premier flirt. Un endroit moins snob et plus indiqué pour m'aider à retrouver le calme dont j'avais besoin.

Une question me poursuivait depuis mon départ du cabinet.

Qu'était devenu le quotidien qui se trouvait chez Nolwenn, sur la table du salon ? Une chose était sûre, il n'apparaissait pas sur les photos que Witmeur m'avait présentées.

Le souvenir que j'en avais errait dans ma conscience. J'en distinguais quelques fragments, éparpillés dans ma mémoire. Il était déplié et recouvrait une partie du courrier. Je l'avais identifié comme étant un quotidien allemand.

Le titre était court, composé de deux mots, mais je

ne parvenais pas à le reconstituer, vraisemblablement un journal que je ne connaissais pas, sinon j'en aurais mémorisé l'intitulé.

Nolwenn l'avait-elle utilisé pendant mon amnésie ou après mon départ ?

Si oui, à quelle fin ?

Si ce n'était pas elle, les flics l'avaient-ils fait disparaître ?

Pourquoi ?

À moins que l'assassin ne s'en soit servi pour une raison quelconque ?

Je tentai de dresser un inventaire exhaustif des utilisations possibles d'un journal.

Dans je ne sais quel film, un tueur en repliait un sur son arme pour confectionner une sorte de silencieux. Autre option, l'un de mes confrères pénalistes m'avait confié qu'un journal roulé d'une main ferme pouvait servir de matraque.

D'une manière plus générale, tout le monde se servait de feuilles de journaux pour emballer quantité de choses.

Je garai ma voiture à l'arrière du minigolf.

Je sortis, pliai ma veste et ôtai ma cravate. Je chaussai ensuite mes lunettes de soleil et posai une casquette sur ma tête.

Je m'apprêtais à entamer ma promenade lorsque mon téléphone vibra.

Je consultai l'écran.

Numéro privé.

Peu de gens connaissent le numéro de mon portable. Les couples en instance de divorce ont tendance à harceler leur avocat à toute heure du jour ou de la nuit.

— Oui ?

— Henri Buekenhoudt. Je ne vous dérange pas ?

— Si, justement, vous me dérangez.

— Vous m'en voyez navré. J'ai tenté plusieurs fois de vous joindre à votre cabinet.

— Que se passe-t-il ?

— J'ai dans les mains un mandat de perquisition en bonne et due forme. Conformément à l'article 35 et suivants du Code d'instruction criminelle, je vous informe que nous procéderons ce jour à une perquisition à votre domicile. Votre présence ou celle de deux de vos parents ou alliés est requise, ou à défaut, la présence de deux témoins.

Il avait prononcé la litanie d'une traite, de sa voix monocorde.

— Qu'espérez-vous y trouver ?

— Je ne sais pas. Ce matin, l'un de mes collaborateurs est revenu de votre domicile avec un objet qui appartenait à la victime.

Je m'en doutais.

— J'ai des rendez-vous durant toute la journée. Pourrions-nous faire cela un autre jour ?

— Ne me forcez pas à vous présenter un mandat sans contrainte.

— Dans ce cas, fixons cela à 20 heures.

— Nous ne souhaitons pas vous importuner plus que nécessaire. Nous attendrons votre retour. 19 heures.

— Bien, 19 heures.

Je raccrochai.

Une boule s'installa au creux de mon estomac. Cette annonce prouvait la détermination de Witmeur.

Par chance, ils ne trouveraient rien, du moins je l'espérais.

Les clients qui ont connu les affres d'un cambriolage

m'ont parlé de la désagréable impression de viol qui en résulte. Sans compter que certains objets oubliés au fond d'un tiroir n'attendent qu'à révéler la part d'ombre peu avouable de leur possesseur.

Il y a peu, une femme était venue me consulter. En faisant du rangement, son mari avait trouvé une valise de belles dimensions cachée au fond d'une armoire. Celle-ci contenait une cargaison de sex-toys aussi colorés qu'innovants.

Pour se disculper, elle avait tenté de lui faire croire qu'elle avait accepté une représentation d'équipements récréatifs pour arrondir ses fins de mois, ce qui justifiait en outre certaines de ses absences.

Le déballage des pièces à conviction au tribunal constitua un mémorable morceau de bravoure.

Je poursuivis ma balade, mais le charme était rompu. Mes croquettes aux crevettes n'eurent pas la saveur escomptée et une contravention m'attendait sur le pare-brise de ma voiture.

Sur la route du retour, je ne pris pas garde aux limitations de vitesse et perçus l'éclair d'un flash dans mon rétroviseur.

J'appelai Patrick pour lui faire part des réjouissances qui me guettaient.

Une nouvelle fois, il se montra serein.

— Tu n'as rien à te reprocher, reste calme et assure-toi que les règles en la matière soient respectées.

— La montre ?

— Il a commis une erreur, il n'aurait pas dû l'emporter, les preuves découvertes lors de perquisitions illégales ne peuvent pas être utilisées contre le suspect.

— Je ne sais pas si on peut parler de perquisition illégale.

— Il avait un mandat ?

— Non.

— Voilà. Sache qu'une perquisition doit être effectuée en proportion de son objectif. En ce qui te concerne, ils ne peuvent pas débarquer chez toi avec des unités spéciales ou une meute de chiens renifleurs.

— Tu me rassures.

— Vérifie aussi le procès-verbal de la perquisition. Tout ce qui n'est pas consigné par écrit est considéré comme inexistant. Tant qu'on y est, surveille ce Witmeur, qu'il ne découvre pas des objets qui ne t'appartiennent pas.

J'avais eu l'occasion de voir Patrick à l'œuvre dans une affaire de fraude. Il avait interpellé l'avocat de la partie adverse et lui avait servi une formule dont il avait le secret.

« Me Laloux est plus fort que David Copperfield. Si le célèbre illusionniste est capable de faire disparaître des choses qui existent, mon cher confrère est quant à lui capable de faire apparaître des choses qui n'existent pas. »

L'assistance s'était esclaffée, mais l'insinuation lui avait valu un rappel à l'ordre.

Je lui parlai du journal disparu et lui demandai son avis.

— Ils t'ont demandé si tu avais remarqué quelque chose de particulier sur les photos ?

— Non.

— Dans ce cas, ne leur en parle pas, on verra plus tard si on peut exploiter ça.

— Merci, Patrick.

Je raccrochai et éteignis mon portable.

La rentrée approchait, les embouteillages faisaient leur retour. Je n'arrivai au cabinet qu'à 17 h 30.

Véronique m'accueillit avec un sourire crispé.

— Votre cliente vous attend.

Je l'avais oubliée.

— Vous auriez dû me prévenir.

— Vous m'aviez dit en fin d'après-midi. J'ai fixé le rendez-vous à 17 heures. Elle attend depuis dans la salle d'attente. J'ai tenté de vous joindre, sans succès. Je lui ai proposé de reporter le rendez-vous, mais elle a insisté pour vous voir aujourd'hui.

— Bien, je vais la recevoir. Comment s'appelle-t-elle ?

— Elle n'a pas voulu me le dire.

Je ne m'en formalisai pas, cette réaction arrivait couramment lorsque la femme était dans la phase de rumination exploratoire. Sa décision n'était pas prise, elle craignait d'être découverte et venait incognito.

J'étais satisfait d'avoir limité cette entrevue à une trentaine de minutes. La prise de contact consistait dans bien des cas à écouter les doléances du plaignant et à dresser l'inventaire des défauts du conjoint incriminé.

Dans ce registre, les femmes se révélaient les plus virulentes. Il leur arrivait de remonter vingt ans en arrière pour me dresser la liste des mots malheureux, des oublis impardonnables, des retours imbibés, des gestes déplacés et des comportements machistes auxquels elles avaient été confrontées durant le long calvaire qu'avait été leur vie d'épouse.

Lorsqu'elles en avaient terminé, l'envie me brûlait de leur demander pourquoi elles avaient épousé un pareil crétin.

J'entrai dans mon bureau, choisis un dossier au hasard et fis mine de me plonger dans sa lecture.

Véronique frappa à la porte quelques instants plus tard et fit entrer la visiteuse.

La femme qui avançait avait une trentaine d'années.

Elle était aussi élancée que Nolwenn, avait des cheveux noirs mi-longs et affichait un sourire éclatant que son teint mat faisait ressortir.

Le plus troublant était la lueur d'amusement avec laquelle elle me dévisageait de ses yeux vairons. Je savais que cette particularité existait, mais je n'avais jamais eu l'occasion de l'apprécier *de visu*. Son œil droit était bleu, le gauche marron.

— Maître Tonnon ?

Je souris malgré moi, quelque peu mal à l'aise.

— Enchanté.

— Christelle Beauchamp, ravie de faire votre connaissance.

Mon expérience et ma longue pratique des relations humaines me permirent de percevoir le message évanescent qui ondoyait dans son sillage.

Danger !

J'aurais pu improviser, élaborer une excuse, fournir un prétexte, trouver une échappatoire pour ajourner le rendez-vous et me soustraire au piège que je pressentais.

Je lui indiquai un siège.

— Prenez place, je vous en prie.

J'étais abonné aux mauvaises décisions.

10

LA FEMME D'À CÔTÉ

— Je vous écoute.

— Je m'appelle Christelle Beauchamp, j'ai trente-trois ans, j'habite à Paris, j'ai une fille de sept ans.

J'acquiesçai, l'air grave.

— Vous êtes mariée depuis combien d'années ?

Elle leva les sourcils et sombra dans une longue réflexion. Le calcul mental semblait lui poser problème.

— Je n'ai jamais été mariée.

J'accusai réception sans sourciller.

— Vous vivez maritalement ?

Ma question parut la surprendre.

— Non, je vis seule.

— Un compagnon, un homme qui partage votre vie et que vous voyez sur une base régulière ?

— Non plus.

— Le père de votre enfant ?

— Je l'ai flanqué à la porte, il y a cinq ans. Incompatibilité d'humeur.

Je posai mon stylo et joignis les mains.

— Dans ce cas, que puis-je faire pour vous, madame Beauchamp ?

84

Elle se pencha en avant, un sourire énigmatique aux lèvres, son curieux regard rivé dans le mien.

— Vous savez ce qu'est un poisson koï ?

J'accusai le coup.

Une fêlée.

Ce n'était ni ma première ni ma dernière. En général, Véronique parvenait à les repérer, mais certaines cachaient bien leur jeu.

Lors d'une entrevue préliminaire, une femme m'avait longuement dépeint le désert sexuel qu'elle traversait depuis plusieurs années. Malgré l'étalage de lingerie coquine et le récital de poses lascives, son mari semblait ignorer sa présence.

Voyant que je compatissais, elle s'était levée et s'était déshabillée pour susciter mon avis sur la question. Pris de court, j'avais formulé une vague appréciation sur son anatomie avant de mettre un terme à l'entretien.

Le lendemain, le mari avait débarqué avec la ferme intention d'en découdre avec moi. Je n'avais dû mon salut qu'à la présence de Raoul Lagasse.

Je pris l'air intrigué.

— Ce sont des poissons chinois, c'est ça ?

— Japonais.

— Tiens donc.

Elle haussa les épaules.

— Ce qu'il y a d'extraordinaire avec cette espèce, c'est leur capacité à réguler leur croissance en fonction de la taille du bassin dans lequel ils sont élevés. Plus le bassin est vaste, plus ils grandissent. Certains koïs peuvent atteindre plus d'un mètre.

J'opinai.

— C'est intéressant.

— C'est fascinant.

Je marquai un signe d'impatience.

— Où voulez-vous en venir ?

Mon irritation semblait la mettre en joie.

— Figurez-vous qu'il en est de même chez l'être humain. Son pouvoir d'adaptation à l'environnement socioculturel dans lequel il se trouve est impressionnant. Prenez le premier plouc qui passe et plongez-le dans le star-system, vous verrez qu'il ne lui faudra que quelques semaines pour faire bonne figure. Six mois plus tard, il vous expliquera qui est Lawrence Weiner et comment tenir vos couverts.

En l'occurrence, j'ignorais qui était Lawrence Weiner.

— Et après ?

— Si la croissance des koïs est biologiquement limitée, celle des people ne l'est pas. Chaque jour, ils ambitionnent d'être plus grands, plus riches, plus célèbres. Tôt ou tard, ils finissent par exploser. Dépression, alcool, drogues, suicide ou mort violente. Rares sont ceux qui en réchappent.

Mon irritation fit place à de l'exaspération.

— Qui êtes-vous ?

Je lus une lueur de défi dans ses yeux.

— Je suis journaliste.

Je poussai un long soupir. Je m'étais fait avoir comme un gamin.

Je me levai.

— Dans ce cas, chère madame, l'entretien est terminé.

Elle resta assise.

— Ce n'est pas votre affaire qui m'intéresse. Je ne fais pas dans le ragot, je suis journaliste multicarte, j'écris des articles de fond.

— Dites-moi ce qui vous intéresse dans ce cas ? Mon

avis sur la croissance des poissons koïs, mon analyse de la petite enfance de Lawrence Weiner ?

— J'étais proche de Nolwenn.

L'argument ne suffit pas à me calmer.

— Depuis deux jours, tous les journalistes sont proches de Nolwenn.

Je fis le tour du bureau et me plantai devant sa chaise.

— Je vous prie de bien vouloir m'excuser, madame, j'ai un rendez-vous urgent.

Elle se leva.

Avec ses hauts talons, elle arrivait à ma hauteur.

Elle approcha son visage du mien. Une nouvelle fois, je ressentis un léger trouble face au contraste qu'offraient ses yeux.

— Il y a trois ans, j'ai entamé la rédaction d'un bouquin. Je voulais décrire la métamorphose d'un être humain sous la pression du système.

— Vous comptez révolutionner les bases de la sociologie phénoménologique ? Au bas mot, deux cents ouvrages se sont penchés sur la question. Durant mes études, il y a plus de vingt ans, j'ai lu des trucs de Bordwell ou de Balio qui traitaient déjà du sujet.

Elle haussa le ton.

— Des œuvres théoriques, ésotériques et barbantes. Quand j'ai commencé mon travail, je n'avais pas l'intention de philosopher ou d'enfoncer des portes ouvertes. Je voulais présenter un cas réel. Je voulais suivre une star en devenir et étudier son évolution. Mon idée était d'écrire une sorte de journal retraçant son ascension, en sachant que ce serait aussi le récit du début de sa chute.

— C'est palpitant, seulement…

Elle s'emporta.

— Laissez-moi terminer ! J'ai choisi Nolwenn

Blackwell. Je lui ai proposé d'écrire sa biographie, de décrire son parcours, de parler de sa réussite en devenir. Elle a accepté de jouer le jeu. Nous nous voyions régulièrement. Je la suivais, j'observais les changements qui s'opéraient en elle. Elle répondait à mes questions sans faux-fuyants. Elle me racontait ses moments de joie, ses déprimes et sa détresse naissante. J'ai assisté à ses premiers dérapages : l'alcool, la cocaïne, le sexe collectif. J'étais devenue son amie. Nous étions très proches.

Son sourire avait disparu.

Je la sentis au bord des larmes. Soit elle était sincère, soit j'avais affaire à une prodigieuse comédienne.

— Je suis navré de l'apprendre, mais je ne vois pas ce que vous attendez de moi.

Elle se rassit et resta silencieuse.

Interloqué, je pris place sur le siège attenant et l'observai à la dérobée.

Elle semblait réellement émue.

Après un temps, elle reprit, sur le ton de la confidence.

— Je m'étais attachée à elle. Quand je l'ai connue, c'était une jeune fille de dix-huit ans. Le succès est arrivé. Fulgurant. Le cortège habituel a suivi, pression, stress, jalousie, on ne lui laissait aucun répit. Elle est arrivée au top et devait y rester.

J'intervins.

— Elle m'a fait part de son inquiétude face à ce défi permanent.

Elle balaya ma phrase d'un geste, comme s'il ne s'agissait que de remplissage empathique.

— Dans ce milieu, les gens vivent en une année ce que le citoyen lambda ne réalise pas en une vie. Ces derniers mois, elle éprouvait de plus en plus de difficultés à suivre le rythme. Son étoile commençait à pâlir. Elle avait brûlé la chandelle par les deux bouts et cherchait une sortie de secours. Elle a pris des risques. L'orgueil s'en est mêlé. Tous les ingrédients étaient réunis.

Où voulait-elle en venir ?

— Je peux comprendre votre désarroi, mais je ne vois pas en quoi je puis vous aider. J'ai fait sa connaissance il y a deux jours. Je n'ai passé que quelques heures avec elle.

Elle poursuivit, sans tenir compte de ma remarque.

— Je devais la voir cette semaine. Nous devions travailler sur le bouquin.

Je lançai un ballon d'essai.

— Vous aimeriez que je vous aide à rédiger le dernier chapitre ?

Elle me massacra du regard.

— Vous êtes cynique.

— Je suis réaliste.

— Je n'ai besoin de personne pour rédiger le dernier chapitre, mais j'aimerais savoir ce qu'il contient.

Je plissai les yeux et me penchai vers elle.

— Je vais vous faire une confidence, mais ne le dites à personne : je ne l'ai pas tuée.

Elle leva les yeux au ciel.

— Cynique et naïf. Pour qui me prenez-vous ? Il ne faut pas plus de cinq minutes pour savoir que vous ne l'avez pas tuée. Vous seriez bien incapable de commettre une chose pareille. Guindé et maniéré comme vous l'êtes ! Les psychorigides sont rarement des assassins.

Je me contentai de sourire.

— Faites-moi plaisir, madame Beauchamp, racontez

cela à la police. Ils sont convaincus que je suis l'assassin. Ils sont collés à mes pas et épient mes moindres faits et gestes.

— S'ils ont un brin de jugeote, ils réaliseront vite qu'ils font fausse route. Ils ne cherchent pas au bon endroit.

Son assurance m'interpellait.

— Elle avait des ennemis ?

— Je ne sais pas si on peut parler d'ennemis, mais elle gênait du monde.

— Vous en avez parlé à la police ?

— J'arrive de Paris, j'irai les voir demain.

— Qu'allez-vous leur dire ?

— Je savais que quelque chose risquait de se produire, mais je ne m'attendais pas à cela.

Sa déclaration était du pain bénit pour moi.

Cela signifiait qu'il existait un mobile potentiel et que je devais exploiter ce filon.

Je pris mon air le plus professionnel.

— Vous saviez que quelque chose risquait de se produire ?

Elle chercha ses mots.

— Elle m'a téléphoné dimanche soir. J'étais en Espagne. J'étais occupée, je n'ai pas pris l'appel. Elle m'a laissé un message.

— Que contenait ce message ?

— Elle n'en menait pas large. Elle ne m'a pas donné de détails. Elle disait avoir fait une connerie et voulait m'en parler.

11

LA CLÉ DES CHAMPS

Je constatai avec déplaisir qu'ils étaient déjà sur place lorsque j'arrivai à mon domicile.

J'escomptais que leur intervention se déroule dans la dignité, la décence et le respect de la vie privée. Peine perdue, deux voitures non banalisées, équipées de l'attirail au grand complet, étaient garées devant chez moi, portières grandes ouvertes. Par chance, ils avaient coupé la sirène et le gyrophare.

Une demi-douzaine de flics attendaient devant l'immeuble en grillant des cigarettes et en s'interpellant joyeusement. Fort à propos, quelques voisins avaient choisi ce moment pour sortir leur chien ou prendre l'air. Deux d'entre eux conversaient sur le trottoir d'en face en jetant de fréquents coups d'œil à l'armada de policiers.

Des années de sourires courtois, de civilités et de bons offices balayées en l'espace de dix minutes.

Witmeur se détacha du groupe et vint à ma rencontre.

Les autres adoptèrent aussitôt la gravité que l'on affecte lors des enterrements auxquels on ne peut se soustraire.

— Nous vous attendions.

Je consultai ma montre.

— Nous avions convenu de nous voir à 19 heures, il est 18 h 45, il reste quinze minutes.

Il tendit le bras pour bloquer ma progression dans l'allée, fit saillir sa mauvaise épaule et assombrit son regard.

— Je suis désolé, nous ne pouvons pas vous laisser entrer. Nous n'aimerions pas que certaines preuves disparaissent subitement.

— Certaines preuves ? Comme l'arme du crime ?

Il plissa le front en se décrochant la mâchoire, à la manière de Robert De Niro.

— L'arme du crime ou un objet appartenant à la victime, des valeurs, un bijou, une montre, que sais-je ?

Je soupirai.

— Si vous êtes pressé de trouver vos preuves, suivez-moi.

Il fit un signe de tête et sa clique lui emboîta le pas. Hormis Witmeur, je n'avais jamais vu les autres. Pas de trace de Grignard ni de Buekenhoudt.

J'ouvris la porte et embrassai la pièce du regard.

Comme chaque matin, la femme de ménage était passée. Tout était propre et en ordre, chaque chose était à sa place et l'appartement sentait le frais.

Je leur fis signe d'entrer et ôtai mes chaussures, espérant qu'ils en fassent autant. Deux flics échangèrent un sourire de connivence.

Je pensais qu'ils allaient se ruer dans l'appartement et se mettre à tout saccager, mais ils demeurèrent sur le pas de la porte.

J'interpellai Witmeur.

— Vous attendez un bristol ?

Il resta imperturbable.

— Le juge d'instruction va arriver d'un instant à l'autre.

J'entendis au même moment le bruit d'une voiture qui manœuvrait, puis des claquements de portières.

Buekenhoudt apparut, suivi de Grignard et d'un homme de taille moyenne au teint cireux et au nez de travers. Ce dernier semblait nerveux et mal à l'aise. Ses mains étaient crispées sur un porte-documents qu'il pressait contre sa poitrine comme s'il contenait les clés du code nucléaire.

Les flics se mirent au garde-à-vous et Buekenhoudt fit les présentations.

Le juge s'appelait Jacques Descamps. Il grimaça un sourire et me serra la main. Son regard fuyant confirmait son embarras.

Je lui rendis un sourire sans chaleur.

— Enchanté.

Sa présence à la perquisition signifiait qu'il considérait cette affaire comme sensible. Il savait qu'il marchait sur des œufs et tenait à ce que tout se déroule au mieux.

En son temps, Napoléon prétendait que le juge d'instruction était l'homme le plus puissant de l'État. L'affirmation était exagérée, mais il possédait un réel pouvoir. De nos jours, la surcharge d'affaires l'obligeait à déléguer certaines de ses compétences aux policiers. Le revers de la médaille est qu'il ne possédait pas une maîtrise totale sur eux.

Pour preuve, l'opiniâtreté de Witmeur à mon égard.

Je tenais à lui démontrer que je n'avais rien à craindre ou à me reprocher et que je n'hésiterais pas à exploiter le moindre vice de forme.

Il se tourna vers Witmeur et sa clique.

— Faites votre travail, messieurs.

Comme un seul homme, ils enfilèrent leurs gants de latex et s'éparpillèrent dans l'appartement.

Les perquisitions ne faisaient pas partie de mon univers. En revanche, l'inventaire était un exercice auquel j'avais régulièrement été confronté.

Il se déroulait au domicile des époux, souvent en présence du notaire qui devait estimer la valeur des biens. L'épreuve donnait souvent lieu à des échanges musclés.

Lors d'une affaire, l'un de mes clients m'avait demandé de l'assister. Les rapports avec sa femme étaient tendus et il mettait en doute sa bonne foi. L'inventaire devait se dérouler dans une maison bourgeoise située dans un quartier huppé de la capitale.

À l'exception d'un matelas, la maison avait été vidée de fond en comble. Avec un aplomb déconcertant, la femme soutint qu'ils avaient toujours vécu de cette manière et que c'était l'une des causes de son départ.

Ils avaient failli en venir aux mains.

À présent, il n'était plus nécessaire de réaliser un inventaire notarié, les époux pouvaient rédiger eux-mêmes la liste de leurs biens, ce qui donnait parfois lieu à des annotations vaudevillesques telles que : *une statue de la* Vénus de Milo *(bras manquants)* ou *un exemplaire du* Kama-Sutra *(peu utilisé)*.

Je restai au salon en compagnie de Descamps et de Buekenhoudt. Après un temps, je les invitai à s'asseoir.

Nous restâmes trois bonnes minutes sans aucun échange de mots.

Pour ma part, le silence ne m'embarrassait pas.

Je le considérais comme l'un de mes alliés les plus précieux. Je pouvais rester silencieux de longues minutes, le visage impassible, le regard impénétrable, tout à l'observation de la gêne grandissante dans le chef de mes interlocuteurs.

En l'occurrence, le magistrat n'en menait pas large et il me tenait à cœur d'exploiter cette faille. Pour se soustraire au poids du silence, il s'était perdu dans la contemplation de l'Alechinsky qui ornait le mur latéral.

Buekenhoudt prit l'initiative de relâcher la tension.

— S'il y a des papiers, nous préférons emporter le tout et les examiner au bureau.

— Il n'y a aucun papier ici. Et n'essayez pas d'inclure dans votre protocole l'objet que M. Witmeur a emporté illégalement ce matin.

Il jeta un coup d'œil à Descamps, dans l'espoir qu'il vienne à sa rescousse.

Ce dernier prit la parole en veillant à ne pas croiser mon regard.

— Nous connaissons notre métier. Si nous estimons que cela s'avère nécessaire, nous perquisitionnerons le cabinet de monsieur l'avocat.

Il y avait bien longtemps qu'un juge ne m'avait interpellé en usant de cette formule désuète.

Je me levai d'un bond, le fixai dans les yeux et pris un ton offusqué.

— Je vous invite également à perquisitionner mon véhicule, ma cave à vin et mon appartement à Courchevel, j'aurais pu y faire un saut pour y dissimuler des preuves.

Buekenhoudt en avait vu d'autres, il me considéra d'un air las, comme s'il avait affaire à un ivrogne lancé dans une tirade grandiloquente.

En revanche, l'embarras du juge était palpable.

Il se leva à son tour.

— Monsieur Tonnon, ne rendez pas les choses plus difficiles qu'elles ne le sont.

— Plus difficiles qu'elles ne le sont ? Vous plaisantez ? Vous savez ce que j'endure depuis deux jours ? La presse, les interrogatoires, les appels téléphoniques, les visites matinales, les remarques acerbes, le mandat de perquisition. Je ne suis qu'un témoin, mais toutes ces démarches font de moi un coupable en puissance. Ma réputation est ternie à jamais. Ma compagne m'a quitté, mes amis sont muets, mes clients sont absents. Je m'attends à être radié du barreau. Alors, je me permets de vous poser une question, monsieur le juge, qui rend les choses difficiles à l'autre ?

Il en resta bouche bée.

Buekenhoudt se leva et s'interposa.

— Calmez-vous, monsieur.

Je tenais le bon bout et il ne fallait pas que je le lâche. Du coin de l'œil, je regardai par la fenêtre et vis que les journalistes s'étaient passé le mot. Une dizaine de photographes étaient agglutinés devant l'immeuble et attendaient ma sortie, encadré par les policiers, menotté de préférence.

Je les pointai d'un geste théâtral.

— Voilà ! Vos amis les photographes sont arrivés, le spectacle peut commencer. J'imagine sans peine les titres dans les journaux de demain. « Perquisition chez l'avocat Hugues Tonnon, le dernier à avoir vu Nolwenn Blackwell vivante. » Et la présomption d'innocence, qu'est-ce que vous en faites ? Était-il nécessaire d'ameuter la presse pour débarquer ici ?

Buekenhoudt se fit plus incisif.

— Maintenant, bouclez-la ou je vous embarque.

L'entrée inopinée de Witmeur mit fin à l'accrochage.

Il était accompagné de l'un de ses sbires. Les chaussures de ce dernier étaient crottées et répandaient des pelletées de terre grasse dans le salon. Ses mains étaient souillées comme s'il avait fouillé le sol. L'air triomphant, il tenait un objet métallique entre le pouce et l'index.

Witmeur interpella Buekenhoudt.

— Monsieur le commissaire, nous avons trouvé ceci dans l'un des parterres du jardinet situé devant l'immeuble. La terre a été retournée il y a peu, ce qui a attiré notre attention.

C'était une clé Yale, comme il en existe des millions dans le monde.

Buekenhoudt m'interpella.

— D'où vient cette clé, monsieur Tonnon ?

Je soupirai.

— Je n'en sais rien. Il y a plusieurs appartements dans cet immeuble, c'est peut-être l'un de mes voisins qui l'a dissimulée à cet endroit, en cas de perte.

Hormis le juge, ils opinèrent tous trois du bonnet.

J'avais une vague idée de ce que l'on pouvait faire de cette clé.

J'étais prêt à parier vingt ans de ma vie qu'elle ouvrait l'appartement de Nolwenn Blackwell.

JEUDI 25 AOÛT 2011

12

LE PROCÈS

La salle d'audience était comble.

Avec sa hauteur de plafond et ses colonnes en marbre, elle ressemblait à n'importe quelle salle d'audience.

À la table des juges, en surplomb de deux bons mètres par rapport à la position que j'occupais, Witmeur présidait, le regard hautain, l'épaule accusatrice. Buekenhoudt et Grignard étaient assis de part et d'autre. Tous trois portaient des robes noires et étaient coiffés d'épaisses perruques à rouleaux.

J'étais à la barre, vêtu d'un seul caleçon.

Witmeur se leva et prit un ton solennel.

Sa voix résonna curieusement dans l'hémicycle.

— Résumons. Vous tentez de séduire la victime, celle-ci se défend, vous la tuez puis vous la violez. Vous rentrez chez vous à pied, vous faites disparaître la clé, puis vous appelez un taxi et vous retournez chez la victime pour vous changer.

Il confondait tout.

Je levai la main.

— Objection, Votre Honneur.

Il posa les mains sur la table, se pencha dans ma direction et se mit à hurler.

— Ta gueule, Tonnon, c'est moi qui cause !

Je me réveillai d'un coup, le cœur battant, le corps trempé de sueur.

Il était 4 h 10. Il faisait nuit noire.

Dans moins de deux heures, le soleil se lèverait et ils viendraient sonner à ma porte.

J'ouvrirais.

Witmeur et Grignard seraient là, frais et dispos.

Ils m'annonceraient que la clé qu'ils avaient trouvée dans mon jardin ouvrait l'appartement de Nolwenn Blackwell. Je prendrais l'air surpris. Ils me demanderaient des explications. Comme je n'en aurais pas, ils me présenteraient le mandat d'arrêt et me passeraient les menottes.

Dans la journée, ils recevraient les résultats des analyses ADN et établiraient le mobile du meurtre.

Crime passionnel.

Ils me placeraient en détention préventive à Forest ou à Nivelles. Au mieux, il me resterait mon téléphone portable et l'heure de visite quotidienne pour tenter de prouver mon innocence, mais plus personne n'y croirait.

Patrick ferait son possible pour me sortir de là, mais des affaires moins périlleuses l'attendraient. Sac à main, mon fidèle enquêteur, me laisserait tomber. Maxime s'emparerait de ma clientèle et Caroline nierait m'avoir connu. Mes amis ne seraient plus mes amis. Seuls mes parents me renouvelleraient leur confiance.

Mon procès aurait lieu dans un an ou deux et je serais déclaré coupable. Même si le crime passionnel était l'homicide le moins sévèrement puni, j'écoperais de quinze à vingt ans de prison, eu égard à la prémé-ditation.

Terminé les parcours de golf sur les plus beaux sites de la planète, les folles descentes à ski sur les pistes de Courchevel, les parties de bridge du jeudi soir, les goûters du dimanche après-midi chez mes parents, les sorties arrosées avec mes confrères et les étreintes furtives au petit matin.

On m'enfermerait dans une cellule infâme équipée d'un lit trop étroit, d'un matelas éventré et de draps répugnants.

Je serais contraint de vivre dans une promiscuité étouffante. Je devrais me déshabiller, uriner et déféquer devant mon codétenu. On me servirait de la nourriture infecte, de l'eau croupissante et du café bouilli. Une fois par semaine, je me ferais violer dans les douches.

Je me levai d'un bond et tentai de chasser mes idées noires.

Je me servis un verre de cognac et l'avalai d'un trait. Il avait le goût de mon cauchemar.

Mon sort m'apparut comme une évidence. Je ne sorti-rais jamais de cette prison, je serais mort bien avant. Et si la mort ne m'emportait pas, j'en sortirais vieux et usé.

Ma vie était finie.

L'alternative était de prendre la fuite, mais mon échappée signifierait ma culpabilité. Patrick ne vali-derait pas ce choix. Je serais seul, loin de tout, livré à moi-même.

J'avalai un second verre de cognac.

La chaleur de l'alcool commença à se répandre dans mon corps.

Rester et mourir ? Partir et vivre ?

Poser la question équivalait à y répondre.

Partir pour aller où ?

Demain, un avis de recherche international serait lancé. Je ne pourrais ni entrer dans un aéroport ni passer une frontière. Mes comptes en banque seraient bloqués et mes cartes de crédit inutilisables. Je ne pourrais utiliser ni mon téléphone portable ni mon adresse de messagerie sous peine d'être localisé dans les dix minutes. Je devrais éviter les caméras urbaines, changer mon apparence, me laisser pousser la barbe, porter des lunettes noires.

Je serais le fugitif, le nouveau Richard Kimble, à la recherche de l'assassin de Nolwenn.

C'était ma seule issue, trouver celui qui avait commis ce meurtre.

Quelles étaient mes chances ? Je n'avais aucune piste, aucun indice, aucun témoin, aucun manchot en vue.

J'avalai un troisième verre de cognac.

Cette fois, l'alcool partit en ligne droite vers mon cerveau. Une douce euphorie m'enveloppa.

Le crime parfait n'existait pas. Je trouverais l'assassin de Nolwenn. Le meurtrier avait commis une erreur. Un voisin se souviendrait, des indices apparaîtraient, des témoins parleraient, des preuves émergeraient.

Après une chasse impitoyable, je rentrerais en tirant le responsable par le collet. Je le livrerais à la justice, je jetterais les preuves sur le bureau de Witmeur. Il blêmirait et se confondrait en excuses.

Magnanime, je balaierais ses justifications d'un geste large.

Il était 4 h 28.

Je devais prendre une décision, et je devais la prendre sans tarder.

13

LE FUGITIF

Dans l'une de ses chansons, Charles Aznavour laisse entendre que Paris serait désert au mois d'août. Il était 8 h 20, le périphérique était embouteillé comme au plus beau jour d'une grève de métro.

J'avais quitté Bruxelles trois heures auparavant, après avoir empilé quelques vêtements et jeté mes affaires de toilette dans la plus grande valise que j'avais trouvée.

Avant de partir, j'avais noté dans mon agenda les données et numéros de téléphone susceptibles de m'être utiles. J'avais ensuite laissé mon téléphone portable allumé en veillant à couper la sonnerie. À proximité de l'entrée de l'autoroute, j'avais fait une halte dans une rue calme et l'avais glissé dans un sac-poubelle qui attendait le ramassage.

La vision de Witmeur au dépôt d'ordures, pataugeant dans un tas de détritus à la recherche de mon téléphone, m'avait mis un peu de baume au cœur.

Je sortis porte Maillot et remontai l'avenue de la Grande-Armée. Arrivé à l'Arc de Triomphe, je m'engageai dans l'avenue Kléber. L'agence du Crédit Suisse se trouvait au numéro 25. Il me fallut une vingtaine de minutes pour trouver une place de stationnement autorisé.

Je fus accueilli par une hôtesse en tailleur bleu marine qui s'enquit de ma demande en me présentant son plus beau sourire.

— Bonjour, monsieur, en quoi pouvons-nous vous aider ?

— Je suis client chez vous, je souhaite procéder à un retrait.

— Bien sûr, monsieur.

Elle prit le téléphone, échangea quelques mots et m'aiguilla vers un bureau dans lequel m'attendait un homme en costume gris qui se mit au garde-à-vous à mon entrée.

— Bonjour, monsieur, vous souhaitez procéder à un retrait, je vais m'occuper de votre demande. Puis-je avoir votre nom et une pièce d'identité, s'il vous plaît ?

Je m'exécutai et il se mit en devoir de taper sur son clavier en inspectant l'écran. Il élargit son sourire, rasséréné par les chiffres qui s'affichaient.

Mon manque de civisme ne me causait aucune honte. Les avocats sont loin d'être les seuls à se dérober au fisc, ils ne viennent qu'en troisième position, derrière les dentistes et les ministres.

— Quel montant souhaitez-vous retirer ?

— Cinquante mille euros.

Il accueillit l'information avec le même détachement que si je lui avais annoncé que la température extérieure était de vingt degrés. Je m'étais souvent demandé quel entraînement suivaient ces gens pour rester à ce point imperturbables, et à partir de quel montant on pouvait voir tressaillir un muscle de leur visage.

— Bien, monsieur, je vous remets le montant en euros ou souhaitez-vous d'autres devises ?

— En euros, ce sera parfait.

Au-delà de ce montant, ils risquaient de m'imposer un délai pour *raison technique*. Je savais que les agences ne disposaient pas d'une réserve inépuisable d'espèces dans leurs coffres. Je savais également que mon nom ne les ferait pas réagir et que, si d'aventure ils apprenaient que j'étais l'un des principaux suspects dans une affaire de meurtre, je bénéficierais de la légendaire amnésie helvétique.

Il prit le téléphone, murmura quelques mots d'un ton feutré et reposa le combiné comme s'il s'agissait d'un objet de grande valeur.

— Avez-vous une autre requête, monsieur ?

Je sortis mon agenda.

— Oui, j'aimerais que vous fassiez un virement de dix mille euros sur ce compte.

Je lui dictai la série de chiffres.

— Ce sera fait, monsieur.

Je ressortis de l'agence quelques minutes plus tard avec dans ma poche une enveloppe contenant la somme demandée.

Je retrouvai ma voiture et remontai l'avenue des Champs-Élysées en quête de mon second objectif.

Lorsque j'atteignis la place de la Concorde, je pris la voie Georges-Pompidou et longeai les quais jusqu'au boulevard Henri-IV. Je remontai vers la Bastille en explorant les façades. Je fis le tour de la place et pénétrai dans la rue Saint-Antoine.

Après quelques centaines de mètres, je trouvai ce que je cherchais.

Un panneau grossièrement peint annonçait un parking de cinquante places. De plus, il était possible de bénéficier d'un lavage à la main traditionnel. Le dernier mot était écrit avec un seul *n*, ce qui laissait augurer que j'avais visé juste.

Je me faufilai dans l'entrée, plongeai dans les ténèbres et m'arrêtai à hauteur d'une sorte de guérite mal éclairée dans laquelle un homme lisait le journal, les pieds sur la table, la chaise en équilibre précaire.

Il replia sa gazette en maugréant et vint à ma rencontre.

— C'est pour combien de temps ?

— Je passe la journée à Paris, mais je pars en voyage ce soir pour une à deux semaines.

Il fit la moue.

— Ça va être difficile.

Expression lapidaire qui signifiait que c'était possible, mais que cela allait me coûter une fortune.

Il lança un cri et un homme aux jambes arquées vêtu d'une salopette orange émergea de l'ombre.

— Ouais ?

— Tu as une place pour une à deux semaines ?

L'homme avança en boitillant et esquissa une grimace. Il se mit en devoir de remettre ses testicules en place, haussa les épaules et confirma le pressentiment de son patron.

— Ça va être difficile.

Je sortis mon sésame.

— Je n'ai pas besoin de reçu et je peux vous payer une semaine d'avance, si ça peut aider. S'il y avait moyen de la laver par la même occasion, ce serait parfait.

Ils acquiescèrent à l'unisson.

— On va trouver une solution.

108

La solution trouvée, je sortis du parking en traînant ma valise derrière moi. Je parcourus une centaine de mètres et entrai dans une boutique de télécom.

Vingt minutes plus tard, je quittai le commerce équipé d'un téléphone portable bas de gamme et d'une carte prépayée.

J'entrai dans le premier bistro, pris un café et deux croissants et composai le numéro de Raoul Lagasse, alias Sac à main.

— Bonjour, Raoul, c'est moi.

— Bonjour, maître, vous êtes en France ? Vous avez changé de numéro ?

— Note ce numéro dans ta mémoire.

— Je vois.

— Je t'ai adressé un virement de dix mille euros ce matin, en guise d'acompte pour services à rendre.

— Ce n'était pas nécessaire, j'ai confiance en vous.

— As-tu trouvé quelque chose dans l'affaire Blackwell ?

— J'ai un début de biographie, pas encore grand-chose. Je commence à sa naissance ou à la date de sa mort ?

— Ce qui te semble lié à mes problèmes.

Il soupira.

— Blackwell était carbonisée dans le métier, plus personne ne voulait d'elle. Elle était capricieuse et instable. Quand elle daignait se présenter aux défilés ou aux séances photo pour lesquels elle avait signé un contrat, elle exigeait une loge privée dont l'air devait être purifié. Il fallait qu'il y ait du champagne, des bouteilles d'eau norvégienne, des serviettes en lin, de la vaisselle de Chine, des limes à ongles, un bouquet de vingt-trois roses rouges et un tas de bricoles du même acabit. Si quelqu'un avait le malheur de fumer dans un périmètre de cent mètres, elle s'en allait en claquant la porte.

— Quel rapport avec notre affaire ?

— Elle était ruinée et endettée jusqu'au cou. Elle a vendu l'appartement qu'elle avait à New York le mois passé, mais ça n'a pas suffi à combler le gouffre. Le mariage avec Amaury Lapierre était sa bouée de sauvetage.

L'information ne me surprenait pas.

Plus que son soi-disant déshonneur, c'était la perspective de ramasser le pactole qui l'avait attirée dans mon cabinet.

— C'est comme cela que je l'ai perçu. Pourtant, je l'ai sentie déterminée, sûre d'elle. Elle semblait convaincue d'obtenir une indemnité de rupture. Sans doute avait-elle quelque chose à monnayer. Son silence, par exemple.

— Dans ce cas, elle ne serait pas venue vous trouver, je vous vois mal jouer l'intermédiaire dans une affaire de chantage.

Déduction pleine de bon sens.

— Qui pouvait lui en vouloir au point de la tuer ?

— Si j'exclus ses consœurs qui l'ont envoyée au diable en lui souhaitant la mort, il y a les innombrables personnes à qui elle a fait faux bond et qui ont perdu de l'argent à cause d'elle. Il y a aussi la brochette de personnages plus ou moins louches qu'elle fréquentait, hommes d'affaires véreux, dealers, trafiquants, prostituées de luxe, proxénètes, caïds. Plus la racaille habituelle qui rôde dans ce milieu.

— Ce qui fait du monde.

— J'en oublie certainement.

— Tu écartes toujours la possibilité que Lapierre soit derrière le meurtre ?

— Je ne vois pas de mobile suffisant, en tout cas pas à première vue, mais je pourrai vous en dire plus dans quelques jours. Les obsèques ont lieu demain après-midi, je compte passer y faire un tour.

— En attendant, j'aimerais que tu te renseignes sur plusieurs points.

— Je vous écoute.

— Une certaine Christelle Beauchamp est venue me voir hier soir. Elle s'est présentée comme journaliste indépendante et a déclaré préparer la biographie de Nolwenn Blackwell. Selon elle, Nolwenn lui aurait laissé un message disant qu'elle avait fait une connerie.

— C'est noté.

— Autre chose, la police a effectué une perquisition chez moi hier soir. Ils ont trouvé une clé enterrée dans le jardinet devant l'entrée.

Il fulmina.

— Quelle coïncidence ! J'étais certain que l'assassin avait la clé de l'appartement de Blackwell. Comme vous étiez sous le feu des projecteurs, il en a profité pour vous charger.

— Sans doute, mais à cette heure, je ne sais pas encore si cette clé ouvre l'appartement de Nolwenn et l'information ne se trouvera pas dans les journaux. Tu peux te renseigner ?

— Je m'en occupe.

— J'aimerais aussi que tu t'intéresses à Amaury Lapierre, il n'est peut-être pas dans le coup, mais il sait sûrement quelque chose. J'aimerais connaître l'adresse de son domicile, celle de son bureau, ses habitudes, où il déjeune, qui est son coach personnel ou sa masseuse attitrée.

— D'accord. Vous êtes joignable à ce numéro ?

— Oui.

— Je vous appelle dès que j'ai du nouveau.

— Une chose encore, Raoul.

— Oui ?

— Merci.

Je sortis du bistro, toujours en tractant ma valise comme le dernier des touristes.

Il me fallait à présent trouver un hôtel.

Je devais d'emblée exclure les cinq-étoiles et les hôtels faisant partie d'une chaîne, ils exigeraient une pièce d'identité ou une empreinte de ma carte de crédit.

Je poursuivis ma route et entrai dans le métro à la station Saint-Paul. J'en ressortis quinze minutes plus tard à Franklin-Roosevelt et descendis l'avenue Montaigne à la recherche d'un hôtel discret.

Je passai devant les boutiques de luxe avec un serrement au cœur. Je me revoyais chez Chanel quelques mois auparavant, Caroline à mes côtés, me suggérant de lui offrir un petit souvenir de Paris.

Quelques mètres plus loin, une librairie se vantait de distribuer l'intégralité de la presse internationale.

Je pénétrai dans la boutique à la recherche des titres belges.

À l'heure qu'il était, ma disparition ne pouvait être suspecte. Je n'étais pas inculpé et n'étais encore qu'un témoin. Il y avait peu de chances pour que ma photo soit exposée dans les journaux ou que mon nom soit cité.

Je pris *Le Soir* et *La Libre Belgique* dans les rayonnages. De fait, le nom de Blackwell ne se trouvait plus en première page, éclipsé par la victoire de l'équipe belge de hockey contre l'Espagne.

Un quotidien glissé dans un présentoir voisin attira mon attention.

« *Bejaarde aangeval'n dag ná moord in buurt* »

Le titre à la une était proche du néerlandais, mais ce n'était pas du néerlandais. Je fermai les yeux et revis la table encombrée dans le salon de Nolwenn. Le titre du journal trouva sa place dans ma mémoire.

J'interpellai la femme qui se tenait derrière la caisse.

— Pardon, madame, il vient d'où, ce journal ?

Elle avança la tête.

— *Die Burger* ? Afrique du Sud.

Que faisait un quotidien sud-africain dans l'appartement de Nolwenn la veille de sa mort ? Plus étrange, pourquoi avait-il disparu le lendemain ?

14

FENÊTRE SUR COUR

Je dus parcourir l'avenue Montaigne de bout en bout, continuer jusqu'à la place de l'Alma, traverser la Seine et sillonner la rue de l'Université pour trouver un établissement classé en deçà de quatre étoiles.

À bout de souffle, courbaturé par le périple et la valise qui traînaillait dans mes pieds, je jetai mon dévolu sur un hôtel discret d'inspiration provençale situé dans la rue Malar.

Je m'y présentai sous le nom de Marc Levy, premier patronyme qui me vint à l'esprit. La réceptionniste hocha la tête et me fit remplir une fiche. J'en déduisis qu'elle ne connaissait pas l'illustre homme de lettres.

Ma chambre donnait sur la cour intérieure. Quelques hôtes germanophones prenaient un petit-déjeuner tardif en échangeant des plaisanteries ponctuées de rires gutturaux.

Je testai le lit qui répondit à ma sollicitation par un couinement de détresse. J'inspectai ensuite la salle de bains. La prise électrique fonctionnait et la chasse d'eau remplissait son office. Hormis quelques cheveux qui tire-bouchonnaient dans le fond de la baignoire et des résidus de calcaire sur la robinetterie, la propreté était satisfaisante.

Je défis ma valise, rangeai avec soin mes vêtements dans l'armoire qui sentait l'antimite et disposai mes affaires de toilette dans la salle de bains.

Lorsque tout fut rangé, je m'effondrai sur le lit.

Il était temps que je réfléchisse au tour que ma vie venait de prendre et à ce que j'allais désormais en faire.

Midi approchait, ma fuite était manifeste et Witmeur devait fulminer.

Je l'imaginai gesticulant dans son bureau, interpellant ses semblables pour leur notifier qu'il avait eu raison. Je l'entendis pleurnicher, se lamenter, déclarer que si le juge d'instruction l'avait écouté, il m'aurait arrêté dès le lendemain du meurtre, j'aurais craqué sous la pression, j'aurais tout avoué lors de l'interrogatoire et je serais sous les verrous.

Il aurait fait la une des journaux, aurait reçu une promotion et se serait acheté une nouvelle moto.

À présent, il allait se lancer à mes trousses. Il devait s'être juré d'avoir ma peau, quitte à faire le tour de la planète pour me retrouver.

La première décision que je pris fut de ne plus consulter les quotidiens. Je ne tenais pas à me laisser intimider par les titres racoleurs qui allaient apparaître dans les heures qui suivraient.

Ma seconde décision fut de concocter un plan. Je tournai et retournai les maigres éléments que j'avais en ma possession.

Nolwenn Blackwell était ruinée. Elle était grillée dans le métier et était aux abois. Par chance, son mariage avec Amaury Lapierre allait lui donner un second souffle et la sauver de la banqueroute.

Hélas, un paparazzi avait mis fin au conte de fées.

Quelques jours avant sa mort, elle avait laissé un message à Christelle Beauchamp dans lequel elle déclarait avoir fait une erreur.

Durant les heures qui avaient suivi notre rencontre, elle avait été tuée de deux balles dans la tête. L'assassin était un apprenti tueur qui possédait la clé de son appartement et avait enterré celle-ci devant mon domicile pour faire peser les soupçons sur ma personne.

Avec l'hypothétique disparition d'un quotidien sud-africain, c'était à peu près tout ce que j'avais sous la main pour entamer mon enquête personnelle.

J'en étais là de mes réflexions quand les premières notes de la *Lettre à Élise* se firent entendre. Je me promis de changer la sonnerie de mon portable et décrochai.

— C'est moi, maître.

— Je m'en doute, tu es le seul à connaître ce numéro.

— J'ai quelque chose.

— Je t'écoute.

— Amaury Lapierre est un accro du poker. Il joue deux à trois fois par semaine. Jusqu'il y a peu, il se partageait entre le Cercle Wagram et le Cercle Haussmann, mais les deux cercles ont été fermés par la police pour fraudes, exercice illégal du métier de banquier, extorsion, blanchiment et j'en passe. Dans le cadre de l'enquête sur le Cercle Haussmann, un certain monsieur Stéphane a été interpellé. Les flics le suspectaient d'organiser des parties de poker clandestines qui réunissaient le gratin des flambeurs parisiens, en plus de vedettes du show-business et de quelques membres de la mafia corse. Pour s'asseoir à ces tables, il fallait débourser dix à vingt mille euros d'entrée de jeu. Le nom de Lapierre a été cité, mais il a disparu du dossier aussi vite qu'il y est apparu.

— Homme d'affaires, playboy et flambeur, un digne successeur à notre baron Empain, en quelque sorte.

— Oui, mais entouré d'une garde rapprochée. À présent, il exerce son art au Cercle Gaillon. Il y est le mardi et le jeudi, en début de soirée. Au cas où l'information vous intéresserait, ça se trouve à Paris, rue de Berri.

— Qu'est-ce qui te laisse à penser que je suis à Paris ?

— Rien. Comme rien ne me laisse à penser que vous souhaitez rencontrer Amaury Lapierre.

— Merci pour l'information, Raoul.

— Si vous avez besoin d'un coup de main, je peux être à Paris en moins de deux heures.

— Je pense que tout ira bien.

— Un conseil, maître, faites attention. En plus des gardes du corps qui ne le lâchent pas d'une semelle, ce type bénéficie de protections au plus haut niveau.

— Je suivrai ton conseil, je ne prendrai pas de risque, surtout dans la situation qui m'occupe.

Jusque-là, je n'avais pas de plan.

À présent, j'en avais un.

15

JEUX INTERDITS

Je somnolai une partie de l'après-midi devant un vieil épisode d'une série américaine dans lequel Betty expliquait à Janice que John ne savait pas que la femme de Steve avait eu une relation avec le frère de Walter.

Sur le coup de 17 heures, je quittai l'hôtel à pied. Je tenais à être au Cercle Gaillon avant l'arrivée d'Amaury Lapierre.

J'arpentai la rue de Berri, de l'avenue des Champs-Élysées au boulevard Haussmann, à la recherche d'une façade racoleuse ou d'une enseigne tape-à-l'œil. Je passai devant l'entrée sans la remarquer, une simple porte cochère qui jouxtait un restaurant asiatique.

Je fus accueilli par une hôtesse aux formes généreuses qui m'évalua de pied en cap d'un regard grave. Je m'acquittai des formalités d'entrée et déboursai la somme de cent euros. D'un geste gracieux, elle fit disparaître les billets et me proposa de faire le tour du propriétaire.

Elle me vanta les services du bar, m'énuméra les quelques règles de bonne conduite et me détailla le programme des tournois réguliers organisés durant la semaine en mettant un accent particulier sur le *Texas Hold'em No Limit* qui se déroulait le jour même, comme tous les jeudis et démarrait à 18 h 30.

La décoration était de bon goût et l'ambiance cosy. Le club n'était pas très grand et ne comptait que six à sept tables. Une table supplémentaire, entourée d'une dizaine de chaises, était installée dans une sorte d'alcôve dont l'accès était protégé par un cordon de sécurité. Pour l'heure, personne ne l'occupait.

Je me dirigeai d'un pas nonchalant vers le guichet et changeai mille euros. Je m'assis ensuite au bar et commandai un whisky on the rocks que je sirotai en examinant le public.

Une vingtaine de joueurs étaient présents, pour la plupart des jeunes cadres au brushing élaboré, costume italien et chemise ouverte sans cravate.

Il me restait à attendre l'arrivée hypothétique de ma cible.

Le manque de sommeil fit sa réapparition et je me mis à rêvasser les yeux ouverts.

Je m'enfonçai dans un remake de *Casino Royale* et imaginai Amaury Lapierre débarquant en smoking blanc, encadré par ses gardes du corps et deux pin-up en lamé argenté. J'attendis qu'il soit installé pour fendre la foule d'un pas souple et prendre place à sa table en le défiant du regard.

Après quelques passes d'armes, il ne resta que Lapierre et moi, face à face, imperturbables derrière nos pyramides de jetons. Les témoins agglutinés autour de la table retenaient leur souffle. Je jouai mon va-tout et raflai la mise. Amaury Lapierre quitta le cercle sous les lazzis, et l'une de ses amazones, subjuguée par mon

119

charme, tomba dans mes bras et me confia les informations qui m'innocentaient.

Le barman me tira de mon rêve éveillé.

— Je vous sers autre chose ?

— Le même.

La réalité risquait d'être moins héroïque.

Même si j'étais d'un bon niveau au bridge, je ne connaissais que les rudiments du poker. Les rares fois où je m'y étais essayé, je m'étais retrouvé à sec en moins de deux.

Lapierre fit son apparition trois quarts d'heure plus tard.

Il était accompagné par un homme de forte corpulence, en guise de pin-up. Il transpirait par tous les pores de la peau et suivait son maître à la trace en jetant de brefs coups d'œil à la ronde tout en s'épongeant le cou. Je le rangeai dans la catégorie des chauffeurs-gardes du corps-hommes à tout faire.

Ils se dirigèrent tous deux vers la table située dans l'alcôve, aussitôt suivis par quelques yuppies et un septuagénaire dont le visage rubicond me rappelait quelqu'un.

Après quelques échanges cordiaux, ils prirent place et entamèrent la partie.

Le garde du corps s'éloigna et vint s'installer à l'extrémité opposée du bar.

Il me restait à prendre mon mal en patience.

Je commandai un troisième whisky et fis le tour des tables en faisant mine de m'intéresser aux parties en cours.

Je me doutais qu'un tel comportement risquait d'attirer l'attention du physionomiste ou des caméras, mais je n'étais pas le seul à jouer au curieux. Quelques touristes avaient fait leur apparition et paradaient autour des tables sans s'y asseoir.

J'en profitai pour observer Lapierre à la dérobée.

Il semblait déterminé, sûr de lui et toisait les autres joueurs. Je le sentais colérique et susceptible, comme le sont souvent les petits formats.

Je dus attendre près d'une heure avant que l'opportunité que je guettais ne se présente.

Lapierre se leva, prononça quelques mots dont je ne saisis pas le sens et se dirigea vers le fond de la salle. Au passage, il lança un signe d'apaisement à són cerbère accoudé au bar.

J'anticipai le mouvement et pressai le pas pour entrer avant lui aux toilettes.

Le lieu abritait trois urinoirs. Je m'installai au centre. Lapierre fit irruption quelques secondes plus tard et vint se placer à ma gauche. Planté à mes côtés, il me parut plus petit encore.

Je jetai un coup d'œil en oblique par-dessus son épaule. Je relevai qu'il avait une plaque d'eczéma dans la nuque et qu'il se faisait teindre les cheveux.

Je poursuivis l'examen en montant de manière imperceptible sur la pointe des pieds et constatai, non sans satisfaction, que son équipement personnel ne valait pas le mien.

L'acte était puéril et pulsionnel, mais les hommes sont ainsi faits. Si ce n'est lors d'un passage aux toilettes, ils le font dans les vestiaires de leur club sportif. Ils ne peuvent s'empêcher de comparer, d'évaluer, de soupeser. Si d'aventure le prétendant les surclasse, ils lui trouvent aussitôt une déficience physique ou une tare psychique. En désespoir de cause, ils lui prêtent le quotient intellectuel d'une pince à linge.

Lorsque sa miction débuta, je l'interpellai d'une voix mesurée.

— Ne vous méprenez pas sur mes intentions, monsieur Lapierre.

Il eut un léger mouvement de recul et le bruit d'écoulement s'interrompit.

— Qu'est-ce que vous voulez ?

Je gardai la tête droite et fixai la faïence murale.

— Je suis avocat à Bruxelles.

Je le sentis qui étudiait mon profil.

— Et alors ?

— Lundi soir, j'ai reçu la visite de quelqu'un que vous connaissiez.

Je pivotai la tête et le fixai droit dans les yeux.

Je lui souhaitais d'être moins expressif au poker. Il avait blêmi et un début de panique se lisait sur son visage. Il se reprit tant bien que mal et focalisa son attention sur l'évacuation en cours.

— Qu'est-ce que vous venez faire ici ?

— Vous lisez les journaux, je suis suspecté de meurtre.

Ses yeux filèrent de gauche à droite. Il évaluait les options. Foncer vers la sortie ? Appeler son garde du corps ? Me laisser m'exprimer ? Gagner du temps ?

S'il valait quelque chose aux cartes, il se révélait un couard de première.

Je repris, sur le ton de la conversation entre gens de bonne compagnie.

— Malgré les apparences, je n'ai rien à voir dans cette histoire. J'aimerais savoir qui essaie de me faire endosser la mort de Mlle Blackwell.

— Je pensais qu'ils vous avaient arrêté.

— C'est faux. Je n'ai pas attendu qu'ils m'arrêtent.

Si j'étais coupable de quoi que ce soit, je n'aurais pas pris le risque de venir jusqu'ici.

Quelque peu rassuré, il rangea ses accessoires et remonta sa fermeture Éclair. Il me restait quelques secondes pour le convaincre de m'écouter. Une fois dans la salle, il ameuterait son molosse, le gérant du cercle appellerait la police et je me retrouverais à la Santé.

Il m'étudia une nouvelle fois et me toisa avec défi.

— Vous comptez m'empêcher de sortir ?

Je supposai qu'il avait jugé que je ne constituais pas un danger physique pour lui.

J'ignorai la provocation.

— Après sa visite au cabinet, nous avons dîné ensemble et elle m'a confié certaines choses, j'aimerais vous en parler.

Il fit un écart, me contourna et se dirigea vers la sortie.

— Racontez ça à la police.

— Je suis avocat, monsieur Lapierre, j'ai une éthique, je suis lié par le secret professionnel et je ne cherche pas à exercer la moindre pression sur vous.

— Dans ce cas, contactez mon avocat.

Il ouvrit la porte.

Je jouai le tout pour le tout.

— Considérant les informations en question, je pense qu'il est préférable que je vous en parle d'abord.

Il marqua une hésitation et maintint la porte ouverte.

— Trois minutes. Je vous accorde trois minutes, pas une de plus.

Les muscles de ma nuque se dénouèrent quelque peu. Je bénéficiais de trois minutes de sursis.

— Il ne m'en faudra pas plus.

Il indiqua la salle du menton.

— Suivez-moi !

Nous revînmes dans le salon et il m'attira dans un recoin. Son nervi vint à la rescousse, le mouchoir déployé, les glandes sudoripares en alerte. Il le rassura d'un clignement de paupières.

Nous nous assîmes. Notre différence de taille se fit moins manifeste et il retrouva son arrogance naturelle.

— Il vous reste deux minutes, je vous écoute.

Je me remémorai la phrase de Francis Walder que j'avais faite mienne dès le début de ma carrière.

Bluffer n'est pas mentir.

Fort de ce sain principe de négociation, je lâchai ma bombe.

— C'est Nolwenn qui a commandité le paparazzi qui vous a surpris.

L'idée m'était venue intuitivement.

Elle valait ce qu'elle valait, mais elle me semblait suffisamment intrigante pour piquer sa curiosité et suspendre le compte à rebours.

Il me dévisagea sans sourciller.

— Je le savais, vous ne m'apprenez rien.

Je pensais le stupéfier, l'assommer, le mettre K.-O., mais le boomerang me revenait dans les gencives. J'étais un piètre joueur.

— Vous le saviez ?

Il ne put s'empêcher de grimacer un sourire en voyant ma mine déconfite.

— C'est tout ce que vous vouliez me dire ? Je vous remercie pour l'information. À présent, j'aimerais retourner à ma partie. Je vous souhaite une bonne soirée.

Il se leva.

Le poussah, resté à l'écart, fit un pas dans notre direction.

124

— Elle m'a aussi confié qu'elle avait pris un risque.

Il marqua le coup.

— Un risque ? Quel risque ?

— Un risque suffisant pour que quelqu'un décide de la faire taire.

Il reprit place.

— Depuis combien de temps connaissiez-vous Nolwenn ?

— C'était la première fois que je la voyais.

Il soupira.

— Laissez-moi deviner, vous êtes spécialisé en divorce ?

— En effet.

— Je vais vous dire quelque chose, maître… ?

— Tonnon. Hugues Tonnon.

— Je vais vous raconter ce que j'ai déjà raconté à la police française, maître Tonnon. Si vous n'avez rien à voir dans cette affaire, sachez que je n'ai rien à y voir non plus, comme je n'ai pas la moindre idée de qui a commis ce meurtre ni pourquoi. Sachez aussi que je suis très affecté par ce drame.

Pas au point de renoncer à sa partie de poker.

Je pris l'air désolé.

— Je vous prie de bien vouloir m'excuser, ce drame m'a bouleversé à plus d'un titre, je vous présente mes condoléances.

Nous respectâmes quelques conventionnelles secondes de silence.

Il se pencha vers moi.

— Vous avez du cran d'être venu jusqu'ici, mais n'essayez pas de prêcher le faux pour savoir le vrai. J'ai vécu avec Nolwenn pendant sept mois. Nous avons connu des moments extraordinaires et je l'aimais vraiment. Ces dernières semaines, elle avait changé. Quand j'ai fait sa connaissance, elle était difficile, mais ces derniers temps, elle était devenue invivable. Elle voulait me séquestrer, sa possessivité devenait insupportable. J'ai pourtant joué cartes sur table au début de notre relation.

— Qu'entendez-vous par jouer cartes sur table ?

— Elle connaissait mon attirance pour le jeu et elle avait accepté de s'en accommoder. Nous avions trouvé un *modus vivendi*. Début août, notre relation était devenue impossible, je lui ai annoncé que je comptais rompre mon engagement.

— Elle ne m'en a rien dit.

— Mieux, j'avais prévu un dédit et une rente pour elle. Elle s'en serait sortie honorablement et aurait été à l'abri du besoin. Elle a pris la mouche et a voulu se venger, sans doute sur les conseils de son pseudo-agent. Elle a commandité ce paparazzi pour tenter de me soustraire plus d'argent. C'était une erreur de sa part. Quand j'ai appris que c'était elle qui avait organisé ce buzz, je lui ai dit qu'elle n'aurait rien.

Il me pointa de l'index.

— Et elle n'aurait rien eu. J'ai une armada d'avocats autrement plus coriaces que vous. C'était ça, le risque dont elle vous a parlé.

J'étais estomaqué et ne parvenais pas à le masquer.

Ou cet homme bluffait avec une maestria impressionnante ou je m'étais laissé avoir comme un gamin.

Je répétai, naïvement :

— Vous comptiez lui verser une rente ?

— Oui, je peux le prouver si la justice de mon pays en émet le désir.

Manière élégante de me dire de me mêler de mes affaires.

Une phrase de Nolwenn me revint.

— Vous lui aviez promis un dédit ?

— Oui, mais après l'affaire du paparazzi, je lui ai dit qu'elle n'aurait pas un euro, rien.

— Pourtant, lors de notre dîner, elle m'a annoncé qu'elle attendait une rentrée d'argent.

Il rit de bon cœur. Son rire ressemblait à la plainte du lit de l'hôtel.

— Une rentrée d'argent ? Quelle rentrée d'argent ? Elle n'avait plus honoré de contrat depuis plus de six mois, elle était à découvert sur tous ses comptes et les banquiers la harcelaient. Je lui avais promis de régler ça après le mariage.

Il se leva et me tendit la main.

— Je vais vous rendre un dernier service, je ne vous ai pas rencontré et je ne vous ai rien dit. Si vous avez besoin de moi pour retrouver ceux qui ont fait ça, contactez mon assistante et laissez-lui un message.

Je me levai à mon tour et lui serrai la main.

— Je n'y manquerai pas.

Il tourna les talons et reprit la direction de sa table.

Je le regardai s'éloigner.

Nolwenn ne m'avait pas tout dit. Sa rupture était consommée avant la fameuse photo et le dossier se serait révélé plus complexe qu'il ne paraissait.

Une chose restait néanmoins obscure.

La somme d'argent qu'elle disait attendre n'était peut-être que de la poudre aux yeux, mais si elle n'attendait aucune rentrée d'argent et qu'elle était à ce point sur la paille, pourquoi me confier cette montre qu'elle aurait pu très facilement monnayer ?

16

LE FAUSSAIRE

Je rechangeai mes jetons en euros et sortis du cercle empêtré dans mes pensées.

J'avais à peine fait quelques pas qu'une mélodie lancinante vint contrarier mes cogitations. Je jetai un coup d'œil autour de moi avant de réaliser qu'il s'agissait de la nouvelle sonnerie de mon portable.

— Maître, c'est moi.

— Inutile de me dire que c'est toi, je le sais, tu es le seul à avoir ce numéro, ton nom apparaît sur l'écran et je reconnais ta voix au premier…

Il ne me laissa pas le temps de terminer ma phrase.

— Ils savent où vous êtes.

Mon cœur fit une embardée.

— Ils savent où je suis ? Comment ont-ils fait ?

— Vous avez été pris en vidéo au poste de péage, à la sortie de l'autoroute. Après ça, ils vous ont repéré dans plusieurs coins de Paris grâce aux caméras de vidéosurveillance.

J'étais aussi abasourdi par la rapidité de réaction de la police que par l'efficacité de Sac à main. Je savais qu'il avait ses entrées auprès de ses anciens collègues, mais je n'imaginais pas qu'il pût être aussi proche du centre névralgique.

— Ils n'ont pas perdu de temps !

Il marqua une courte pause.

— Ce n'est pas tout, maître.

Je soupirai.

— Quoi encore ?

— À 17 h 40, vous êtes allé faire un tour au cercle de jeu qu'Amaury Lapierre fréquente habituellement. Vous y avez présenté votre carte d'identité pour les formalités d'inscription. Ils l'ont appris il y a quelques minutes.

J'étais d'une naïveté consternante.

Je prenais part à un jeu qui me dépassait. Je pensais qu'il leur faudrait des semaines pour me localiser. J'imaginais que je pourrais disparaître de la circulation, que j'aurais le temps suffisant pour mener mon enquête à mon aise et trouver l'assassin de Nolwenn sans qu'ils viennent me mettre des bâtons dans les roues. La technologie assortie de la pugnacité de Witmeur en avait décidé autrement.

Je levai les yeux et scrutai les alentours. Mon avance fondait à vue d'œil. Désormais, ils anticiperaient chacun de mes mouvements.

— Merci, Raoul, je sors du cercle à l'instant.

— Dans ce cas, un bon conseil, dégagez !

Il ne s'était jamais adressé à moi en usant de l'impératif.

— C'est ce que je compte faire. N'hésite pas à me rappeler.

Je raccrochai et pressai le pas.

Savaient-ils à quel hôtel j'étais descendu ? Si oui, comment avaient-ils fait pour le savoir ? Une chose était sûre, ils allaient débarquer d'une minute à l'autre au

Cercle Gaillon. Lapierre allait-il respecter l'engagement qu'il avait pris et passer notre rencontre sous silence ?

Quel intérêt aurait-il à le faire ?

Une bouffée de chaleur me monta au visage. Je n'avais aucune chance de leur échapper. Je conservais malgré tout l'avantage qu'ils ignoraient que je savais qu'ils me suivaient à la trace. C'était maigre, mais cela restait un atout.

Je décidai de reprendre le chemin de l'hôtel, sachant que l'on risquait de m'y attendre.

J'avais joué, j'avais perdu.

J'étais fait comme un rat.

Je réfléchis aux options qui se présentaient.

L'alternative raisonnable était de me livrer ou de me laisser arrêter. Le témoignage de Lapierre, s'il acceptait de témoigner, allait dans le sens de ma bonne foi. Je ne fuyais pas, je tentais seulement de prouver mon innocence.

Un moment, l'idée me vint d'anticiper les événements et de téléphoner à Witmeur pour l'informer que je me trouvais à Paris pour mener quelques investigations personnelles. Je prétendrais que je n'avais aucune intention de me soustraire à la justice et que je comptais rentrer le soir même à Bruxelles. Je préciserais que j'avais fait l'aller-retour pour rencontrer Amaury Lapierre et essayer de comprendre ce qui s'était passé.

Je pensai alors à mon téléphone qu'ils avaient à coup sûr récupéré dans la poubelle grâce à leur équipement de pointe. Je songeai également à ma voiture, planquée dans un parking payé à l'avance. Enfin, au nom d'emprunt que j'avais donné à l'hôtel.

Le scénario ne tenait pas la route.

Qu'allais-je devenir ?

Je revis la cellule exiguë, le plateau de nourriture infâme, le regard lubrique des détenus, ma détresse quotidienne derrière les barreaux, les visites de plus en plus espacées de mes parents.

Je passai devant un cybercafé. Je m'étais interdit de lire les journaux ou de surfer sur Internet, mais les événements récents me commandaient de le faire.

J'entrai, m'installai à l'un des postes et entrepris de procéder au tour des quotidiens en ligne. À ma surprise, mon nom n'était mentionné nulle part, ni sur les pages belges ni sur les pages françaises. J'en déduisis qu'ils voulaient me prendre sur le fait. La chasse à l'homme se déroulait en coulisse.

Quelques titres belges annonçaient les obsèques de Nolwenn. Elles auraient lieu le lendemain, dans l'après-midi. L'un d'eux listait le nom des personnalités qui y étaient attendues. Un quotidien évoquait l'enquête en cours sans donner de détails complémentaires.

Les pourparlers en vue de former un futur gouvernement occultaient l'attention des journalistes sur les faits divers.

Un entrefilet dans *La Dernière Heure* m'inspira une idée.

J'appelai Raoul.

Il décrocha dès la première sonnerie.

— Oui ?

— C'est moi.

— Je sais, maître, le numéro, votre voix.

— J'ai besoin d'une information.

— Je vous écoute.

— La venue de l'agent de Nolwenn est annoncée aux obsèques. Il s'appelle Richard Block, son agence s'appelle Gotha, elle est située à Paris, rue de Sèvres.

J'aimerais que tu trouves son adresse privée et que tu regardes où il est pour l'instant.

Il eut un moment d'hésitation.

— La France n'est pas mon domaine de prédilection, mais ça ne devrait pas être classé secret-défense, je vais voir ce que je peux faire.

— Rappelle-moi dès que tu as l'information.

Je raccrochai.

Je pris mon agenda et consultai la liste des numéros de téléphone que j'avais recopiés avant mon départ. Dans la foulée, je composai celui d'Albert Molnard.

Physiquement, Albert Molnard ressemblait vaguement à Albert Einstein. Comme le grand homme, il avait les cheveux en bataille, une épaisse moustache et l'air assoupi.

Sa puissance intellectuelle n'était pas aussi élevée que celle de son illustre homonyme, mais il présentait un taux constant d'alcoolémie qui défiait la théorie de la relativité restreinte.

J'avais fait sa connaissance dans des circonstances assez particulières.

Une jeune femme aux nerfs fragiles était venue me trouver pour entamer une procédure de divorce. Son mari, un homme jusque-là droit et attentionné, avait changé du tout au tout dès le lendemain de leur mariage. Il était devenu moins assidu sur le plan sexuel, avait arrêté de travailler et sortait toutes les nuits pour ne rentrer qu'au petit matin dans un état comateux, auréolé de fragrances diverses.

Après une dispute plus âpre que les précédentes, il avait disparu sans demander son reste.

Il ne m'avait fallu que quelques questions anodines pour découvrir qu'il s'agissait d'un mariage de complaisance et que l'homme, une fois sa situation régularisée, était parti vivre sous d'autres cieux ou avait fait venir son épouse officielle et ses vingt-trois enfants en Belgique.

J'avais déposé une demande d'annulation du mariage et proposé de poursuivre l'homme pour abandon de domicile conjugal et abus de confiance en exigeant qu'on lui retire sa nationalité belge. La démarche, hasardeuse, visait avant tout à mettre du baume au cœur de l'épouse meurtrie.

Nous avions alors constaté que l'homme n'existait pas, tout au moins que l'on ne trouvait nulle trace de son passage sur terre avant son mariage.

J'avais mis Sac à main sur l'affaire.

Il avait mené une enquête et remonté une filière de faux papiers qui l'avait mené chez Albert Molnard, un vendeur de photocopieuses de seconde main.

L'homme avait mis au point une combine qui lui permettait de rentabiliser ses heures perdues. Dans un premier temps, il procurait de faux papiers aux candidats à l'immigration. Il leur confectionnait un permis de conduire équatorien, un passeport namibien ou un acte de naissance zoulou en prenant soin de leur attribuer un patronyme dont l'orthographe était proche de leur véritable identité, sauf que les *o* devenaient des *c*, les *h* des *b*, les *i* des *l*, les *l* des *k* ou des *f*.

Peu de temps après leur mariage, les intéressés perdaient inopinément les papiers qu'ils venaient d'obtenir grâce à leur union avec une citoyenne belge. Ils déclaraient aussitôt la perte de ceux-ci et remplissaient une nouvelle demande de carte d'identité.

Pour prouver qu'ils étaient bien la personne qu'ils prétendaient être, ils présentaient d'authentiques pièces d'identité de leur vie antérieure, assorties d'une facture de téléphone ou d'électricité, concoctée par Albert, sur laquelle était reprise l'adresse de leur domicile en Belgique.

Les patronymes étant proches, les employés communaux n'y voyaient que du feu et leur procuraient une carte d'identité à leur vrai nom quelques jours plus tard. L'abondance de dossiers en cours et la limite des fonctions intelligentes des ordinateurs faisaient qu'aucun lien n'était établi entre les deux identités.

Lorsque nous avions coincé Albert, il avait juré ses grands dieux que c'était la première fois qu'il se livrait à cet exercice.

Baratineur de première, il avait tenté de nous faire croire, d'un débit saccadé, avec moult gestes à l'appui, qu'il s'était fait lui-même arnaquer par une Bulgare qui l'avait contraint à se marier et était partie quelque temps après en emportant son patrimoine : une télévision et un lecteur DVD.

Selon ses dires, son activité se limitait à la falsification de certificats de contrôle technique pour les voitures de seconde main et à la fabrication de faux diplômes. La main sur le cœur, il avait soutenu que cette dernière démarche favorisait la mise au travail des jeunes et réduisait le taux de chômage.

Acculé, il s'était dit prêt à arrêter ses activités illicites et à revenir dans le droit chemin si nous ne le dénoncions pas à la police.

Albert était sournois, retors et sans scrupules, ce qui lui avait valu ma sympathie. J'entrevis également le parti que je pourrais tirer de ses compétences. J'avais accepté le marché.

En consultant sa liste de clients, j'avais noté qu'un

de mes confrères avait fait appel à lui pour se confectionner un diplôme émanant de la prestigieuse université Paris-Descartes. Il avait ensuite fait jouer l'équivalence de son diplôme pour exercer en Belgique.

Quelques semaines plus tard, j'eus à croiser le fer avec le collègue indélicat. Il se montrait inflexible et l'affaire que je défendais ne se présentait pas sous les meilleurs auspices. Lors d'une rencontre au Palais, je lui avais relaté, entre deux, qu'une suspicion de faux diplômes circulait dans notre profession.

Il avait bâclé le dossier et nous l'avions emporté.

— Moui.

— Albert, c'est Hugues Tonnon.

Il prit l'air enjoué.

— Maître, quel plaisir de vous entendre, ça fait une paie !

— Albert, j'ai besoin de toi.

— Moui ?

— Il me faut des papiers.

Il fit une pause avant de reprendre de sa voix pâteuse.

— Des papiers ? De quels papiers parlez-vous ? Vous savez bien que j'ai arrêté tout ça, maître.

Je ne crus pas percevoir une farouche détermination dans ses propos.

— Je sais, mais il s'agit d'un cas particulier.

— Moui ?

— C'est pour moi.

Il pouffa et se mit à tousser.

— Il vous est arrivé des bricoles dans une suite du Sofitel ?

— Je suis sérieux, Albert. Il me faut une carte d'identité, un passeport et un permis de conduire. Tu trouveras une photo de moi sur le site Internet du cabinet. Ni barbe ni moustache, tu ne touches à rien.

Il marqua une nouvelle pause.

— Maître, ce n'est pas possible. Vous savez bien que j'ai arrêté ce genre de commerce depuis longtemps.

— Oui, je sais, Albert.

Il se racla la gorge.

— Moui. Vous avez une préférence pour le nom ?

17

L'ÉTÉ MEURTRIER

Je repris la direction des Champs-Élysées et hélai un taxi.

Une Renault déglinguée freina à ma hauteur. L'air soucieux, le portable à la main, le *taximan* me questionna du menton. Je lui annonçai ma destination. D'un hochement de tête, il me fit signe d'entrer et démarra en trombe.

La climatisation était poussive, les sièges poisseux et une effroyable odeur de poisson frit imprégnait l'habitacle.

Le chauffeur poursuivit sa conversation téléphonique dans une langue étrangère sans se soucier de ma présence. Il tenait le volant d'une main, mais le lâchait à intervalles réguliers pour ponctuer ses dires d'un geste rageur.

Plus la course avançait, plus le ton s'envenimait. À Auteuil, il se mit à hurler et à marteler le tableau de bord.

Ulcéré, j'interrompis l'altercation et le priai de me déposer sur-le-champ.

Le plan de quartier m'indiqua que je me trouvais

à l'entrée de la rue des Abondances. Block n'habitait qu'à quelques centaines de mètres. Il n'avait fallu qu'une heure à Sac à main pour rassembler les informations que je lui avais demandées.

Richard Block avait cinquante-trois ans. Chef d'entreprise, célibataire, il résidait à Boulogne-Billancourt dans un appartement dont il était propriétaire. Depuis quelques jours, il était en vacances en Thaïlande, mais il avait écourté son séjour pour assister aux funérailles de Nolwenn. Selon Raoul, son retour à Paris était attendu en fin d'après-midi. Il passerait sans doute la nuit chez lui et prendrait le premier Thalys le lendemain pour se rendre à Bruxelles.

Dans la foulée, Raoul m'en apprit davantage sur le personnage.

Ancien mannequin vedette pour Hugo Boss, Richard Block avait créé l'agence Gotha à la fin des années 1980, quand sa silhouette athlétique avait fait place aux rondeurs.

Comme quelques autres avant elle, Richard Block avait *fait* Nolwenn. Il l'avait découverte dans un concours et l'avait lancée dans la cour des grandes.

Au début de leur collaboration, elle avait été sa mascotte, sa gagneuse, dans le bon sens du terme. La relation privilégiée qu'il entretenait avec elle s'était assombrie avec la venue du succès et le début de ses caprices.

Ses retards et ses absences lui avaient valu nombre de problèmes, de plaintes et de dédits. Plus d'une fois, il l'avait menacée d'intenter une action en justice contre elle pour non-respect des termes d'un contrat. On ne sait comment, elle était toujours parvenue à l'amadouer.

Il faisait dorénavant partie de ses créanciers privilégiés. Il espérait que le mariage de sa protégée avec Lapierre lui permettrait de récupérer une partie des indemnités qu'il avait dû débourser pour pallier son inconstance.

Cette dernière information me permit de mieux comprendre l'allusion que Lapierre avait glissée quant à l'éventuelle implication de Block dans la tentative d'extorsion de Nolwenn.

Elle a pris la mouche et a voulu se venger, sans doute sur le conseil de son pseudo-agent artistique.

Je m'enfonçai dans la rue des Abondances et pris à gauche dans la rue Anna-Jacquin.

La rue était bordée d'arbres derrière lesquels se tapissaient des immeubles de trois à quatre étages entourés de grilles ou de murs de deux mètres de haut.

Je remontai d'une centaine de mètres et perçus une animation sur le trottoir.

J'approchai.

Quelques badauds étaient tenus à distance par un policier. Une dizaine d'individus s'affairaient autour d'un homme qui gisait sur le trottoir. Une ambulance et deux voitures de police étaient garées à proximité.

J'éprouvai l'étrange impression de revivre une scène dont je connaissais le fil conducteur.

Je savais d'instinct que l'homme à terre était Richard Block, qu'il n'avait pas glissé en descendant du trottoir et que mes ennuis venaient de gagner en consistance.

Je traversai la rue et me mêlai aux curieux.

D'un air distrait, j'interpellai l'un d'eux.

— Que s'est-il passé ?

Il se pencha vers moi, heureux de pouvoir livrer le scoop à un non-initié.

— C'est un de mes voisins, il a été abattu alors qu'il

rentrait chez lui. Il paraît qu'une voiture l'attendait et qu'on lui a tiré dessus. Il est mort sur le coup.

Je fis mine d'être épouvanté.

— C'est un homme politique ?

— Non, il travaillait dans la mode. Il n'était pas souvent là. Plutôt sympa, avec un genre, si vous voyez ce que je veux dire. Il rentrait de voyage, à ce que j'ai compris. Je ne sais pas ce qui peut expliquer ce meurtre.

— Il habitait dans la rue ?

L'homme fit un geste du menton.

— Oui, dans cet immeuble.

Comme je m'y attendais, il m'indiqua le numéro 33.

C'était un immeuble semblable aux autres, une construction de quatre étages avec de petits balcons protégés par un parapet en verre fumé.

La grille qui donnait accès à la propriété était ouverte et deux femmes discutaient en gesticulant à l'entrée. J'en conclus que l'une d'elles était la concierge. Soit elle ne voulait pas déserter son poste, soit elle répugnait à s'approcher du cadavre.

En temps normal, j'aurais pris mes jambes à mon cou, mais la norme avait changé.

Je me dirigeai vers elles d'un pas décidé et les interpellai.

— Bonjour, je suis l'avocat de M. Block. Y a-t-il un membre de la police dans son appartement ?

Elles s'arrêtèrent de parler et m'examinèrent en coin. Mon allure hautaine et ma prestance les impressionnaient.

Celle qui devait être la concierge prit la parole.

— Tout à l'heure, des policiers m'ont demandé d'ouvrir la porte et sont montés, mais ils sont repartis après quelques minutes.

Je pris l'air réprobateur.

— Ils vous ont demandé d'ouvrir la porte ?

Elle afficha la tête d'une gamine prise la main dans le bocal de bonbons.

— Oui, mais je n'avais pas la clé, ils l'ont forcé.

J'écarquillai les yeux, ébahi, incrédule, comme j'avais appris à le faire lorsqu'un confrère faisait une déclaration qui désavantageait ma cause.

— Ils ont forcé la porte ?

— Oui, je ne savais pas, moi.

J'avançai d'un pas.

— Je vais aller voir ça.

Elle n'opposa aucune résistance.

Je pénétrai dans le parc intérieur et jetai un coup d'œil à la façade. Les volets du troisième étaient descendus. C'était vraisemblablement l'appartement de Block, il rentrait de voyage.

J'évitai l'ascenseur et pris l'escalier.

Je débarquai sur le palier du troisième. La serrure avait subi les assauts d'un outil barbare et des scellés avaient été apposés.

Une bande jaune était collée au chambranle et annonçait *Police nationale – Prélèvement – Ne pas ouvrir*. Une fiche cartonnée assortie d'un tampon annonçait *Scellé provisoire*.

Mon rythme cardiaque s'accéléra.

Devais-je entrer ou m'abstenir ?

Je me trouvais à nouveau dans une position inconfortable, face à un dilemme cornélien.

Je fermai les yeux et attendis que les battements de mon cœur s'apaisent. J'aspirai une grande goulée d'air et me programmai psychologiquement à affronter le pire des cas.

141

Je suis l'avocat de Richard Block. Nous avions prévu de nous rencontrer à son retour de Thaïlande. Il est de mon devoir de comprendre ce qui est arrivé à mon client. Je dois connaître les raisons qui ont poussé la police à forcer la porte de son appartement.

J'ancrai ce mobile dans ma tête, décollai la bande et ouvris la porte.

L'appartement sentait le renfermé. J'actionnai l'interrupteur et la lumière s'alluma.

Il me fallait agir vite. Je n'avais pas la moindre idée de ce que je venais chercher, mais je ne pouvais pas m'éterniser.

Je procédai à un rapide tour des pièces : mobilier minimaliste, tapis coûteux, appareils high-tech, quelques œuvres d'art insolites au mur. L'appartement était propre et rangé.

Je pénétrai dans le bureau.

Une grande photo en noir et blanc qui représentait un homme élégant occupait le mur du fond. Je présumai qu'il s'agissait du propriétaire des lieux, un quart de siècle auparavant.

Quelques papiers étaient étalés sur le plan de travail.

J'y jetai un coup d'œil.

Pour l'essentiel, il s'agissait de factures, de formulaires administratifs, d'extraits de comptes et de dépliants publicitaires. Je n'avais pas le temps d'examiner les documents en détail et les emporter était suicidaire.

J'avais pris un risque insensé pour rien. Il me restait à sortir de ce guêpier sans attirer l'attention. Je revins sur mes pas, éteignis la lumière et sortis de l'appartement.

Je recollai la bande adhésive comme je le pus et me dirigeai vers l'escalier.

Je perçus une sorte de déclic à l'étage supérieur, suivi du ronronnement de l'ascenseur. La cabine entamait sa descente. Quelqu'un l'avait appelé et ce quelqu'un allait monter.

Je l'avais échappé belle, mais il n'y avait pas une seconde à perdre. Je priai pour que personne ne monte à ma rencontre dans l'escalier.

J'accélérai le pas lorsqu'une image traversa mon esprit.

Quelque chose avait attiré mon attention dans le salon. Je ne parvenais pas à déterminer ce dont il s'agissait, mais ce quelque chose venait de titiller mon cortex avec un temps de retard.

Je fis demi-tour, décollai la bande, rallumai et fonçai dans le salon.

Ce que je cherchais n'était pas sur la table, mais sur un appui de fenêtre.

Il s'agissait d'un exemplaire de *Die Burger*.

Cette fois, je reconnus sans peine la photo en première page : une femme au visage couvert de peinture jaune, affublée d'une perruque verte.

Comment avais-je pu l'oublier ?

18

NUIT ET BROUILLARD

Je franchis la porte de l'hôtel et me dirigeai vers la réception. La préposée du matin avait fait place à une femme opulente engoncée dans un minuscule tailleur rouge.

Lorsqu'elle me vit approcher, elle rajusta ses lunettes, planta son crayon dans son chignon et m'adressa un sourire bon enfant.

— Bonsoir, monsieur.

— Bonsoir. Chambre 28, s'il vous plaît.

Elle consulta son registre, m'examina quelques instants et hocha la tête.

— Je me disais aussi.

— Pardon ?

— Votre nom. Je me disais bien que ce n'était pas possible.

Il me fallut quelques instants pour me connecter à son réseau.

— Oui, j'ai un homonyme célèbre.

— Non, c'est pas ça, il y a un écrivain qui a le même nom que vous. Marc Levy. J'ai lu tous ses livres. Je suis fan. Vous le connaissez ?

— De nom.

Je m'étais éclipsé de chez Block en emportant le journal et en parvenant à éviter une rencontre mal à propos. J'avais ensuite rejoint le centre de Boulogne-Billancourt où je m'étais terré dans un restaurant italien pour me remettre de mes émotions et attendre la tombée de la nuit.

Vers 22 heures, j'avais pris le métro et sillonné à plusieurs reprises la rue Malar pour m'assurer qu'il n'y avait pas de voiture lestée de deux malabars grillant des cigarettes dans la pénombre.

Si la police était parvenue à remonter ma piste, je risquais de les trouver cachés dans ma chambre. Si tel était le cas, j'espérais déceler leur présence sur le visage de la groupie de Levy.

— Vous n'avez pas reçu de colis ou de visite pour moi ?

Elle fit une moue dubitative.

— Pas que je sache. J'ai pris mon service à 20 heures et ma collègue ne m'a laissé aucun message pour vous. Vous avez lu *Le Voleur d'ombres* ?

— Non, pas lu. Il n'y a pas eu d'appels téléphoniques ?

— Non, pas d'appels pour vous. C'est magnifique, vous devriez le lire.

— J'y penserai.

J'en conclus que la voie était libre ou qu'elle ignorait qu'une embuscade m'attendait à l'étage.

Je pris ma clé et montai.

J'ouvris la porte de ma chambre en retenant ma respiration.

Rien.

La voie était libre.

Je bénéficiais d'un répit. J'envisageai un instant de boucler ma valise et de changer d'hôtel, mais j'étais exténué. Je remis mes projets de déménagement au lendemain.

En sortant du restaurant italien, j'avais appelé Raoul pour lui faire part de mes dernières péripéties.

Il était chez lui et n'avait pas de nouvelles fraîches de ses collègues. Il m'apprit, comme je le craignais, que la clé découverte dans mon jardinet ouvrait l'appartement de Nolwenn.

Je lui avais laissé l'énigme du meurtre de Block et le journal sud-africain à titre de distraction pour le reste de sa soirée.

Je fermai les tentures, ôtai mes chaussures et dépliai le journal sur le lit.

Que signifiaient la disparition de ce quotidien chez Nolwenn et sa réapparition dans l'appartement de Block ?

Les hypothèses étaient légion.

La plus recevable, la plus élémentaire aussi, était que Block avait tué Nolwenn. Il avait attendu mon départ et était monté chez elle. Comme elle le connaissait, elle lui avait ouvert la porte. Il l'avait tuée et s'était servi du journal pour une raison inconnue. Il avait ensuite subtilisé sa clé et était venu l'enterrer dans mon jardin avant de retourner à Paris.

Il me restait à éclaircir le mobile du meurtre, à cerner l'usage qu'il avait fait du journal, à expliquer comment il avait réussi à convaincre Nolwenn d'aller dans son lit pour se laisser tuer et, le cas échéant, à découvrir l'artifice qu'il avait utilisé pour se trouver à l'autre bout du monde au moment du meurtre.

Ensuite, à déchiffrer les raisons pour lesquelles il avait lui-même été tué.

Comme l'aurait décrété Sac à main, si ce n'était pas Richard Block, il s'agissait de quelqu'un d'autre.

Deuxième option, l'assassin de Nolwenn avait pris le journal dans le seul but d'incriminer Block en le déposant dans son appartement.

Dans ce cas, d'autres éléments ne concordaient pas.

Comment l'assassin était-il entré chez Nolwenn puisqu'il n'y avait pas eu d'effraction ? Et pourquoi faire peser des soupçons sur ma personne avec cette clé s'il souhaitait faire porter la responsabilité du meurtre à Block ?

Par ailleurs, la concierge de Block m'avait déclaré qu'elle ne possédait pas la clé, ce qui avait obligé la police à forcer la porte.

Comment l'assassin était-il entré chez Block ?

Je pourrais en déduire qu'il détenait les clés des deux appartements, ce qui pointait du doigt un proche des deux compères, mais n'expliquait pas les raisons des meurtres.

D'autre part, l'assassin de Block était apparemment au fait de son voyage en Thaïlande. Pourquoi tenter de l'incriminer en déposant ce journal chez lui ?

Même si mes déductions me paraissaient logiques, je ne voyais pas où elles me menaient. J'étais certain d'avoir intercepté des pièces du puzzle, mais je ne parvenais pas à les assembler.

Je repliai le journal et décidai de laisser la nuit me porter conseil. Je fis ma toilette, enfilai mon pyjama, cirai mes chaussures et rangeai la chambre.

Le lit émit une longue plainte lorsque je m'allongeai et je revis le visage grimaçant de Lapierre.

J'éteignis, me couchai sur le dos, fixai le plafond et me repassai le film de la journée.

Ma vie tranquille et ordonnée n'était qu'un lointain souvenir. J'étais un homme traqué, suspecté de meurtre.

En principe, ce 25 août, j'aurais dû aller voir une exposition sur l'art contemporain polonais aux Beaux-Arts en compagnie de Caroline. Nous aurions ensuite mangé un morceau au Vieux Saint-Martin. Le repas terminé, nous serions allés chez moi et j'aurais conclu ma petite affaire.

Au lieu de ce programme réjouissant, j'étais seul dans un lit grinçant, en proie aux pires angoisses.

En plus de la perte de mon érection matinale, le bilan de ma journée se résumait à une rencontre avec un suspect qui n'en était plus un, à une chasse à l'homme menée par des policiers qui s'avéraient plus malins que je ne le pensais, à la mise à mort d'un témoin sous mes yeux et à la découverte d'un quotidien sud-africain qui tirait à plusieurs milliers d'exemplaires.

La vision d'une rotative traversa mon esprit.

Je m'assis dans le lit et rallumai.

Il existait une troisième piste. Plus simple. Plus rationnelle. Ce n'était pas le journal que je détenais qui avait fait le voyage de Bruxelles à Paris. Il s'agissait tout simplement d'un autre exemplaire du même quotidien.

Ce qui voulait dire que ce quotidien renfermait une information que Nolwenn et Block détenaient tous deux. Une information suffisamment sensible pour justifier la mort de deux personnes.

VENDREDI 26 AOÛT 2011

19

À BOUT DE SOUFFLE

L'appel de Raoul me sortit d'un sommeil hypnotique. Je jetai un coup d'œil à ma montre.

Il était 7 h 10.

— Bonjour, Raoul, un appel aussi matinal ne présage rien de bon.

— En effet. Avouez que vous cherchez les ennuis. Richard Block a été abattu hier soir devant chez lui, aux environs de 20 h 30. Un taxi a déclaré vous avoir déposé à Boulogne vers cette heure-là. Une caméra de surveillance a enregistré votre entrée dans l'immeuble de Block à 20 h 52, vous en êtes ressorti onze minutes plus tard.

Les derniers résidus de sommeil s'évanouirent aussitôt.

— Mince !

— En conclusion, vous êtes activement recherché par la police française. Point positif, toujours à titre de témoin. Je tiens par ailleurs à vous renouveler ma confiance.

— Je te remercie. En tout cas, tes informateurs ne perdent pas de temps. Comment as-tu fait ?

Il se racla la gorge.

— Ce n'est pas comme ça que je le sais.

— C'est-à-dire ?

— J'ai vu ça au journal télévisé, il y a quelques minutes.

— Merde !

Cet écart de langage de ma part le laissa coi. Je raccrochai, bondis hors du lit et me précipitai dans la salle de bains. Je scrutai mon visage dans le miroir. Je ressemblais à un chanteur de hard rock. Pour la première fois depuis bien longtemps, je décidai de ne pas me raser.

J'empilai mes affaires dans ma valise et descendis en toute hâte à la réception. Dans le hall, la télévision diffusait « Télématin ». Il y était question des premiers dentiers en porcelaine qui dataient du XVIIe siècle.

La femme en rouge était toujours en faction derrière le comptoir, le chignon dépaqueté, les traits tirés, le tailleur défraîchi.

— Bonjour, monsieur.

— Bonjour, je souhaite régler ma note.

Elle me dévisagea.

— Bien sûr, vous ne voulez pas prendre le petit-déjeuner ?

— Non, je n'ai pas le temps, j'ai un rendez-vous urgent.

Elle était stressée, la nuit de service semblait l'avoir épuisée.

— Vous désirez une facture ?

— Non, ce n'est pas la peine.

— Je peux vous la faire, ça ne prendra qu'une minute.

Cette insistance à freiner mon départ me mit la puce à l'oreille.

Comme au ralenti, les fragments s'assemblèrent : Raoul, le journal de 7 heures, le témoin recherché, mon visage qu'elle venait d'examiner.

Dans mon dos, une musique aux accents tragiques annonçait les informations et le présentateur énonça les titres.

La bataille pour Tripoli se poursuit. Mouammar Kadhafi reste introuvable.

J'adoptai un ton cassant.

— Je suis pressé, madame.

Un homme abattu en pleine rue à Boulogne-Billancourt.

— Vous payez par carte ?

— Non, en espèces.

Richard Block, agent artistique de Nolwenn Blackwell, le top model belge assassiné ce lundi à Bruxelles.

Elle jeta un coup d'œil dans mon dos.

Avocat bruxellois recherché comme témoin.

Je ne pus m'empêcher de suivre la direction de son regard et découvris mon visage sur l'écran. Je ne sais où ils avaient déniché cette photo, mais j'y affichais la physionomie avenante d'un tueur de masse.

Les yeux de la réceptionniste firent quelques allers-retours entre le portrait et le modèle.

Je compris ce qui allait se passer et elle le lut sur mon visage. Elle m'avait reconnu lors du journal précédent et avait alerté la police. Ils se préparaient à l'assaut et l'hallali se profilait. Pour confirmer mes craintes, un concert de sirènes me parvint de la rue.

J'empoignai ma valise, fis volte-face et plongeai vers la sortie.

Je me souvins que la rue était à sens unique. En toute logique, ils devaient arriver par la droite. Je sortis de l'hôtel. Deux voitures de police descendaient la rue, sirènes et gyrophares en action.

Mon système limbique me commanda de foncer dans la direction opposée, mon cortex préfrontal me conseilla de partir à la rencontre des véhicules. Je chaussai mes lunettes de soleil, traversai la rue et remontai à vive allure. Les voitures passèrent à ma hauteur sans me prêter attention.

Je perçus le hurlement des freins et le claquement des portières dans mon dos. Il y eut un bref conciliabule, suivi par les cris de la réceptionniste qui venait de me repérer. Je soulevai ma valise, la serrai contre ma poitrine et me mis à courir.

Mes jambes m'emportèrent avec une agilité que je ne leur connaissais pas et mon bagage me parut d'un coup plus léger.

J'entendis plusieurs coups de sifflet au moment où je tournai le coin de la rue.

Je pris à droite dans la rue de l'Université, parcourus une centaine de mètres et virai à gauche dans la rue Jean-Nicot. Le souffle commençait à me manquer et je ralentis malgré moi. Je parcourus encore quelques dizaines de mètres en trottinant, entrai dans l'avenue Robert-Schuman et me mis à marcher. Ma gorge était en feu, j'étais exténué.

Je tournai une nouvelle fois à gauche et remontai la rue Moissan pour aboutir au quai d'Orsay.

Je présumai qu'ils avaient fait appel à des renforts. Des sirènes résonnaient dans les rues adjacentes sans que je puisse en identifier la provenance.

Je traversai le quai et entrai dans un square qui longeait la voie express. Je forçai l'allure, me remis au pas de course et atteignis le pont des Invalides.

Cette fois, ma valise pesait une tonne. Je traversai la voie, évitai un scooter dont le pilote me lança quelques insultes et repris ma course le long de la Seine.

Au loin, les statues dorées du pont Alexandre-III étincelaient au soleil. Dans mes souvenirs, il y avait une station de métro pas loin. À cette heure, les rames devaient se succéder à un rythme soutenu.

Cette perspective me remonta le moral. J'accélérai la cadence, piquai un dernier sprint avant mon salut. Je hissai la valise sous mon menton et la fis basculer de gauche à droite pour allonger ma foulée.

J'arrivai à proximité de l'entrée de la station quelques secondes plus tard.

Alors que je négociais le virage pour emprunter l'escalier, mon pied glissa sur quelque chose. Je priai pour que ce quelque chose ne soit pas ce que je craignais.

Je perdis l'équilibre et tentai de me rétablir, ce qui m'obligea à lâcher ma valise. Elle heurta le sol, dévala l'escalier, rebondit à plusieurs reprises et se fracassa au pied des marches. Le contenu se répandit sur le sol, mes vêtements et mes affaires de toilette s'éparpillèrent et le précieux journal s'éleva dans les airs, porté par un courant d'air malvenu.

Je dévalai l'escalier et me lançai à sa poursuite dans le couloir. Alors qu'il entamait une descente, je fis une longue enjambée pour l'empêcher de reprendre son envol. J'atteignis mon but. Du mauvais pied. Je jetai un coup d'œil au quotidien immobilisé sous ma semelle et constatai que mes craintes se vérifiaient.

La mort dans l'âme, je pris la décision d'abandonner mes affaires pour n'emporter que le journal, à la surprise des quelques badauds qui se délectaient de la scène.

Je courus vers le centre de la station. Ma chemise me collait à la peau, un combat de boxe se disputait dans ma poitrine.

Je consultai les panneaux indicateurs.

La ligne 8, Balard dans un sens, Créteil dans l'autre. Autre option, la 13 vers Châtillon-Montrouge ou Saint-Denis-Université.

J'optai pour Balard. J'achetai un carnet au distributeur. Je m'obligeai ensuite à marcher d'un pas mesuré et passai le portique.

Cette fois, la chanson d'Aznavour se vérifiait, le quai était presque désert.

J'inspectai le panneau lumineux au-dessus de ma tête. La prochaine rame était attendue dans trois minutes. Les trois minutes les plus longues de ma vie.

À quelques mètres de moi, quelques Blacks plaisantaient en se gratifiant de grandes tapes dans le dos. Plus loin, une femme mouchait le nez d'un enfant qui pleurnichait. De l'autre côté, un homme en costume blanc consultait sa montre d'un air soucieux.

Deux minutes.

Un couple débarqua sur le quai en titubant. Il ne faisait aucun doute qu'ils avaient bu et copulé durant une bonne partie de la nuit. Leurs visages étaient marqués par le manque de sommeil et les plaisirs de la chair. La femme était pendue au cou de l'homme. Ce dernier avait passé la main sous son chemisier et lui malaxait les seins.

Une minute.

Trois touristes apparurent sur le quai. L'un d'eux

photographia la publicité murale qui annonçait la sortie d'un énième film sur *La Planète des singes*.

Trente secondes.

Je perçus l'arrivée de la rame dans le fond du tunnel.

Dans le même temps, deux policiers firent irruption sur le quai.

Je pliai le journal – dans le bon sens – et le glissai sous mon bras. Je leur tournai le dos et m'éloignai dans la direction opposée en m'imposant de ne pas prendre mes jambes à mon cou.

Le train passa à ma hauteur dans un grincement strident. Il n'en finit pas de ralentir.

Lorsqu'il marqua l'arrêt, j'actionnai l'ouverture. Quelques personnes descendirent, l'air insouciant. J'eus la sensation désagréable que le regard des policiers était vissé entre mes omoplates. Je grimpai dans le train et me dirigeai vers le fond de la cabine, persuadé qu'une main allait se refermer sur mon épaule.

Le signal de fermeture des portes retentit et la rame s'ébranla. Lentement, je me retournai, redoutant de voir les policiers se diriger droit sur moi, le regard sombre, l'arme à la main. La rame était presque vide. Les gardiens de la paix étaient restés sur le quai.

En revanche, le journal commençait à exhaler des senteurs nauséabondes.

Je ne sais ce qui me prit.

Je poussai un cri digne d'un hooligan en liesse.

20

LE FIL DU RASOIR

Je remontai à la surface dès mon arrivée à Balard et entrai dans une papeterie. J'y choisis une carte postale qui représentait la tour Eiffel et y écrivis quelques mots à l'attention de mes parents.

Chère mère, cher père,

Rassurez-vous, tout se passe bien. Comme vous le savez, je n'ai rien à voir avec cette triste histoire et je m'en vais prouver mon innocence.
Je vous embrasse.

Votre fils qui vous aime.

P.-S. Je ne viendrai pas pour goûter dimanche.

Je pris ensuite le tramway en direction de Cité universitaire d'où je montai dans le RER à destination de l'aéroport Charles-de-Gaulle.
Dès que je parvins à destination, je téléphonai à Albert.
— Moui ?

— Albert, c'est Hugues Tonnon.

— Maître, quel plaisir de vous entendre.

— Où en es-tu ?

— Vous parlez des papiers ?

— De quoi d'autre ?

— J'ai travaillé pendant toute la nuit. J'ai dû retrouver mes marques, il y avait tellement longtemps que j'avais arrêté tout ça.

Sa confession sonnait aussi faux qu'une pièce de trois euros.

— J'admire ton abnégation, Albert. Alors ?

— Tout est prêt, j'attendais votre appel pour vous envoyer mon coursier. Où êtes-vous ?

— À Paris.

Il marqua une pause.

— À Paris ? En France ?

— C'est là que se trouve Paris. Pour être plus précis, je suis à l'aéroport Charles-de-Gaulle, c'est à moins de trois heures de Bruxelles, en voiture.

— Bien, je vais lui demander de prendre le premier train, ce sera plus rapide. Il sera là dans deux heures, maximum. Vous verrez, je vous ai rajouté quelques extras.

— C'est-à-dire ?

— En plus de ce que vous avez demandé, je vous ai concocté une carte Visa. Elle est activée et liée à un compte que j'ai ouvert à la Deutsche Bank, à votre nouveau nom, compte que je peux créditer du montant que vous souhaitez, montant que je vous demanderai de bien vouloir verser en espèces à mon coursier, augmenté de dix pour cent pour mes frais.

Pour un retraité des affaires, il ne perdait pas le nord. En revanche, son initiative tombait à pic.

— Parfait ! Verse vingt mille euros sur ce compte. En contrepartie, je remettrai cette somme en espèces à ton livreur. Plus les frais et le paiement de ton travail, bien entendu.

— Merci beaucoup, maître. Pour mon travail, je vous fais un prix d'ami, deux mille euros.

Je soupirai.

— Tes amis te sont très chers, Albert.

Il ne releva pas.

— Ne vous en faites pas pour la photo qu'il y a sur votre permis de conduire, ils n'y verront que du feu. J'y ai mis celle d'un acteur américain quand il avait dix-neuf ans, je trouvais qu'il y avait un air de ressemblance.

— Soit. Quel nom m'as-tu choisi ?

— Willy Staquet.

Je crus ne pas avoir bien entendu.

— Willy Staquet ? Comme l'accordéoniste qui terrorisait les foules au siècle dernier ?

— Moui. Le meilleur. Vous aimez l'accordéon, maître ?

— Je déteste. Tu n'avais rien de plus aristocratique ?

— C'est un hommage que je tenais à lui rendre. C'est aussi un patronyme passe-partout.

— Je te remercie.

— Vous trouverez aussi une surprise dans l'enveloppe, un petit cadeau de ma part, pour saluer notre fructueuse collaboration.

— Merci, Albert.

Je me rendis ensuite au terminal 2.

Je n'avais pas encore choisi ma future destination, il me fallait me refaire une valise et entrer en possession de mes papiers. Je parcourus les couloirs nez au sol en évitant autant que possible les caméras disséminées dans les recoins du hall.

Je visitai plusieurs boutiques et en ressortis chargé d'une valise Samsonite remplie de pantalons, chemises, pulls, chaussures, sous-vêtements, chaussettes et autres affaires de toilette. Je m'équipai également de quelques paires de lunettes de lecture à faible dioptrie pour me composer différentes physionomies. J'en profitai pour acquérir un iPad et une carte prépayée avec accès 3 G.

Je traînai encore une demi-heure dans l'aéroport puis me dirigeai vers l'hôtel Sheraton, lieu du rendez-vous fixé avec le coursier d'Albert.

La façade du palace me faisait penser au *Titanic*, les cheminées en moins. Le hall était rempli de touristes qui déambulaient en tous sens. Des empilements de bagages perturbaient le passage.

Je me faufilai vers le fond du hall. Il était meublé de fauteuils en cuir bleu électrique. Une musique lounge jouait en sourdine, ce qui me fit penser aux allées de mon épicerie favorite. Je m'installai, pris l'exemplaire de *Die Burger* dans ma valise et le dépliai sur mes genoux.

Je n'avais pas encore pris le temps de le parcourir, mais je l'avais débarrassé des débordements que ma semelle y avait laissés. J'étais persuadé que le journal contenait une information clé et je m'étais promis de l'examiner à tête reposée.

L'édition datait du lundi 28 juin 2010.

En combinant mes connaissances de l'anglais et du néerlandais, je parvins tant bien que mal à interpréter le contenu des titres, d'autant que certaines photos me facilitaient la tâche.

Les premières pages se rapportaient à la Coupe du monde de football qui se déroulait à ce moment-là dans le pays.

Je bondis.

Coupe du monde de football signifiait Roberto Zagatto, l'ex-petit-ami de Nolwenn, l'attaquant argentin.

Je sortis mon iPad et consultai Google.

À cette date, la compétition en était aux huitièmes de finale. Deux matches étaient programmés ce jour-là : le Brésil jouait contre le Chili et les Pays-Bas affrontaient la Slovaquie.

La veille, l'Allemagne avait battu l'Angleterre et l'Argentine l'avait emporté sur le Mexique.

Ce qui signifiait, en toute logique, que Roberto Zagatto se trouvait sur place.

En fouillant plus avant, je relevai que l'attaquant argentin avait joué les deux mi-temps. Une erreur d'arbitrage avait permis à son équipe d'ouvrir la marque et il avait inscrit les deux buts suivants. Le score final était de trois buts à un pour l'Argentine qui, de ce fait, se qualifiait pour les quarts de finale.

La présence de ce journal chez Nolwenn et sa disparition par la suite signifiaient sans aucun doute qu'il y avait un rapport entre cet événement et sa mort, mais lequel ? Le fait que Richard Block ait été abattu alors qu'il était en possession de ce journal confortait cette thèse.

Roberto Zagatto faisait un suspect acceptable. Il avait entretenu une relation avec Nolwenn. Il était plausible de penser qu'il détenait une clé de son appartement. De plus, ils s'étaient abreuvés d'injures dans la presse lors de leur séparation et il pouvait avoir accumulé une rancœur contre elle. Les choses se précisaient.

Sauf que Roberto Zagatto était à Lisbonne le jour de la mort de Nolwenn et que leur relation avait pris fin quelques mois auparavant.

En conclusion, si j'avais trouvé quelque chose, je ne savais pas de quoi il s'agissait et je n'étais pas plus avancé.

J'en étais là de mes cogitations lorsque mon téléphone sonna.

— Bonjour, monsieur, je m'excuse de vous déranger, mais je viens pour la livraison de votre commande, de la part de M. Albert, je suis devant l'hôtel Sheraton, à l'aéroport.

— J'arrive.

Je sortis et tombai sur un grand dadais en salopette bleue et casquette jaune qui semblait sortir d'un dessin animé. D'une main hésitante, il me tendit une grande pochette brune. Je lui remis à mon tour l'enveloppe qui contenait les vingt-cinq mille euros. Il la glissa dans la poche ventrale de sa salopette sans l'ouvrir pour compter les billets à haute voix, ce qui rehaussa l'estime que je portais à Albert.

Alors qu'il allait s'en aller, je sortis de ma poche les quatre billets de cinquante euros que j'avais préparés et les lui fourrai dans la main.

— C'est pour vous, pour la course.

Il jeta un coup d'œil aux billets et dodelina de la tête.

— Merci, monsieur.

Je retournai dans l'hôtel et ouvris le colis.

Tout y était, la carte d'identité, le passeport, le permis de conduire et la carte Visa.

La surprise qu'il m'avait réservée était de taille, mais je ne vis pas d'entrée de jeu en quoi elle pouvait m'être utile ; une carte supplémentaire se trouvait au fond de l'enveloppe. Mon nom et ma photo apparaissaient sur fond de guillochis bleu et jaune.

Trois mots barraient la carte.

Police Politie Polizei

Au verso, mes qualifications étaient reprises dans les trois langues nationales.

Officier de police judiciaire. Auxiliaire du Procureur du Roi et de l'Auditeur militaire. Officier de police administrative.

Je revins dans le hall de l'hôtel, songeur. Je me rassis et laissai mes pensées partir en roue libre.

Dans quelle direction aller ? Et pour chercher quoi ?

Je repris le journal et m'interrogeai une nouvelle fois sur les éléments que j'y avais trouvés.

Si j'écoutais mon esprit cartésien, la démarche la plus rationnelle consistait à prendre un vol vers l'Angleterre pour y rencontrer Roberto Zagatto et lui demander pour quelle raison ce journal se trouvait au domicile de deux personnes qui avaient connu une mort violente dans un laps de temps rapproché.

Qu'allait-il me répondre ?

Qu'il n'en savait rien !

Cul-de-sac.

J'étais prêt à abandonner la partie, lorsqu'une intuition me vint. Je continuai de feuilleter le journal. Quelques pages plus loin, mon cœur marqua le pas.

Un article manquait.

Il avait été proprement découpé dans la page intitulée *Nasionale Nuus*, ce qui avait tout l'air d'être la rubrique des faits divers.

SAMEDI 27 AOÛT 2011

21

PLEIN SUD

Je débarquai à Johannesburg à 8 h 35, après un vol de nuit sans histoire.

Par mesure de précaution, j'avais opté pour la compagnie sud-africaine. L'avion avait quitté Paris en fin d'après-midi et avait fait une escale à Munich avant d'entamer la traversée de l'Afrique. Je m'étais offert une place en classe affaires, ce qui m'avait permis de m'allonger de tout mon long et de dormir à poings fermés.

Peu avant l'atterrissage, le pilote nous avait déclaré avec des trémolos dans la voix que l'aéroport O.R. Tambo était classé troisième meilleur aéroport du monde. Malgré mon scepticisme, je ne pus m'empêcher de saluer l'audace architecturale du nouveau terminal.

Je passai sans encombre le contrôle des papiers ainsi que les formalités d'entrée. Un visa n'était pas nécessaire, mon passeport suffisait.

Je sortis de l'aéroport et respirai à pleins poumons. Je me sentais en forme, mon moral remontait. Je n'avais pas de décalage horaire dans les jambes et je me trouvais à neuf mille kilomètres de mes tourments, ce qui me procurait un agréable sentiment d'impunité.

Ce n'était pas ma première visite en Afrique du Sud. J'y étais venu à deux reprises, une première fois en 2000, en compagnie de mes parents, pour faire la route des vins, une seconde fois avec Caroline, cinq ans plus tard, pour nous reposer au Cap.

Avant de quitter Paris, j'avais troqué ma carte téléphonique prépayée pour un abonnement, en vue de conserver mon numéro de téléphone et de pouvoir l'utiliser à l'étranger. À toutes fins utiles, j'avais également testé ma carte Visa et changé des euros en dollars.

Tout allait bien.

Je me rendis à la station de taxis.

L'une des voitures – pour autant que l'on puisse appeler cela une voiture – avança. Le chauffeur en sortit et ouvrit le coffre pour y mettre ma valise. C'était un métis famélique d'un âge indéfinissable qui flottait dans un jean rapiécé et une chemise trop grande. Il plaqua un sourire sur son visage, il lui manquait quelques touches au clavier.

J'annonçai l'hôtel Hilton. J'y avais réservé une chambre par Internet. Il se trouvait dans le quartier des affaires, à Sandton, au nord de Johannesburg. D'après les recherches que j'avais effectuées, c'était l'un des meilleurs de la ville.

Nous quittâmes l'aéroport et prîmes l'autoroute. Le printemps venait de s'installer dans l'hémisphère sud, il faisait tout au plus quinze degrés et je dus enfiler un pull. Nous roulâmes durant une vingtaine de minutes et arrivâmes à l'entrée de la ville. J'avais gardé de Johannesburg l'image d'une ville américaine de seconde main qu'un homme d'affaires était parvenu à revendre aux Africains.

Je débarquai à l'hôtel, m'installai dans la chambre et inspectai les lieux. Les périples que j'avais accomplis sur le continent africain m'avaient appris que les étoiles locales ne brillaient pas du même éclat qu'en Europe.

Le Hilton était un établissement haut de gamme, mais une fine couche de poussière s'éternisait sur le haut de l'armoire, des auréoles laissées par mes prédécesseurs maculaient la table de nuit et une légère odeur de moisi rôdait dans la salle de bains.

Je pris une douche, me changeai et ressortis de l'hôtel.

Le taxi qui m'avait amené se tenait à l'emplacement où il m'avait déposé. Le chauffeur somnolait, avachi dans son siège, une cigarette en fin de course entre les lèvres. Il avait posé ses pieds sur le tableau de bord et une musique tribale tournait en sourdine.

Il me reconnut, rectifia sa position et se contorsionna pour m'ouvrir la porte de l'intérieur.

Ma qualité de client régulier le désinhiba et il devint plus disert. Il me demanda d'où j'étais, si je venais à Joburg pour affaires et si j'étais susceptible d'avoir besoin de ses services sur une base régulière. Il me présenta ensuite son autobiographie, ce qui me permit de le situer dans la cinquantaine. Son anglais approximatif me fit perdre le fil de ses Mémoires, mais je ponctuai les épisodes marquants de soupirs approbateurs.

Nous empruntâmes plusieurs larges avenues bordées de bâtiments modernes et de showrooms de marques automobiles prestigieuses.

À l'égal de Bruxelles, Johannesburg ressemblait à un chantier permanent. Sur les bas-côtés, des ouvriers creusaient le sol et sondaient avec indolence les entrailles de la terre. Des squelettes d'immeubles en construction s'élevaient de toutes parts et des engins de génie civil traversaient les voies en crachant une épaisse fumée.

La circulation était dense, mais peu de piétons se hasardaient sur les trottoirs, leur absence assoyant la triste réputation qu'avait Johannesburg d'être l'une des villes les plus dangereuses du monde.

Alors que mon chauffeur s'épanchait sur les errements de sa première épouse, nous parvînmes à Auckland Park, dans Kings Way, là où se trouvait le siège administratif de *Die Burger*.

Les bureaux étaient situés à l'étage d'un modeste centre commercial. Je me présentai à la réception et demandai à rencontrer le responsable des archives. D'un air las, la préposée me tendit une fiche et me demanda de la remplir en précisant la date de parution du numéro que je souhaitais acquérir. Lorsque ce fut fait, elle passa un bref appel téléphonique et un gamin débraillé vint s'emparer du papier. Il reparut un quart d'heure plus tard en possession de l'exemplaire demandé.

Dès que je fus sorti, je tournai à la hâte les pages pour arriver à celle qui m'intéressait. L'article était court, accolé à la photo d'une maison entourée de hauts murs devant lesquels se tenaient trois policiers. Je décryptai le compte rendu comme je le pus et en déduisis qu'il relatait le meurtre d'une femme dont le corps avait été retrouvé chez elle par un voisin, le 28 juin à l'aube, à Lonehill.

Je retournai au taxi, réveillai le chauffeur et lui demandai de me traduire l'article ligne par ligne.

J'avais sous-estimé la complexité de l'exercice.

Il lut la première phrase à voix haute, produisit quelques borborygmes, émit un commentaire inintelligible, chercha ses mots et me proposa une traduction en anglais en grimaçant, l'air incertain. Il en fut de même pour chacune des phrases. Je parvins malgré tout à assembler les morceaux et à comprendre le contenu de l'article.

Shirley Kuyper, vingt-six ans, célibataire, Sud-Africaine de race blanche, actrice, avait été retrouvée assassinée dans sa propriété de Lonehill. Au petit matin, un voisin avait entendu un coup de feu et s'était précipité chez elle. La police était arrivée rapidement. La femme avait été tuée d'une balle dans la tête. Une voisine avait déclaré l'avoir vue rentrer la veille, vers 23 heures, en compagnie d'un homme de taille moyenne, de race blanche, chauve.

Le chauffeur me présenta les paumes de ses mains en signe d'interrogation.

J'éludai la question tacite et pris l'air énigmatique.

— Actrice ? Vous la connaissiez ?

Il brandit ses index et dessina un rectangle dans les airs.

— Publicité. Télévision.

— Je vois. Vous avez encore entendu parler de cette affaire après cela ?

Il secoua la tête.

— Non.

— Vous ne savez donc pas si l'on a retrouvé le coupable ?

— Non.

Pour compenser son laconisme, il frotta son pouce contre son index.

— Argent. Elle beaucoup argent.

J'en restai là et lui demandai de me ramener à l'hôtel. J'étais pensif.

Bon nombre de similitudes rapprochaient les meurtres de Nolwenn Blackwell et de Shirley Kuyper. Deux femmes, jeunes, toutes deux sur le devant de la scène, toutes deux assassinées d'une balle dans la tête, chez elles, à l'aube.

Je ne savais pas encore à quoi ressemblait la Sud-Africaine, mais j'étais prêt à parier qu'elle était belle et sculpturale. J'étais également prêt à parier que je tomberais amoureux d'elle à la seconde où je verrais sa photo.

Le chauffeur me déposa à l'entrée de l'hôtel et me demanda si j'avais encore besoin de lui. Je lui répondis avec diplomatie que je ne comptais pas me déplacer dans les heures qui suivaient.

Il acquiesça et chercha du regard un emplacement pour se garer.

Je pénétrai dans le hall en tournant et retournant dans ma tête les informations de la matinée.

Lorsque j'atteignis la réception, une voix résonna dans mon dos.

— Maître Tonnon ?

22

LA FIÈVRE DU SAMEDI SOIR

Je tressaillis.

Ma première idée fut que Witmeur m'avait retrouvé et se tenait derrière moi, en grande tenue tropicale, avec le Stetson sur la tête et le fouet dans la main, le regard amusé, la clavicule triomphante.

J'aspirai une goulée d'air et me retournai, les ventricules en alerte.

Je découvris Jean-René Lazare, le sourire rayonnant, vêtu d'un bermuda orange trop large et d'un tee-shirt à l'effigie de Bob Marley.

— Maître Tonnon, quelle heureuse coïncidence !

Jean-René Lazare avait été l'un de mes clients. La cinquantaine joviale, il était chargé d'embonpoint et arborait un double menton qu'il avait la manie de triturer à tout bout de champ. Il parlait d'une voix douce et ponctuait son discours – dont il choisissait les mots avec le plus grand soin – de gestes affectés qu'il accompagnait de légères flexions des genoux.

Sa préciosité et ses poses pédantes donnaient néanmoins de fausses indications sur ses préférences sexuelles. Contrairement aux apparences, Jean-René

Lazare était un grand consommateur de chair fraîche féminine.

Trois à quatre ans auparavant, il était venu me trouver au cabinet. Il venait de gagner une somme rondelette à la Loterie nationale. Cette rentrée d'argent providentielle l'avait rapidement précipité dans les bras d'une femme plus jeune et mieux outillée que la sienne. Avant d'entamer une procédure de divorce, il souhaitait mettre son pactole à l'abri de la rapacité légitime de sa conjointe.

Après moult tergiversations, nous avions trouvé une échappatoire aussi inventive qu'audacieuse.

Il avait invité son épouse à visionner un reportage sur les rhinocéros blancs, sympathiques mammifères comptant parmi les plus anciens de la planète. L'espèce était en voie de disparition en raison de l'attrait pour ses cornes aux prétendues vertus aphrodisiaques dont le kilo se négociait à près de deux fois le prix de l'or.

Bouleversé par cette triste nouvelle, les larmes aux yeux, il avait déclaré à sa femme qu'il ne pouvait rester insensible à cette cause.

Dès le lendemain, il avait créé une fondation d'utilité publique dont la mission était de protéger l'espèce menacée. Dans la foulée, il avait légué la totalité de ses gains à cette institution, au grand dam de sa femme qui avait devancé ses attentes et demandé le divorce.

Depuis, cette fondation dont il était le président du conseil d'administration et le principal donateur – j'étais l'autre, à hauteur de cent euros – l'envoyait aux quatre coins du monde, généralement en bonne compagnie, pour s'assurer que les gouvernements locaux mettaient tout en œuvre pour éviter la disparition du périssodactyle.

Je crispai un sourire.

— Monsieur Lazare, quelle surprise !

Il avança et me serra la main.

Il était accompagné d'une blonde pulpeuse qui semblait sortir du calendrier Pirelli. Elle portait une jupe microscopique et le même tee-shirt que lui. Sa poitrine tressaillait au rythme du chewing-gum qu'elle mâchait avec acharnement en ouvrant la bouche.

Elle m'adressa une œillade et me tendit la main à son tour.

Je n'allai pas jusqu'au baisemain, mais m'inclinai avec respect. Lazare me guetta avec une lueur de complicité dans l'œil, espérant que je valide son choix.

Ce n'était pas la première créature de ce type avec laquelle je le surprenais. Ses conquêtes se situaient la plupart du temps à la limite du mauvais goût, mais celle-ci l'avait franchie à grandes enjambées.

— Je vous présente Lilly, une amie.

— Ravi.

Elle arrima son chewing-gum.

— Ravie, je suis, pareillement.

Elle roulait les *r* et parlait en chantonnant, caractéristique de l'irrésistible accent slave.

Jean-René tripatouilla son double menton.

— Dites-nous, Hugues, vous êtes à Joburg pour raisons privées ou professionnelles ?

Sa question me rasséréna, elle indiquait qu'il ne suivait pas l'actualité. J'hésitai entre la prise de recul existentialiste, la filature d'un mari infidèle ou la cure de dé-Carolinisation.

— Un peu des deux.

Il émit un gloussement.

— Vous êtes seul ? Vous déjeunez avec nous, bien entendu. Vous êtes mon invité.

Je consultai ma montre, l'air préoccupé.

Il était 13 h 45.

— Ce ne sera pas possible, malheureusement, j'ai un rendez-vous en ville à 14 h 30.

— Vous prendrez au moins l'apéritif ?

Je le maudis intérieurement, mais un refus aurait éveillé ses soupçons.

— Dans ce cas, j'accepte, mais je devrai m'éclipser dans une petite demi-heure.

Et quitter l'hôtel au plus tôt.

Le connaissant, il ne manquerait pas de parler de notre rencontre à son premier correspondant et celui-ci lui apprendrait que j'étais l'ennemi public numéro un. En tout état de cause, ma présence à Johannesburg risquait d'être de notoriété publique dans les prochaines heures.

Nous nous dirigeâmes vers la terrasse et prîmes place au bord de la piscine. Il héla le garçon et passa commande d'une bouteille de leur meilleur champagne.

Par chance, il ne me posa aucune question et occupa le terrain en me retraçant le programme de la semaine écoulée et de celle à venir. Lilly resta en retrait, se contentant d'enrouler une mèche de cheveux autour de son index en fixant mon entrejambe.

Il termina son récit en m'indiquant son tee-shirt frappé de la tête du roi du reggae.

— Vous devriez vous en procurer un, c'est un passeport antiagression.

Je le remerciai, me levai et vérifiai machinalement l'état de ma braguette. D'un hochement de tête, je saluai Lilly et me précipitai dans ma chambre. Je fis ma valise à toute vitesse, descendis à la réception, évoquai une urgence et réglai ma note.

Je sortis de l'hôtel, réveillai mon chauffeur sans ménagement et le priai de me conduire à Main Reef Road, là où se trouvait le siège central de la police.

Le trajet nous prit une demi-heure, une durée suffisante pour qu'il me confiât qu'il s'appelait Jimmy, mais que tout le monde l'appelait Jim et qu'il avait été en quart de finale du championnat de dames du Gauteng en 1998.

Le siège de la police était un immeuble en angle d'une dizaine d'étages, agrémenté de parements bleus sous les fenêtres.

Une douzaine de personnes étaient assises dans la salle d'accueil, attendant avec l'habituelle nonchalance africaine que l'on affiche leur numéro d'appel pour se rendre au guichet.

Derrière celui-ci, une Noire boudinée dans un uniforme parlementait avec un homme en salopette qui saignait du nez.

Je m'avançai et interrompis leur échange, ce qui ne sembla pas la mettre en joie. Avant qu'elle ne m'intime l'ordre de prendre un ticket, je l'interpellai comme un boxeur apostrophe le serveur qui vient de renverser un plat en sauce sur son pantalon.

— Qui est l'officier de garde ?

Mon arrogance ne parut pas l'impressionner outre mesure.

— C'est pour quoi ?

Je posai ma carte de police sous ses yeux.

— Commissaire Staquet, je viens de Bruxelles, je suis attendu.

Elle jeta un vague coup d'œil sur la carte.

— Je vais voir.

Elle prit son téléphone, baragouina quelques mots et raccrocha.

— Il va venir.

Moins d'une minute plus tard, un Noir longiligne en chemise blanche fit irruption derrière elle, l'air soucieux. Il contourna le comptoir et vint à ma rencontre.

— Oui ?

Je lui tendis ma carte.

— Willy Staquet, je viens de Bruxelles, concernant l'affaire Kuyper.

Il évalua mon accent anglais et embraya dans un français approximatif.

— Je ne suis pas au courant de votre venue.

Je pris l'air outragé.

— Comment ça ? Notre ministre de l'Intérieur a pris contact avec votre ministère des Affaires étrangères qui a contacté le secrétariat de Mme Nkoana-Mashabane à Pretoria. On nous a dit que quelqu'un s'occuperait de nous. De qui se moque-t-on ?

Je savais par expérience qu'une phrase dans laquelle le mot ministre est prononcé à plusieurs reprises donne de bons résultats auprès des fonctionnaires. Il m'avait été aisé de trouver le nom du leur sur Wikipédia et notre vide en matière de gouvernement me mettait à l'abri d'un retour de manivelle.

Il fit un geste d'apaisement.

— Ne vous en faites pas, monsieur, quelqu'un est sûrement au courant, de quoi s'agit-il ?

Je lui sortis le discours que j'avais préparé. J'enquêtais sur un meurtre qui s'était produit à Bruxelles. La femme qui avait été assassinée était une connaissance de Shirley Kuyper et le *modus operandi* des meurtres semblait être identique. Je souhaitais rencontrer le policier qui avait été chargé de l'affaire. Bien entendu, Pretoria avait proposé de nous envoyer le dossier, mais comme tout le monde le sait, rien ne vaut une rencontre avec les enquêteurs locaux.

L'Afrique du Sud enregistre près de vingt mille homicides chaque année, soit une cinquantaine par jour. Nous étions samedi et le risque que le policier en question fût présent était limité.

Il m'écouta, le visage grave, et me demanda de le suivre.

Nous prîmes l'ascenseur et nous rendîmes sur un vaste plateau occupé par une trentaine de personnes. Les postes de travail étaient pour la plupart encombrés de piles de dossiers. Seul le crépitement des claviers troublait le silence.

Il me dirigea vers l'un d'eux, tira une chaise et me fit asseoir à ses côtés. Il ouvrit un tiroir, saisit une carte de visite et me la tendit. Il s'appelait Ali Neuman, un nom qui me disait vaguement quelque chose.

Je crus judicieux de surenchérir.

— Je ne comprends pas ce qui s'est passé, monsieur Neuman, quelqu'un était censé me prendre en charge et m'aider dans ce dossier, j'ai fait le voyage de Bruxelles jusqu'ici et ma venue aujourd'hui avait été annoncée. Soyez sûr que je dirai à qui de droit que vous m'avez apporté votre aide.

Son sourire en coin m'apprit que j'avais visé juste.

— Vous me rappelez le nom de la personne ?

— Shirley Kuyper.

— Voyons ce qu'il y a dans ce dossier.

Il se positionna devant son écran, entra son mot de

passe, ouvrit un programme et inséra le nom de Shirley Kuyper dans l'un des champs.

Le dossier contenait une dizaine de pages que nous parcourûmes ensemble. Le début correspondait à l'article du journal.

Il me fit un bref résumé.

Shirley Kuyper avait vingt-six ans, elle se déclarait actrice, mais était fichée comme call-girl. Sa clientèle était triée sur le volet : hommes d'affaires, stars de la politique, artistes de tout crin, rock stars, ainsi que les célébrités de passage, généralement fortunées et exigeantes.

Pour des raisons de sécurité et de discrétion, elle travaillait la plupart du temps à son domicile, dans sa villa de Lonehill, au nord de Johannesburg, non loin de Sandton.

Le soir du meurtre, le service de garde et plusieurs témoins l'avaient vue rentrer chez elle vers 23 heures en compagnie d'un homme blanc, de taille moyenne, chauve, qui ne faisait apparemment pas partie de ses clients habituels. Un coup de feu avait été tiré vers 5 heures du matin. Un voisin s'était rendu sur place et l'avait découverte, tuée d'une balle dans la tête. La porte de la maison était ouverte, mais n'avait pas été forcée. En revanche, la carte magnétique d'accès au lotissement avait disparu, ce qui laissait à penser que l'assassin était ressorti par l'une des voies piétonnes et avait échappé à la vigilance des gardiens de nuit.

L'enquête avait rapidement tourné court.

Le relevé des empreintes digitales n'avait rien donné, pas plus que les analyses ADN. L'homme avec qui elle était cette nuit-là n'était pas fiché et ils n'avaient pas trouvé d'agenda, de carnet de rendez-vous ou d'indices permettant de l'identifier.

Rien ne semblait avoir été dérobé, ce qui laissait présumer qu'il s'agissait d'ébats sexuels qui s'étaient mal terminés. Ali Neuman m'expliqua que certains couples blasés en quête d'émotions fortes jouaient à la roulette russe pour se gorger d'adrénaline et décupler leur plaisir sexuel. Il me parla de cette pratique comme s'il s'agissait d'une banale infraction courante, à peine un cran au-dessus du stationnement interdit.

L'inspecteur qui était chargé de l'affaire se nommait Martin Lemmer, il pourrait m'en dire plus. Il était en congé ce jour, mais on l'attendait vers 18 h 30 pour le service de nuit.

Neuman me proposa de l'attendre, ce que j'acceptai.

— J'ai prévu de rester jusqu'à lundi midi, je repasserai ce soir. En attendant, pouvez-vous me faire une copie papier du dossier pour que je prépare mes questions ?

— Bien entendu.

Il s'exécuta et partit chercher les copies au fond du bureau paysagé.

Lorsqu'il revint, je pris sa carte de visite, l'étudiai et fis mine de mémoriser son nom.

— Ali Neuman, Ali Neuman. En tout cas, je vous remercie, monsieur Neuman, vous m'avez fait gagner un temps précieux. Dites à M. Lemmer que je passerai le voir vers 19 heures.

Il me raccompagna jusqu'au pas de la porte.

Dès que je fus dans le taxi, j'appelai Sac à main.

— Raoul, c'est moi.

— Je sais. Vous êtes où ?

— À Johannesburg, mais plus pour longtemps, je serai grillé dans les heures qui viennent.

— Ils vous ont repéré à l'aéroport de Roissy, mais ils ont perdu votre trace. Ils pensent que c'est une ruse, que vous êtes ressorti de l'aéroport et que vous êtes toujours à Paris. Quelle est votre prochaine destination ?

— Je ne sais pas encore. En attendant, je vais t'envoyer le scan d'un rapport balistique concernant un meurtre qui a eu lieu ici. Essaie de te procurer celui de Nolwenn Blackwell et compare-les.

— OK, envoyez-le sur ma boîte Gmail. En attendant, j'ai des renseignements sur Christelle Beauchamp.

J'avais oublié son existence.

— Ah oui, la journaliste.

— Je n'ai pas trouvé grand-chose sur elle. Elle semble réglo. Trente-trois ans, célibataire, une fille de sept ans, journaliste free-lance, a l'air compétente dans son domaine. Elle pond des articles de fond pour plusieurs magazines, essentiellement féminins. Elle a sorti un bouquin sur la condition des femmes dans le monde de l'entreprise. On la dit féministe avec un caractère de merde. Elle avait une relation privilégiée avec Blackwell, elle comptait écrire sa biographie et dénoncer les abus du métier à travers ce bouquin.

Des données conformes à ce qu'elle m'avait raconté et à l'impression qu'elle m'avait laissée.

— Merci, Raoul, rappelle-moi quand tu as du nouveau.

Je raccrochai.

Une idée me vint.

Lors de notre entrevue, Christelle Beauchamp s'était déclarée convaincue de mon innocence. En tout cas, de mon incapacité à commettre un meurtre. De plus, elle

184

menait sa propre enquête sur le meurtre de Nolwenn et détenait vraisemblablement des éléments nouveaux.

Par chance, j'avais eu la présence d'esprit d'inscrire son numéro de téléphone dans ma liste.

Je composai son numéro.

— Christelle.

— Madame Beauchamp, c'est Hugues Tonnon.

Elle ne parut nullement étonnée de m'entendre.

— Bien. Vous avancez ?

— J'avance ?

— Votre enquête, j'entends. À présent que vous êtes réduit à l'état de fugitif, je présume que vous consacrez l'intégralité de votre temps et de votre énergie à dénicher celui qui vous a mis dans ce pétrin.

— J'ai trouvé quelques éléments intéressants.

— Les policiers qui m'ont entendue disent la même chose.

— Ils vous ont dit que j'étais l'assassin ?

— Ils m'ont dit que votre arrestation n'était qu'une question d'heures.

— Tiens donc. Et vous, vous avez du nouveau ?

Elle marqua une pause.

— J'avance.

— Qu'avez-vous ?

— Des choses, et vous ?

— Aussi.

J'observai un silence.

Comme prévu, elle le rompit.

— Rappelez-moi dans un jour ou deux, monsieur Tonnon, j'en saurai peut-être plus. Je suis rentrée de Bruxelles ce matin et je repars dans une heure.

— Où allez-vous ?

— Casablanca.

— Casablanca ?

— Oui, Casablanca. Rejoue-moi ça, Sam, de quelle nationalité êtes-vous, monsieur Blaine, ces choses-là.

— Bien, dans ce cas, bon voyage.

— À un de ces jours, peut-être, monsieur Tonnon. J'attendis qu'elle raccroche.

DIMANCHE 28 AOÛT 2011

23

CASABLANCA

Christelle Beauchamp se pencha vers moi, plissa les yeux et prit des airs de conspiratrice.

— Dites-moi, monsieur Tonnon, puis-je vous poser une question ?

Comme je m'y attendais, elle n'avait pas raccroché.

Elle avait quelque peu tourné autour du pot avant de concéder qu'il serait utile pour l'avancée de nos enquêtes respectives de confronter sans attendre les informations en notre possession.

Je m'étais rendu à l'aéroport de Johannesburg où j'étais parvenu, non sans mal, à trouver un vol de nuit sur Qatar Airways. Après une escale à Doha et un arrêt technique à Tunis, j'étais arrivé à Casablanca en milieu d'après-midi.

À l'aéroport Muhammad-V, j'avais dû faire le pied de grue dans une queue interminable pour remplir les formalités d'entrée et recevoir un cachet sur mon faux passeport. En sortant de l'aéroport, j'avais pris un taxi dont l'état de délabrement était plus avancé encore que celui de Jim : une vieille Mercedes jaune qui affichait un demi-million de kilomètres au compteur.

Le moteur hoquetait, les sièges étaient rapiécés et le plafond était constellé d'agrafes censées maintenir la garniture de pavillon en place.

Par miracle, j'étais arrivé à bon port où le propriétaire de l'épave m'avait réclamé cinq cents dirhams. Par la suite, j'avais appris que c'était le double de ce que payaient les touristes allemands les plus naïfs.

L'hôtel que j'avais réservé, un quatre-étoiles moderne sur le boulevard d'Anfa, disposait d'une chambre au dixième étage qui donnait sur la mer et la Grande Mosquée. Selon le réceptionniste, ces caractéristiques justifiaient le supplément de prix qu'il me réclama, m'assurant que je ne le regretterais pas.

La seule adresse que Christelle Beauchamp et moi connaissions à Casablanca était le Rick's Café Américain, le lieu légendaire où nous nous fixâmes rendez-vous à 20 heures.

Fort de ma récente expérience, je choisis de m'y rendre à pied.

Dans une chaleur suffocante, j'arpentai les boulevards aux trottoirs défoncés, jonchés de détritus, ruisselants de liquides à la provenance douteuse, grouillants d'autochtones à la mine patibulaire qui vociféraient pour couvrir la fureur des klaxons, ce qui semblait être un sport national. Prudent, je faisais un écart dès que j'approchais d'un rassemblement de plus de deux personnes qui semblaient mijoter un mauvais coup dans l'encoignure d'un immeuble ou sous le porche d'un commerce.

J'arrivai le premier sur place.

L'endroit n'avait rien à voir avec le décor mythique du film. Perdu dans une zone de travaux, le restaurant était coincé entre un garage désaffecté et un grossiste en fruits de mer. Hormis quelques hommes d'affaires, la clientèle était constituée de touristes multicolores qui s'extasiaient sur la décoration.

Ma prompte arrivée ainsi que la table réservée dans la galerie me permirent de guetter l'apparition de Christelle Beauchamp.

Je pus ainsi mesurer l'effet qu'elle produisit sur l'assistance. Comme lors de mon dîner avec Nolwenn, les hommes se retournèrent sur son passage et m'adressèrent un regard envieux.

Fidèles aux héros du film de Michael Curtiz, nous commandâmes deux champagnes-cocktail et je lui retraçai mes péripéties depuis mon départ de Bruxelles jusqu'à ma visite de la veille à Ali Neuman.

Lorsque je lui parlai de Shirley Kuyper, elle se pencha vers moi, plissa les yeux et prit des airs de conspiratrice.

— Dites-moi, monsieur Tonnon, puis-je vous poser une question ?

— Bien entendu.

— Vous arrive-t-il de parler normalement ?

— De parler normalement ?

— Une femme qui entretenait des relations rémunérées ? Vous voulez dire une pute, c'est ça ? Une nana qui se faisait baiser pour du fric ?

— Je ne vois pas ce qu'il y a de condamnable à ne pas faire appel à ces mots grossiers.

— Il n'y a rien de condamnable à ça, Votre Honneur, mais vous donnez la curieuse impression de réciter une fable de La Fontaine. Vous n'êtes pas au tribunal de grande instance. Appelez une pute une pute.

Je ne validai pas ce raccourci.

— Notre langue s'appauvrit, les jeunes avocats ne savent plus écrire sans fautes. Leurs plaidoiries, quand ils se hasardent à plaider, sont d'une indigence consternante et leur vocabulaire se limite à moins de cinq cents mots. C'est déplorable. Je suis partisan d'une certaine richesse linguistique et j'en suis fier.

Elle me fixa avec compassion.

Le soleil couchant donnait un éclat surprenant à ses yeux vairons.

— Quand vous baisez, pardon, lorsque vous avez des rapports intimes, vous dites « ciel, ma mie, je pressens que mon éjaculation ne saurait tarder » ?

Elle avait dit cela en se tortillant sur sa chaise.

Je soupirai.

— C'est mon affaire.

— Bien entendu. Au fait, vous êtes marié ?

Elle n'attendit pas la réponse qu'elle balaya d'un geste.

— Suis-je distraite, bien sûr que non, vous n'êtes pas marié. Vous êtes la diva du divorce. Vous devez donner le bon exemple aux couples égarés. Vous êtes un vieux garçon maniéré et monomaniaque qui mange chez papa maman le samedi.

Elle s'esclaffa, fière de sa sortie.

Je ne comprenais pas ce qui me valait ce brusque accès d'agressivité.

Je souris.

— Vous avez été mal renseignée, le goûter chez mes parents, c'est le dimanche.

Elle grimaça.

— Vous êtes comme tous les hommes, égoïste, content de vous et persuadé d'avoir raison.

Je souris de plus belle.

— C'est ce qui vous pousse à militer pour que la femme devienne l'égale de l'homme ?

Elle s'immobilisa.

Ses traits se durcirent.

— Je ne prône pas l'égalité des sexes, je combats l'asservissement de la femme, vous mélangez tout.

Elle avait haussé le ton.

Quelques têtes se tournèrent dans notre direction.

Je décidai de calmer le jeu.

— Je vous propose de garder nos divergences de vues pour un autre moment et de revenir à notre affaire.

D'un geste sec, elle ouvrit son sac et en sortit un iPad.

— Quand a eu lieu le meurtre de cette Shirley Kuyper, disiez-vous ?

— Dans la nuit du 27 au 28 juin de l'année passée. C'était pendant la Coupe du monde. Roberto Zagatto était à Johannesburg ce jour-là, si c'est ce que vous voulez savoir. J'ai vérifié.

Elle ne réagit pas, se plongea dans l'examen de sa tablette et fit défiler plusieurs documents.

— Et Nolwenn, vous savez où elle était, ce jour-là ?

— Aucune idée, je comptais sur vous pour me le dire, vous teniez son journal, après tout.

Elle releva la tête et me défia du regard.

— Nolwenn était à Johannesburg cette semaine-là. Elle est allée assister au match des Argentins. Elle est repartie le 2 juillet.

L'information rétrécissait le champ d'investigation, mais n'éclaircissait pas l'affaire.

— Au moins, ça confirme qu'il y a un lien entre les deux meurtres, mais lequel ? Des témoins ont vu Shirley Kuyper rentrer chez elle vers 23 heures en compagnie d'un homme de taille moyenne, chauve, de race blanche.

Elle fit la moue.

— Vous savez à quoi ressemble Zagatto ?

— J'ai dû le voir à la télévision, mais je n'ai pas fait très attention.

— Il est venu chez moi un soir, avec Nolwenn, du temps de leur lune de miel. C'est un géant hirsute, à l'opposé d'un chauve de taille moyenne.

— De plus, il était à Lisbonne pendant la nuit du meurtre de Nolwenn. Et vous, qu'avez-vous trouvé qui vous amène ici ?

— Adil Meslek. Je fais peut-être fausse route, mais je tiens à exploiter toutes les pistes.

— Qui est-ce ?

— Un Marocain, quarante ans. Il est propriétaire du Pacha Club, un cercle select situé dans le Triangle d'or, au centre de Casablanca : fitness, hammam, massages, remise en forme, ce qu'il y a de mieux dans le domaine. C'est aussi un préparateur physique pour sportifs de haut niveau. Entre autres, pour Roberto Zagatto. D'après les mauvaises langues, sa méthode consiste essentiellement à pratiquer des injections de testostérone ou autres substances stimulantes.

— Je pensais qu'il n'y avait que les cyclistes qui goûtaient à ce genre de cocktails.

— Vous aimez le foot ?

— Pas vraiment.

— Vous détestez le foot, alors ?

— Non plus. Je m'en désintéresse, mais je serais reconnaissant aux joueurs s'ils se contentaient de taper dans le ballon et s'abstenaient de parler à la radio.

— Votre exquise affection pour la langue. Vous êtes très snob. Sachez que les cyclistes ont une chance sur dix d'être contrôlés, un footballeur a une chance sur deux mille. Le football est un sport physique. Les produits de récupération, comme on les appelle dans les vestiaires, aident à enchaîner les dribbles, à augmenter la puissance des tirs, à courir plus vite, à sauter plus haut.

J'inclinai la tête en signe d'admiration.

— Vous avez l'air de vous y connaître, vous donnez l'impression de réciter un article de revue scientifique.

Elle marqua le coup, mais s'abstint de réagir et poursuivit.

— Nolwenn est venue à Casablanca il y a une douzaine de jours. Elle a fait un rapide aller-retour. Par recoupements, j'ai appris qu'elle est venue ici pour parler à ce Meslek. Elle a rompu avec Zagatto en octobre de l'année dernière. Je ne vois pas pour quelle raison elle a repris contact avec son préparateur.

— De fait, c'est étrange. Si ce Meslek est le préparateur de Zagatto, il y a de fortes chances qu'il ait été présent à Johannesburg le jour de la mort de Shirley Kuyper.

— Sans doute. En tout cas, il n'a pas bougé de Casablanca depuis la fin juin et il n'était pas à Bruxelles lundi dernier.

Lundi dernier.

Une semaine auparavant, à la même heure, j'étais chez moi. J'avais passé l'après-midi chez mes parents et je regardais je ne sais quel film à la télévision. Je m'apprêtais à vivre ma dernière nuit d'homme libre.

— Qu'est-ce qui vous fait penser qu'il acceptera de vous parler ?

— Rien, mais mes chances viennent d'augmenter de manière notable. Avec votre entregent et vos bonnes manières, je suis sûre qu'il ne pourra pas vous résister.

LUNDI 29 AOÛT 2011

24

L'AVEU

Il ne me fallut qu'une dizaine de minutes pour arriver au Pacha. Le club était situé au centre du Triangle d'or, un quartier proche de mon hôtel. Je n'y repérai ni triangle ni or.

Christelle Beauchamp était à l'heure au rendez-vous.

Nous avions convenu de nous retrouver devant le club à 10 heures précises et d'y faire notre entrée de concert. Selon les renseignements qu'elle avait pris, Adil Meslek était présent dès l'ouverture et pratiquait quelques soins dans la matinée.

L'endroit n'était pas aussi classieux que ce qu'elle m'en avait dit. Le mobilier était vétuste, la blouse de la réceptionniste présentait quelques taches et les murs étaient émaillés de traces d'humidité.

Christelle Beauchamp annonça d'un ton péremptoire qu'elle souhaitait voir M. Meslek.

L'employée ne se fit pas prier. Elle appuya sur un bouton et l'homme sembla surgir de nulle part. Il était trapu, râblé et marchait de travers, à la manière des crabes.

Il nous présenta son profil droit et nous examina d'un œil suspicieux.

— Bonjour, que puis-je faire pour vous aider ?

Elle prit l'initiative.

— Je m'appelle Christelle Beauchamp, j'étais une amie de Nolwenn Blackwell.

L'air accablé, il s'inclina sous le poids de la douleur.

— Nolwenn Blackwell, j'ai appris la triste nouvelle, quel malheur !

Il se tourna vers moi.

— Monsieur ?

— Willy Staquet, j'accompagne Mme Beauchamp.

Il opina du bonnet. À sa mimique, je compris qu'il était entendu que j'étais l'amant caché de Christelle Beauchamp et que je pouvais compter sur sa discrétion.

— Bien sûr, monsieur Staquet.

Il me serra la main, changea de profil et m'interrogea de son autre œil.

— Que puis-je pour vous ?

Je le rangeai d'emblée dans la catégorie des hypocrites de haut vol. Je notai également que l'évocation du nom de Nolwenn Blackwell l'avait contrarié.

Christelle Beauchamp prit les devants.

— Nous aimerions vous parler.

Elle jeta un coup d'œil vers l'arrière pour lui signifier qu'un peu d'intimité serait bienvenue.

Il fit volte-face.

— Suivez-moi !

Nous pénétrâmes dans les coulisses de l'endroit.

Comme je m'y attendais, l'arrière du décor était moins fringant encore. Le couloir était sombre et jonché de cartons divers. Il nous installa dans une minuscule pièce aveugle meublée d'un bureau surchargé de papiers sur lequel trônait un gros ordinateur IBM de la première génération.

— Asseyez-vous, je vous écoute.

Une nouvelle fois, elle me devança.

— Je suis journaliste. Je suivais Nolwenn Blackwell dans le but d'écrire sa biographie. J'ai appris qu'elle est venue vous rendre visite récemment. Le mardi 16 août, exactement. Quel était l'objet de sa visite ?

En moins de trois minutes, elle avait réussi à plomber l'ambiance.

Adil Meslek n'aimait ni son approche abrupte ni la teneur de la question.

Il crispa un sourire.

— Vous avez fait le voyage jusqu'ici pour me poser cette question ? Vous auriez pu me téléphoner, je vous aurais répondu.

Elle fit comme si elle n'avait rien entendu.

— Quel était l'objet de sa visite, monsieur Meslek ?

Le dernier semblant de sourire disparut.

— Elle était de passage à Casablanca, nous nous étions rencontrés lorsqu'elle fréquentait l'un de mes clients. Elle voulait me saluer, c'est tout. Pourquoi cette question ?

— Elle n'était pas de passage à Casablanca, elle est venue spécialement pour vous voir. J'aimerais savoir de quoi vous avez parlé.

Il se braqua.

— De rien de spécial. Je n'aime pas le ton que vous prenez pour me parler, madame. Vous êtes ici chez moi. Vous venez sans rendez-vous, vous me posez des questions comme si vous étiez de la police et quand j'y réponds, vous avez l'air de dire que je mens ou que je cache quelque chose. Je n'ai pas à répondre à

201

vos questions. Maintenant, je vous demande de partir, j'ai du travail.

Elle ne s'attendait pas à cette réaction et changea de ton.

— Excusez-moi, monsieur Meslek. Nolwenn était mon amie. Je cherche à comprendre pourquoi elle a été assassinée.

Il se leva, furieux.

— Vous cherchez à savoir qui l'a tuée, vous venez chez moi à Casablanca pour me poser des questions et vous ne croyez pas ce que je raconte. Je vous demande de sortir, j'ai du travail.

Il me sembla opportun d'entrer en piste.

— Monsieur Meslek, qui était Shirley Kuyper ?

J'avais lancé la question avec l'aplomb de celui qui détient la majorité des actions dans un conseil d'administration.

Il blêmit.

— Qui êtes-vous, monsieur Staquet ?

Je sortis ma fausse carte de police et la posai devant lui sans un mot.

— Je répète ma question, monsieur Meslek, qui était Shirley Kuyper ?

— Je ne sais pas.

Il avait prononcé ces mots avec autant de conviction qu'un dentiste face à son contrôleur fiscal.

— Dans ce cas, je vais vous rafraîchir la mémoire, monsieur Meslek. Shirley Kuyper était une pute, une nana qui se faisait baiser pour du pognon, si vous préférez. Elle pratiquait son art à Johannesburg et a été assassinée le 28 juin 2010. Je répète ma question, que savez-vous de Shirley Kuyper ?

Il se mit à balbutier.

— Je n'ai rien à voir avec ça. J'étais à Johannesburg pour la Coupe du monde, je ne la connais pas, cette femme.

— Si, vous la connaissez, monsieur Meslek.

Il se leva et se mit à vociférer.

— Non, je ne la connais pas ! Elle m'a donné sa carte de visite, un soir, dans un bar. Elle savait que j'étais le préparateur physique de certains joueurs. Elle voulait que je lui envoie des clients, c'est tout. Je ne l'ai plus vue après cette soirée. Je n'ai pas d'argent à dépenser pour ça, je suis un homme honnête, je suis marié, je ne touche pas à ça.

Cette fois, je le croyais.

— À qui avez-vous donné sa carte de visite ?

De la sueur perlait sur son front.

Il s'avoua vaincu et se rassit.

— Un soir, l'un des joueurs m'a demandé si je connaissais quelqu'un. Il voulait une blonde. Vous savez comment ça se passe.

— Quand était-ce ?

— Je ne me souviens plus de la date. C'était après le match contre le Mexique, je crois. Il voulait fêter ça. Il voulait une femme, je ne sais rien de plus.

— Qui était ce joueur, monsieur Meslek ?

Il s'épongea le visage.

— Juan Tipo.

— Juan Tipo ? Il joue pour l'Argentine ?

Il acquiesça.

— Bien sûr, vous ne connaissez pas Juan Tipo ?

Christelle Beauchamp reprit la parole.

— Vous avez Internet, monsieur Meslek ?

La question le surprit.

— Oui, pourquoi ?

— Montrez-nous la photo de ce Tipo.

Il s'empara de sa souris et l'agita pour réveiller l'écran. Il ouvrit plusieurs pages avant de trouver celle qui lui paraissait la plus adaptée.

Il tourna l'écran dans notre direction.

Juan Tipo souriait de toutes ses dents. Il était chauve et semblait ravi de l'être. La photo ne montrait que la partie supérieure de son corps, mais j'étais persuadé que l'homme était de taille moyenne.

25

PROTOCOLE FANTÔME

Christelle Beauchamp reposa sa tasse de café et me considéra avec curiosité.

— Comment voyez-vous les choses ?

Nous étions attablés à la terrasse d'un café branché, face aux Twin Towers, une variante du défunt World Trade Center qui ne dépassait pas trente étages. Hormis le gardien qui faisait les cent pas sur le trottoir, nous étions les seuls clients.

L'auvent bleu nous donnait mauvaise mine, les tables étaient bancales et le concert d'avertisseurs battait son plein sur le boulevard. On se serait cru à New York un jour de krach boursier.

— L'affaire me semble limpide. Juan Tipo souhaitait s'offrir les services d'une prostituée. Il a demandé à son soigneur où il pouvait en trouver une. Adil Meslek lui a remis la carte de visite de Shirley Kuyper. Juan Tipo l'a contactée et ils se sont donné rendez-vous quelque part. Ensuite, elle l'a ramené chez elle, les choses ont dérapé, il l'a tuée et il a détalé.

— Je vous suis. Mais que vient faire Nolwenn dans cette histoire ?

— Ce jour-là, Nolwenn était sur place avec Roberto Zagatto, son fiancé de l'époque. Tipo et Zagatto sont tous deux argentins, ils jouaient dans la même équipe, logeaient dans le même hôtel et avaient le même préparateur physique. Elle a peut-être été témoin de quelque chose.

Elle fit la moue.

— Peut-être. Dans ce cas, pourquoi revenir sur cette affaire plus d'un an après ?

— Quand j'ai rencontré Lapierre, il m'a confié que Nolwenn comptait lui faire payer chèrement son intention de rompre. Il avait prévu un parachute doré pour elle, mais ça ne lui suffisait pas, elle en voulait davantage. Elle voulait lui faire payer sa trahison. Elle a arrangé l'affaire du paparazzi pour pouvoir justifier d'une atteinte à son honorabilité et lui réclamer des dommages et intérêts. Quand elle a vu que cela ne se présentait pas comme elle l'espérait et qu'elle risquait de se retrouver sans le sou, elle a cherché une autre voie pour rétablir sa situation financière.

Elle suivit la direction de ma pensée.

— Un chantage ?

— C'est fort probable.

— Menacer Tipo de dévoiler ce qu'elle savait ? Son silence contre de l'argent ? Pourquoi pas ? En tout cas, ça expliquerait le message qu'elle m'a laissé, disant qu'elle avait pris un risque.

— Nolwenn a certainement manigancé cette escroquerie avec Richard Block. D'une part, elle avait une dette envers lui, de l'autre, elle ne se serait pas lancée seule dans une telle aventure. L'article de journal qui se trouvait chez eux tend à conforter cette thèse. Ils l'ont utilisé comme moyen de pression.

— Si c'était le cas, pourquoi est-elle venue vous trouver ?

— À mon avis, le chantage ne prenait pas. Soit Tipo refusait de payer, soit il cherchait à gagner du temps pour neutraliser les maîtres chanteurs. C'est en désespoir de cause qu'elle est venue chez moi dans le but de faire payer Lapierre. Elle était aux abois. Elle ne réfléchissait plus, elle ne mesurait pas la portée de ses actes.

Elle fit aller sa bouche de gauche à droite.

— C'est possible. Sous ses dehors abrupts, c'était une femme fragile. Elle a mal choisi sa cible.

— Je devrais savoir dans les prochaines heures si c'est la même arme qui a tué Kuyper et Nolwenn. Dans ce cas, la boucle sera bouclée.

Son visage s'éclaira.

— Vous avez été brillant. Je suis fière de vous, Hugues.

En plus du passage au prénom, je crus déceler une étincelle de séduction dans ses prunelles.

Eu égard à son charme et son sex-appeal, j'imaginais les hordes de mâles qui étaient tombés dans ses filets et dont elle avait brisé le cœur sans une once de pitié.

À présent, je comprenais mieux en quoi elle se sentait à ce point proche de Nolwenn. Elles avaient en commun cette légèreté, cette hauteur face aux hommes, cette façon bien à elles de les considérer comme des jouets. Toutes deux affichaient la fière assurance de pouvoir les séduire selon leur bon plaisir.

J'avais moi-même cédé avec une facilité déconcertante au charme de Nolwenn, même si l'état d'ébriété avancée dans lequel je me trouvais et les souvenirs imprécis que j'en gardais constituaient d'acceptables circonstances atténuantes.

Un temps, j'avais entretenu une relation tumultueuse avec une femme dans leur lignée ; impétueuse, fantasque, fatale.

L'intéressée était mariée avec un homme en vue et ne voulait prendre aucun risque. Lorsqu'elle consentait à me voir – ce qui se négociait âprement –, j'étais sommé de réserver un hôtel haut de gamme dans lequel elle me rejoignait affublée d'un foulard et de lunettes de soleil.

Nous dévastions la chambre en l'espace d'un après-midi et la quittions anéantis, repus de jouissance, laissant la pièce tel un champ de bataille, les draps souillés, les oreillers crevés, les serviettes étalées sur la moquette, la salle de bains inondée, des objets épars au sol, renversés ou brisés dans la fureur de nos ébats.

Lors d'un voyage d'affaires de son mari, elle m'avait proposé de me rendre à son domicile pour pimenter la chose.

J'avais accepté.

Là, j'avais découvert les paires de pantoufles alignées au bas de l'escalier, les photos de famille disposées sur le piano, les objets kitsch ramenés de vacances, la table de repassage montée dans la cuisine. Dans les toilettes, une pancarte suggérait aux hôtes masculins de se soulager en position assise pour éviter d'asperger l'immonde carpette à poils roses placée au pied de la cuvette.

La fascination obsessionnelle que je lui vouais s'était évaporée à la vitesse de l'éclair. J'avais balbutié une vague excuse et m'étais enfui à toutes jambes.

Ce souvenir m'aida à me soustraire à l'attraction que Christelle Beauchamp exerçait sur moi.

— Vous m'avez bien aidé. L'affaire est désormais éclaircie. Nous l'avons résolue en moins d'une semaine.

De plus, nous avons élucidé un deuxième meurtre, la police sud-africaine nous en sera reconnaissante.

— Vous pouvez rentrer chez vous, la tête haute, et ridiculiser les flics de votre pays.

— Ils l'ont bien cherché.

— En plus, vous allez regagner votre appartement aseptisé et vos goûters chez papa maman.

Je tiquai.

— J'avais mis votre humeur maussade d'hier sur le compte d'une conjonction des astres défavorable. Vous devriez vous réjouir, ce succès est aussi le vôtre.

— Succès ? Il reste quelques points d'interrogation.

— Lesquels ?

— Juan Tipo était-il à Bruxelles dans la nuit de lundi à mardi passé, lorsque Nolwenn a été assassinée ? Se trouvait-il à Paris jeudi après-midi, lors du meurtre de Richard Block ? S'il a un alibi, votre bel échafaudage s'effondre.

— J'ai vu sur l'ordinateur de Meslek qu'il jouait au PSV Eindhoven. C'est à une heure trente de Bruxelles. Un aller-retour discret est plausible. Pour Paris, le périple lui aura pris la journée, sauf s'il y est allé en TGV.

— En plus de démonter l'alibi de Tipo, il faudrait cerner le mobile de la mort de Shirley Kuyper.

— Selon l'officier de police de Johannesburg, il s'agirait d'un jeu sexuel qui aurait mal tourné. D'après lui, certains couples jouent à la roulette russe pour booster leur libido.

Elle hocha la tête.

— Vous devriez essayer. Ça mettrait un peu de piment dans votre vie.

Le téléphone sonna avant que les nuages n'encombrent à nouveau nos échanges.

Sac à main.

Je décrochai et esquissai un geste explicite à Christelle pour lui faire comprendre que c'était l'appel que j'attendais.

— Bonjour, Raoul, du nouveau ?

— Et comment, maître ! J'ai dû faire jouer mes contacts et graisser quelques pattes, mais j'ai réussi à intercepter le rapport balistique. Je l'ai comparé à celui que vous m'avez envoyé et je peux affirmer sans le moindre doute que c'est la même arme qui a tué Nolwenn Blackwell et Shirley Kuyper. Dans les deux scènes de crime, on a retrouvé les douilles. L'examen de celles-ci permet généralement de déterminer le type d'arme, le calibre, parfois même le modèle.

— Cela confirme ma théorie. Il s'agit sans doute d'une affaire de chantage.

Je lui expliquai dans les grandes lignes que j'étais en compagnie de Christelle Beauchamp, que nous étions à Casablanca et que nous y avions recueilli les aveux d'Adil Meslek.

Il émit un sifflement d'admiration.

— Bravo, maître, vous feriez un fameux enquêteur.

— Merci. Il me reste à rentrer à Bruxelles, à communiquer cela à Witmeur et consorts et à leur demander qu'ils terminent ce que j'ai commencé.

— Il manque un élément, maître. Le mobile de l'assassinat de Kuyper. Pourquoi ce Tipo aurait-il tué cette fille ?

— Selon mon policier sud-africain, il s'agirait d'une nouvelle manie sexuelle qui fait fureur.

Je lui relatai la théorie qui m'avait été exposée.

Il se racla la gorge.

— Sauf votre respect, maître, je vous ai dit qu'on avait retrouvé les douilles.

— Oui, et alors ?

— La police sud-africaine ne connaît pas son boulot ou ils ont bâclé l'enquête.

— Pourquoi ?

— Si on a retrouvé les douilles, ça signifie que l'arme est un pistolet et non un revolver, donc qu'il ne possède pas de barillet. Dans notre cas, il s'agit d'un 9 mm, probablement une arme de chez nous, un bon vieux Browning GP. À part un problème d'enrayage, jouer à la roulette russe avec un automatique équivaut à s'offrir cent pour cent de chances de se faire griller la cervelle.

26

L'ÉTAU

Nous arrivâmes à l'aéroport Muhammad-V aux environs de 13 heures. Par chance, j'avais réussi à trouver une place sur le vol Air France que prenait Christelle Beauchamp. Après être repassés à notre hôtel respectif pour boucler nos bagages, nous avions pris un *petit taxi*, sorte de voiture miniature rouge vif dans laquelle j'avais peiné à faire entrer mon double mètre.

Nous nous rendîmes dans le monumental hall de départ, fîmes enregistrer nos bagages et partîmes à la recherche d'un en-cas acceptable, ce qui relevait de l'exploit.

Par prudence, nous nous contentâmes d'un café, d'un verre d'eau minérale et de quelques viennoiseries.

Sa collation avalée, Christelle Beauchamp sortit son iPad et se mit à tapoter l'écran sans tenir compte de ma présence.

J'allais en faire de même lorsqu'elle leva les yeux.

— Que comptez-vous faire lorsque vous serez à Paris ?

Elle tenait l'une de ses mains en suspens au-dessus

de sa tablette, comme si elle s'apprêtait à enregistrer ma réponse.

— Je compte préparer mon retour. Peut-être vais-je organiser une conférence de presse à Paris pour m'expliquer et empêcher la police de me tomber dessus dès que j'aurai mis un pied en Belgique.

Elle soupira.

— Dans le fond, vous vous fichez éperdument de savoir qui a tué Nolwenn et pourquoi ?

— Pas du tout. Les choses sont claires. Tipo a tué Nolwenn et Block parce qu'ils voulaient le faire chanter.

Elle leva la main.

— Votre conclusion est hâtive. S'il est possible que Tipo soit l'assassin de Shirley Kuyper, ce qui reste malgré tout à prouver, ça ne signifie pas que vous ayez raison pour la suite. Rien ne prouve cette histoire de chantage. Ce ne sont que des extrapolations. Nous ne connaissons pas le mobile du meurtre de Kuyper. Votre raisonnement pourrait s'effondrer comme un château de cartes.

— Quand la police de Johannesburg aura reçu l'information, ils convoqueront les témoins. Ceux-ci identifieront Tipo. Sa culpabilité ne fait aucun doute. Après, c'est à eux de faire leur travail. Ils vont l'interroger et découvrir le mobile de son meurtre.

— Je vous trouve très optimiste. Ce n'est pas parce que des témoins ont vu Tipo avec Kuyper à 11 heures du soir qu'il l'a tuée à 5 heures du matin. Et jusqu'à preuve du contraire, vous êtes toujours le principal suspect.

— Madame Beauchamp, vous êtes journaliste, je sais, vous vous devez d'être objective et factuelle, mais il n'y a que dans les romans policiers anglo-saxons de seconde zone que des coïncidences de ce type sont de fausses pistes. Tout concorde. Nolwenn et son besoin d'argent, la visite à Adil Meslek, le journal que l'on retrouve chez elle et chez Block, la même arme du crime, que vous faut-il de plus ?

Elle haussa les épaules avec exaspération.

— Le mobile de la mort de Kuyper. Pourquoi Tipo aurait-il pris un flingue pour aller voir une pute ?

— Pour sa sécurité personnelle. Johannesburg est une ville dangereuse.

— Je vous rappelle que ça se passait pendant la Coupe du monde, il y avait un flic à chaque coin de rue. En plus, là-bas, le port d'arme est interdit sans permis. Pourquoi un étranger prendrait-il le risque de se faire arrêter en possession d'un flingue ?

La question avait du sens.

Je ne connaissais pas la réponse, mais ce fait pouvait indiquer qu'il y avait eu préméditation, ce qui obscurcissait davantage le mobile de la mort de Shirley Kuyper. Pourquoi Tipo aurait-il prémédité le meurtre de quelqu'un qu'il ne connaissait pas une heure auparavant ?

Il restait une option, mais elle ne me satisfaisait pas davantage. L'arme était celle de Kuyper. Tipo l'avait emportée après s'en être servi. L'option était envisageable, mais j'avais lu suffisamment de romans policiers pour savoir que le 9 mm n'était pas *a priori* une arme de femme.

Raoul avait raison sur un point. La police sud-africaine avait bâclé l'enquête. Ils avaient vraisemblablement d'autres chats à fouetter à ce moment-là. Ils n'avaient interrogé ni les compagnies de taxis ni les gardiens du lotissement à propos de cet homme chauve de taille moyenne dont les témoins avaient parlé.

Je décidai de passer outre.

— Je ne sais pas. C'est à la police de trouver la réponse.

Elle me dévisagea, incrédule.

La sonnerie de mon téléphone interrompit le trait mordant qu'elle s'apprêtait à me lancer.

L'écran afficha un numéro précédé de l'indicatif de la Belgique. Mon cœur se serra.

J'hésitai avant de prendre l'appel.

— Oui ?

— Raoul.

— Raoul ? Pourquoi m'appelles-tu d'un autre numéro ?

Je compris immédiatement que quelque chose clochait.

— Je suis grillé, maître.

— Quoi !?

— Ils ont pisté mon téléphone, ils savent où vous êtes.

— Non !?

— Je suis désolé, je ne pensais pas qu'ils iraient jusque-là.

— Qu'est-ce que tu me conseilles ?

— Où êtes-vous pour l'instant ?

— À l'aéroport de Casablanca.

— Vous ne pourriez pas rêver meilleur endroit pour vous faire repérer.

Je réfléchis à toute vitesse.

— Ils savent peut-être où je suis, mais ils ne connaissent pas ma nouvelle identité.

— Si je ne m'abuse, Casablanca n'est pas une ville

assiégée par les touristes. Un Européen mesurant près de deux mètres, ça ne passe pas inaperçu.

— Soit, mais je n'ai plus rien à craindre, je tiens désormais les preuves de mon innocence.

— Vous faites fausse route, maître. Vous êtes au Maroc en situation illégale, avec de faux papiers. Vous vous êtes fait passer pour un flic et vous avez menacé un citoyen marocain. Ils vont vous coller au trou et il faudra deux à trois ans pour qu'une demande d'extradition aboutisse. D'après ce que je sais, les prisons marocaines sont loin d'être des cinq-étoiles.

Un seau de glaçons se déversa dans ma nuque.

Je revis la cellule qui hantait mon cauchemar. Cette fois, mon codétenu s'appelait Akim, Lotfi ou Mohammed. Il était brutal, libidineux et détestait les Européens. Quelques scènes de *Midnight Express* défilèrent dans ma tête. Je revis l'ignoble geôlier qui retirait sa ceinture.

Une vague de panique me submergea.

— Qu'est-ce que je dois faire, Raoul ?

— Sortez de l'aéroport au plus vite, trouvez une bagnole et tentez de passer la frontière.

— Vers quel pays ?

La pause qu'il fit ne fut pas pour me rassurer.

— Je ne vois que l'Algérie. Il y a bien la Mauritanie, au sud, mais ça vous ferait plusieurs milliers de kilomètres et un désert à traverser.

— En conclusion ?

— L'Algérie, je ne vois que ça. Ou un bateau à destination de l'Europe.

— Merci, je vais aviser.

— Je ne pourrai plus vous transmettre d'informations, mon contact ne veut plus prendre de risques. C'est le black-out pour moi.

— OK, Raoul, je vais me débrouiller.

Je raccrochai.

Christelle Beauchamp me dévisagea, l'air dépité.

— Mauvaises nouvelles ?

Je lui expliquai la situation.

— Que comptez-vous faire ?

— Sortir d'ici au plus vite.

— Votre valise est enregistrée et partie dans l'avion.

— Si ce n'était que ça. Je me fiche de ma valise.

— Vous n'avez aucune chance.

L'émotion m'emporta.

Je me levai et me mis à hurler dans le hall.

— Je n'ai aucune chance ? Cette perspective a l'air de vous réjouir ! Le sort s'acharne sur moi. Je vais me retrouver sous peu dans une prison marocaine et y moisir jusqu'à la fin de mes jours pour avoir tenté de prouver mon innocence.

Elle ne se départit pas de son calme.

— J'ai une idée.

— Je vous écoute.

— Savent-ils que vous êtes accompagné ?

— Je ne pense pas. Ils ont localisé les appels téléphoniques de mon enquêteur, mais ils ne connaissent pas la teneur des échanges que j'ai eus avec lui.

— Seul, vous n'avez aucune chance. À deux, on peut y arriver. Un couple qui voyage au Maroc, c'est crédible. Surtout si la femme est journaliste. Vous serez mon photographe, nous faisons un reportage sur les villes impériales.

— Pourquoi feriez-vous ça ?

— Je n'ai pas dit que je le ferais.

— Arrêtez de jouer avec mes nerfs, que voulez-vous ?

— Conclure un marché avec vous.

— Je vous écoute.

— Je vous aide sur ce coup. En contrepartie, vous m'aidez à retrouver l'assassin de Nolwenn et à cerner le mobile de son meurtre.

Elle tendit la main.

— Marché conclu ?

Avais-je le choix ?

Je serrai sa main.

— Marché conclu.

27

UN TAXI POUR TOBROUK

Nous sortîmes en hâte de l'aéroport et nous rendîmes sur l'aire de stationnement des taxis.

Christelle Beauchamp s'éloigna d'une dizaine de mètres et passa quelques coups de téléphone tout en consultant son iPad. Elle me tournait le dos comme si elle craignait que j'écoute la conversation ou que je lise sur ses lèvres, ce qui décupla mon énervement.

Après une demi-heure qui me parut deux heures, elle revint vers moi, un sourire sarcastique aux lèvres.

— J'ai trouvé. Un camion qui transporte des moutons. J'irai dans la cabine, vous vous mettrez à l'arrière, c'est plus prudent.

Comment parvenait-elle à plaisanter dans de telles circonstances ?

— Vous êtes désopilante. Plus sérieusement ?

— Les frontières terrestres entre l'Algérie et le Maroc sont fermées depuis plus de dix ans, mais il existe de nombreux endroits où il y a moyen de se faufiler. Entre le trafic de drogue dans le sens Maroc-Algérie, la contrebande d'essence dans l'autre et les hordes de travailleurs clandestins, la frontière est une véritable passoire. Les points de passage sont accessibles par de petits sentiers à travers les champs ou le long d'une rivière asséchée du côté d'Oujda. Quand nous serons là-bas, mon contact me donnera de nouvelles instructions. Essayons de dégoter un 4 x 4. Oujda se trouve à sept cents kilomètres, nous y serons avant la nuit si tout va bien, il y a une autoroute directe.

— Une autoroute marocaine.

Elle adopta une posture de défi.

— Une autoroute marocaine, oui. Et après ? On est au Maroc, non ? Vous voulez qu'on entame un débat sur l'état de vos autoroutes ?

— Les autoroutes belges sont dans un état lamentable, j'en conviens, mais il est rare qu'un âne ou un couple de chameaux traverse devant vous.

— Votre remarque est pleine de bon sens, louons un hélicoptère.

— Soit. Nous passons la frontière clandestinement, et ensuite ?

Elle ouvrit les bras.

— Et ensuite ? Je ne sais pas, moi, je ne suis pas GO, on avisera.

Je conservai mon sang-froid.

— Bien, nous aviserons.

Elle tendit la main d'un geste nerveux.

— Donnez-moi vos papiers, les faux. Je vais voir s'il y a moyen de louer une bagnole ici.

J'obtempérai.

Elle tourna les talons et reprit la direction de l'aéroport. Elle en ressortit une dizaine de minutes plus tard, accompagnée d'un homme à la mine patibulaire revêtu d'un cache-poussière jaune.

220

Elle leva un bras, agita quelques papiers et m'interpella joyeusement.

— Viens, mon chéri, ils nous ont trouvé un joli tout-terrain.

L'homme nous escorta jusqu'à un parking protégé par un grillage et une porte métallique. Il ouvrit le cadenas, nous pilota dans un labyrinthe de véhicules et nous présenta un Mitsubishi Pajero gris argenté.

Hormis un éclat dans le pare-brise et une épaisse couche de poussière, il semblait dans un état acceptable.

L'homme grimpa dans le véhicule, lança le moteur et manœuvra pour le placer dans l'allée. Il descendit et me fit signer les documents sur le capot. Avant de nous quitter, il regarda par-dessus mon épaule et fronça les sourcils.

— Où sont vos bagages ?

Christelle Beauchamp intervint.

— C'est vrai ça, mon chéri, où sont nos bagages ?

Elle mésestimait les capacités d'improvisation d'un avocat de ma trempe.

— Adil les a pris avec lui, nous les retrouverons à l'hôtel.

— Bien sûr, Adil.

Je pris le volant et nous regagnâmes le centre de Casablanca où nous achetâmes de nouveaux vêtements, des affaires de toilette et des valises pour y mettre le tout. Nous prîmes ensuite l'autoroute vers Rabat où nous arrivâmes vers 17 heures.

Je crus bon de manifester des doutes quant à notre arrivée à Oujda dans la soirée.

— Ne ferions-nous pas mieux de loger ici pour repartir demain matin vers Oujda ? Nous risquons d'arriver au milieu de la nuit.

Elle pivota sur son siège.

— Je vais vous dire quelque chose, monsieur Tonnon. J'ai un tas de choses bien plus intéressantes à faire que de visiter le Maroc en votre compagnie. J'ai un ami journaliste qui se décarcasse pour nous trouver un filon pour passer en Algérie. Je lui ai dit que je serai à Oujda ce soir et nous serons à Oujda ce soir. De là, nous gagnerons Alger et prendrons un vol pour Paris. Le plus vite sera le mieux.

— Un vol pour Paris ? Sans visa ?

— Pour les visas, je compte sur vous. Vous m'avez dit que vous connaissiez quelqu'un de compétent dans ce domaine.

— En effet.

— Qu'attendez-vous pour le contacter ?

— Vous a-t-on déjà dit que vous étiez insupportable ?

Elle sourit.

— Ça m'est arrivé.

Je m'arrêtai sur le bas-côté et lui proposai de prendre le volant. Dès que nous reprîmes la route, je composai le numéro d'Albert.

— Moui ?

— Albert, c'est Hugues Tonnon.

— Bonsoir, maître.

— Il me faut un visa.

— Un visa ? Moui. Pour quel pays ?

— Algérie.

Il marqua un temps.

— Houlà ! L'Algérie, c'est compliqué. Il faut une invitation, une attestation de résidence et un certificat d'assurance en cas de rapatriement.

Je n'étais pas dupe. Il n'avait pas besoin de tout cela pour concocter son document.

— Combien ?

— Il y a du travail.

— Combien ?

— Deux mille cinq cents, et j'y perds.

— Il m'en faut deux.

— Pour vous ?

— Non, pour moi et une amie.

— Vous n'avez pas perdu de temps. Jolie, maître ?

— Ce n'est pas le moment de plaisanter, Albert.

— Je vous prie de me pardonner. Ce n'est pas aussi simple. Je dois fabriquer de nouveaux passeports. Donnez-moi deux jours. J'ai besoin des noms qui doivent figurer sur les documents et une adresse où je peux vous envoyer le tout. Un conseil, je profiterais de l'occasion pour changer votre nom.

— D'accord. Pour moi, je te fais confiance.

— Et pour votre, moui, compagne ?

Je lui épelai le nom de la journaliste et lui promis de lui envoyer une photo d'elle sans tarder.

Christelle Beauchamp prit sa tablette tout en conduisant.

— Donnez-moi son adresse mail, je lui envoie une photo.

J'obtempérai et repris le fil de ma conversation avec Albert.

— Tu vas recevoir la photo de mon amie dans quelques secondes.

— Parfait, maître.

Je raccrochai et vis qu'elle consultait Internet.

— Vous feriez mieux de regarder la route.

Elle fit mine de n'avoir rien entendu.

— Rappelez-le et demandez-lui qu'il nous fasse parvenir les documents au Hilton d'Alger, pour demain soir.

— Il a dit qu'il lui fallait deux jours.

— Je sais compter, merci. Aujourd'hui et demain, ça fait deux jours.

28

UN THÉ AU SAHARA

Christelle Beauchamp conduisait d'une main, sur-fait de l'autre sur sa tablette et se retournait à inter-valles réguliers pour faire des remarques acerbes sur la conduite des usagers qu'elle doublait.

Après une heure émaillée de frayeurs diverses, je lui suggérai de reprendre le volant. Le tronçon qui reliait Fès à Oujda venait d'être inauguré, mais avait gagné en quelques semaines la réputation d'être la portion d'autoroute la plus meurtrière du Maroc. Les causes invoquées étaient l'étroitesse des voies de circulation et la somnolence des conducteurs due à la monotonie du paysage.

Nous arrivâmes au péage peu avant 22 heures et gagnâmes le centre d'Oujda où nous laissâmes le Pajero, près de la médina.

À mon tour, je consultai mon iPad et relevai que l'hôtel Atlas Orient répondait de manière satisfaisante à mes normes de confort.

— Regardons où se trouve la place Syrte, l'hôtel Atlas me semble approprié pour notre halte.

Elle fit un bond sur son siège.

— Notre halte ? Vous pensez que nous faisons un voyage d'agrément ? Je téléphone à mon contact, j'écoute ce qu'il me conseille et nous reprenons la route.

Je levai les mains en signe de reddition.

— OK, c'est vous le boss.

Elle sortit du véhicule, s'éloigna de quelques mètres et prit son téléphone portable.

J'ouvris la fenêtre et parvins à capter l'un ou l'autre mot.

Son interlocuteur s'appelait Fred et semblait avoir une solution. Mon indiscrétion me permit de comprendre pourquoi elle me tenait hors de portée de sa conversation. Elle parlait d'un ton suave et ponctuait ses phrases d'intonations familières.

Elle prit note de quelques éléments sur un morceau de papier, raccrocha et revint dans ma direction au pas de charge.

— J'ai un plan. L'un de mes confrères est venu dans le coin il y a quelques mois pour réaliser un reportage sur les trafics qui se déroulent à la frontière. Nous avons rendez-vous à minuit dans un bar qui s'appelle l'Al Manar, près de la mosquée Al Firdaous. Un de ses contacts nous mettra en rapport avec un passeur.

Je consultai ma montre. Il nous restait plus d'une heure à patienter.

— Trouvons un restaurant, je suis mort de faim.

Je m'apprêtais à consulter Internet lorsqu'elle me coupa dans mon élan.

— Vous êtes critique pour le *Gault&Millau* ?

— Non, pourquoi ?

— Parce que j'envisage d'entrer dans le premier restaurant qui passe pour commander le premier plat du menu et la première bouteille de vin de la carte.

— Dans ce genre de contrées, il vaut mieux prendre ses précautions, sauf si vous estimez que vos intestins sont capables de résister aux bactéries qui y pullulent.

Elle soupira.

— Vous a-t-on déjà dit que vous étiez pénible ?

— Je suis prudent, ce n'est pas le moment d'attraper une gastro-entérite.

— Bien, docteur, dans ce cas, trouvez-nous un restaurant bio, bien fréquenté de préférence, et répondant à vos normes de sécurité, mais pas trop loin, je suis pressée.

— C'est ce que je compte faire.

Je consultai ma tablette pendant qu'elle trépignait.

Nous nous rendîmes à la Table, le restaurant de l'hôtel Ibis qui comptait une large clientèle européenne dont les exigences en matière d'hygiène se devaient d'être rigoureusement respectées.

Elle profita du repas pour me retracer l'historique des conditions dans lesquelles elle avait connu son confrère, le fameux Fred. Ils réalisaient tous deux un reportage à Nicosie et avaient fait connaissance à cette occasion.

Par politesse, je fis mine de m'intéresser à son récit.

Elle me fit comprendre, à mots couverts, qu'ils avaient été amants, qu'il était toujours éperdument amoureux d'elle, mais que le destin en avait décidé autrement.

Sa tranche de vie m'assommait.

Je cherchai une échappatoire.

— La volonté du destin contrarie souvent la volonté des hommes.

Elle me dévisagea.

Je précisai.

— Tristan Bernard.

227

Nous quittâmes la Table à 23 h 45 et prîmes la direction du bar en question. Nous y allâmes à pied, il n'y avait pas plus de trois cents mètres à parcourir.

L'Al Manar était caché sous une rangée d'arbres, au fond d'une placette sombre. Quelques tables étaient installées en terrasse, mais le gros du public était concentré à l'intérieur malgré la chaleur accablante.

Nous entrâmes. Un ventilateur poussif tournoyait au plafond. Quelques néons en fin de vie diffusaient une lumière blafarde qui donnait aux clients des allures de schizophrènes paranoïaques. L'atmosphère était chargée de fumée dont l'odeur laissait à penser que les cigarettes ne contenaient pas que du tabac.

Pas une femme n'occupait les lieux.

L'entrée de Christelle Beauchamp mit fin aux conversations pour laisser place à quelques notes de musique traditionnelle qui s'élevèrent du fond de la salle, entrecoupées par les supplications d'un chanteur.

Nous nous dirigeâmes vers le bar sous les regards inquisiteurs des clients et prîmes place au bout du comptoir.

Un géant bedonnant s'approcha en essuyant un verre et hocha la tête, ce que j'interprétai comme une prise de commande.

D'un ton dégagé, je demandai deux thés à la menthe.

Un homme en djellaba au visage émacié se fraya un chemin dans la salle et nous accosta à mi-voix.

— Je suis Karim, l'ami de Fred.

Christelle Beauchamp se fendit d'un sourire angélique.

— Bonsoir, Karim, je suis Christelle.

Il l'ignora et s'adressa à moi.

— Je ne peux pas rester très longtemps. Vous allez

devoir parler à Rachid, c'est lui qui peut vous aider à passer, s'il est d'accord, et si vous le payez bien.

Les sésames sont identiques, quels que soient les périodes et les continents.

— Où pouvons-nous trouver Rachid ?

— Il est dans le fond, dans l'arrière-salle. Il est prévenu de votre visite. Tout dépend de son humeur. Je vous souhaite bonne chance.

Il s'éclipsa sans demander son reste.

Nous avalâmes notre thé et nous dirigeâmes vers l'arrière-salle dont l'accès était protégé par une sorte d'épaisse couverture fendue en son milieu.

Un homme de petite taille à la barbe pointue nous bloqua aussitôt le passage.

— C'est privé, qu'est-ce que vous voulez ?

— J'ai rendez-vous avec Rachid.

— Vous avez rendez-vous ? Pour quoi ?

— Je viens parler affaires.

Il me dévisagea de la tête aux pieds, puis fustigea Christelle Beauchamp du regard.

— Entrez. Pas elle.

Je me tournai vers elle.

— Je vous raconterai.

Rachid était un poussah qui étalait son quart de tonne sur un gigantesque pouf enraciné au sol. Il fumait un narguilé, les yeux vitreux, et semblait à bout de souffle. Il était encadré par deux nervis qui me fixaient avec animosité.

L'un d'eux me fit signe de m'asseoir sur un pouf disposé en face de Rachid, de l'autre côté d'une table circulaire constituée d'un large plateau de cuivre.

Rachid prit la parole.

— Soyez le bienvenu.

Son aspect inquiétant était quelque peu atténué par le ton de sa voix qui me faisait penser à celle de Jamel Debbouze.

— Bonsoir, monsieur Rachid.

Il fixait un objet éloigné, quelque part au-dessus de ma tête, Christelle Beauchamp, peut-être.

— Appelez-moi Rachid, tout simplement. Que puis-je faire pour vous ?

— Nous aimerions rendre visite à des amis algériens, mais nous avons perdu nos passeports.

Il eut un signe d'approbation, sans daigner me regarder pour autant.

— C'est malheureux.

— J'en conviens.

— Qu'est-ce qui vous fait penser que je peux vous aider ?

— Des bruits qui courent. Je suis prêt à vous dédommager, pour autant que votre intervention comporte certains frais, bien entendu.

— De quelles devises parlez-vous ?

— D'euros.

— Le passage est dangereux.

— J'imagine.

— Vous avez une voiture ?

— Oui, elle se trouve dans le parking de l'hôtel Ibis.

Il désigna l'un de ses sbires.

— Donnez-lui les clés, elle ne vous sera plus d'aucune utilité.

— C'est une voiture d'une certaine valeur.

— Considérons cela comme un acompte d'une certaine valeur.

— Il y a dans le coffre quelques bagages qui me seraient encore utiles.

— Bien sûr, je comprends.

D'un ton sec, il lança quelques mots en arabe à l'un de ses hommes de main. Ce dernier se leva et vint dans ma direction. Je lui tendis les clés. Il les fit aussitôt disparaître dans sa poche.

Rachid vrilla son regard dans le mien.

— Remettez-lui aussi votre téléphone portable.

J'obéis.

Lorsque l'homme eut quitté la pièce, il fronça les sourcils.

— Deux mille euros. La femme reste ici.

J'encaissai sans broncher.

L'approche était habile.

— Vous y perdriez, Rachid, c'est une emmerdeuse-née.

Je crus déceler l'esquisse d'un sourire dans ses plis graisseux.

— Trois mille, si vous tenez vraiment à prendre cette emmerdeuse avec vous.

— Deux mille cinq cents. Je vous assure, elle ne vaut guère plus.

Il jeta un coup d'œil dans mon dos.

Un léger sourire apparut.

— Vous la sous-évaluez. Deux mille huit cents.

— Je la connais. Deux mille six cents.

— Deux mille sept cents et vous vous chargez de déposer un colis pour moi à Alger.

— Un colis ?

— Un colis.

— Soit. Deux mille six cent cinquante, c'est tout ce qu'il me reste.

— Affaire conclue.

Avec une agilité surprenante pour un homme de sa

corpulence, il se leva, se pencha au-dessus de la table et me tendit la main.

— Vous êtes gagnant, je suis gagnant.

Je lui serrai la main qu'il avait molle et moite. Il contourna la table, ajusta son ample djellaba pour qu'elle dissimule au mieux son embonpoint et, précédé par son ange gardien, se dirigea d'un pas majestueux vers la sortie.

— Suivez-moi.

Christelle Beauchamp était à l'endroit où je l'avais laissée. Rachid franchit le passage en l'ignorant. Lorsque je fus à sa hauteur, elle m'emboîta le pas.

— Alors ?

— Votre valeur marchande se situe autour de six cent cinquante euros.

Nous prîmes la suite du binôme.

Dans la salle, les clients s'écartèrent pour nous laisser passer. Nous sortîmes du café et nous retrouvâmes sur la placette où deux tout-terrain massifs nous attendaient, moteur ronronnant.

Deux hommes descendirent des véhicules et vinrent à notre rencontre.

Rachid lança quelques ordres en arabe, puis m'interpella.

— Venez avec moi, l'emmerdeuse dans l'autre voiture.

L'intéressée m'adressa un regard chargé de reproches.

Je montai à l'arrière du véhicule de tête en compagnie de Rachid. Je constatai avec soulagement que nos maigres bagages avaient été entassés derrière la banquette.

Les deux tout-terrain sortirent de la ville et parcoururent une vingtaine de kilomètres sur une route à deux voies avant de s'enfoncer tous phares éteints dans un chemin tortueux qui partait sur la droite.

Rachid et moi tressautions sur la banquette au rythme des nids-de-poule que nous franchissions à vive allure, ce qui semblait lui procurer un certain plaisir. Je supposai que, tout comme moi, il pensait à Christelle Beauchamp, brinquebalée sans ménagement dans l'autre véhicule.

Après une dizaine de minutes, les deux 4 x 4 s'arrêtèrent à proximité de ce qui semblait être une ferme.

Rachid posa la main sur ma cuisse.

— Réglons les dernières formalités avant de descendre.

— Bien entendu.

Je sortis l'enveloppe de ma poche, comptai les billets et lui tendis la liasse.

Il la glissa dans la poche ventrale de sa djellaba.

— Ce fut un plaisir de traiter avec vous.

— Le plaisir fut pour moi, Rachid.

Il ouvrit la portière.

Comme s'il s'agissait d'un signal implicite, tout le monde descendit à sa suite.

Nous nous regroupâmes, avançâmes en silence dans la pénombre et fîmes le tour de la ferme. Deux hommes attendaient, assis sur la barrière d'un enclos dans lequel je discernai une dizaine de baudets. Je notai qu'ils étaient tous lestés de sacs volumineux.

Je m'approchai et relevai une particularité étonnante. Plusieurs d'entre eux étaient munis d'imposants écouteurs, identiques à ceux que les adolescents arborent dans les transports en commun. L'équipement était fixé autour de leur tête à l'aide de cordelettes.

Rachid salua les hommes, échangea quelques mots avec eux puis m'adressa la parole.

— Vous allez suivre les baudets à distance. Il y en a pour une demi-heure de marche. Quelqu'un vous attendra de l'autre côté. Une voiture vous déposera à Alger.

L'un de ses hommes lui remit un paquet de la taille d'une boîte à chaussures ainsi que mon téléphone portable.

Rachid me tendit le tout.

— Demain soir, à 18 heures précises, vous irez au monument aux morts, au centre d'Alger. Un homme vous demandera quel temps il fait à Paris, vous lui répondrez qu'il fait un peu moins chaud qu'ici et vous lui remettrez ce paquet. C'est tout.

— Je m'en occupe.

— Bonne chance.

Je marquai ma surprise.

— Personne ne nous accompagne ?

— Les baudets reçoivent des instructions par talkie-walkie, ils sont bien formés, soyez sans crainte.

C'est le moment que choisit Christelle Beauchamp pour intervenir.

— C'est la seule garantie que vous êtes capable de nous donner ? Vos bourriques sont bien formées ? C'est ça ?

Rachid fit un pas dans sa direction.

— Vous savez, petite madame, les baudets ne sont pas très malins. C'est pour ça que je vous demande de les suivre à distance. De temps en temps, ils comprennent mal les ordres et vont droit chez les gardes-frontières.

Il la dévisagea, attendant sa réaction.

Comme elle restait coite, il se pencha légèrement vers elle et prit le ton de la confidence.

— Rassurez-vous, mes baudets ne restent jamais très longtemps en prison.

Content de son bon mot, il éclata d'un rire fluet, hautement communicatif.

Ses hommes embrayèrent aussitôt.

Était-ce la pression que j'avais subie, l'heureuse perspective d'échapper aux prisons marocaines ou le visage meurtri de Christelle Beauchamp ? Je ne saurais dire. Quoi qu'il en soit, j'éclatai de rire à mon tour, ce qui surprit Rachid dont l'hilarité redoubla.

Mon rire se transforma en un inextinguible fou rire que je ne parvins à réprimer, pour le plus grand bonheur du poussah et de sa smala.

Lorsque la deuxième salve toucha à sa fin, Christelle Beauchamp m'apostropha.

— C'est bon ? Vous avez fini de faire joujou ? On peut y aller maintenant ?

MARDI 30 AOÛT 2011

29

CHAMBRE AVEC VUE

La traversée nous prit plus d'une heure. Soixante minutes durant lesquelles Christelle Beauchamp ne cessa de jurer entre ses dents.

Les chaussures qu'elle portait n'étaient pas faites pour une randonnée à travers champs. À plusieurs reprises, elle perdit l'équilibre et mit un genou à terre. Je dus plusieurs fois l'aider à se relever, ce qui ne me valut ni remerciement ni marque de gratitude.

La nuit s'estompait lorsque les baudets s'arrêtèrent et se regroupèrent autour d'une clôture. Trois silhouettes se découpèrent dans l'aube naissante.

L'une d'elles délaissa le groupe et vint à ma rencontre.

— Bonjour, je suis Mohammed, suivez-moi.

Les autres hommes entreprirent de décharger les baudets et nous tendirent nos bagages.

Nous les prîmes et emboîtâmes le pas à Mohammed. Il nous guida vers une Renault Symbol garée sur le bord du chemin.

— Montez à l'avant. Que madame se mette à l'arrière, c'est plus prudent pour les contrôles.

Madame réagit sur-le-champ.

— Les contrôles ?

— Rassurez-vous, tout se passera bien.

J'ouvris le coffre pour y déposer nos valises et le carton à chaussures de Rachid, mais l'espace était occupé par un grand caisson métallique.

Mohammed intervint.

— C'est le réservoir d'essence, mettez-les à l'intérieur.

— Elle consomme autant, cette petite voiture ?

Il me présenta les quelques chicots qui lui servaient de dents.

— Je peux y mettre plus de cent cinquante litres. L'essence algérienne coûte l'équivalent de vingt cents de vos euros. Au Maroc, on la paie cinq fois plus cher. Vous comprenez ?

Je comprenais.

Cannabis contre pétrole, chacun y trouvait son compte.

Nous montâmes à bord du véhicule.

Christelle Beauchamp, bien décidée à dormir, s'abandonna sur la banquette arrière et se servit de son sac en guise d'oreiller.

Elle interpella Mohammed.

— À quelle heure serons-nous à Alger ?

Il consulta sa montre.

— Il y a près de sept cents kilomètres. Vers midi, si tout va bien.

— Très bien, nous allons à l'hôtel Hilton.

Il se retourna.

— Je ne fais pas taxi, madame. Je vous déposerai à l'entrée d'Alger, comme ça a été prévu.

J'attirai l'attention de Mohammed et lui adressai un sourire de connivence.

Nous roulâmes quelques minutes dans un chemin cahoteux, puis montâmes sur l'autoroute.

Je me mis malgré moi à somnoler.

La voix de Mohammed me tira du sommeil.

— Contrôle de police, réveillez-vous, tenez-vous assis et ayez l'air naturel.

Nous approchâmes d'un barrage filtrant. Une voiture de police était garée au milieu de la voie. Quatre hommes en uniforme examinaient l'intérieur des véhicules.

Je retins ma respiration, ne sachant que faire en cas de contrôle des papiers d'identité.

Mohammed baissa la vitre et leur lança quelques mots. Ils nous firent signe d'avancer et nous reprîmes la route.

Nous fûmes confrontés au même scénario une vingtaine de minutes plus tard. Une nouvelle fois quelques instants après. À chaque fois, je dus sortir de ma torpeur et faire bonne figure en dépit de la fiole d'acide qui me rongeait l'estomac.

La présence policière était impressionnante, ce que Christelle Beauchamp commenta avec son tact coutumier.

— À part des trafiquants et des flics, quelqu'un vit dans ce pays ?

Les heures d'insomnie commençaient à me peser et j'eus du mal à garder les yeux ouverts.

Les contrôles se multiplièrent lorsque nous approchâmes d'Alger. La banlieue de la ville ressemblait aux cités-dortoirs qui pullulent à la périphérie de Paris ou d'autres villes françaises. Quelques tours blêmes surgissaient du paysage. Les immeubles semblaient inachevés. Les façades étaient constellées de paraboles et de linge multicolore.

En revanche, le parc automobile semblait en meilleur état qu'au Maroc et les Algérois ne se déchaînaient pas sur leur avertisseur.

La chaleur redoublait dans l'habitacle et la climatisation était inopérante. Christelle Beauchamp avait ôté la pochette de son iPad et l'utilisait comme éventail.

— À la place d'un gros réservoir, j'aurais installé l'air conditionné. En plus, on va devoir se farcir une marche forcée en plein cagnard.

Je sortis un billet de cent euros et le posai sur le tableau de bord.

— Merci pour votre assistance, Mohammed. Ce serait fantastique si vous pouviez nous déposer au Hilton.

Il se tourna vers moi et loucha vers l'arrière.

— Si c'est pour vous, je veux bien. Pour elle, pas question.

Je ne pus m'empêcher de décocher une flèche à l'intéressée.

— Vous devriez lire *Comment se faire des amis* de Dale Carnegie. Même si le livre date des années 1930, les principes de base restent d'application.

Elle soupira.

— Les hommes qui sortent des billets de cent euros comme d'autres lâchent des pets nouent plus facilement des liens d'amitié.

Je fis mine de ne pas avoir entendu.

Mohammed emprunta une bretelle et sortit de l'autoroute.

Nous tombâmes sur un barrage filtrant cinq cents

mètres plus loin. Une nouvelle fois, les policiers se contentèrent de jeter un coup d'œil dans l'habitacle.

Cette pratique à répétition m'interloqua.

— Qu'est-ce qu'ils cherchent ?

— C'est surtout dissuasif. Chaque jour, on annonce la naissance de nouveaux groupes terroristes.

Un nouveau barrage nous attendait à l'entrée de l'avenue qui menait au Hilton.

Nous le franchîmes sans encombre.

Nous marquâmes une nouvelle halte devant la barrière qui protégeait l'accès à l'hôtel. Le gardien sortit de sa guérite, fit signe à Mohammed d'ouvrir le capot. Il effectua le tour du véhicule et referma le capot sans même y avoir jeté un coup d'œil.

Il lui demanda ensuite de sortir de la voiture et d'ouvrir le coffre. Mohammed s'exécuta. La présence du réservoir ne sembla pas l'émouvoir. Il retourna dans le poste de garde, actionna la barrière et fit descendre les bornes anti-intrusion.

Nous avançâmes au pas et croisâmes quelques hommes déguisés en Men in Black qui patrouillaient dans les jardins.

Christelle Beauchamp maugréa.

— Au moins, on se sent protégés.

Mohammed nous fit descendre une cinquantaine de mètres plus loin. Une herse de sécurité traversait la route et l'entrée de l'hôtel n'était accessible qu'à pied.

Nous dûmes franchir un nouveau portail de sécurité et déposer nos bagages sur un tapis roulant pour les faire scanner avant de gagner la réception.

La préposée nous adressa un sourire irréprochable.

— Bonjour, madame, bonjour, monsieur, bienvenue au Hilton. À quel nom avez-vous réservé ?

Christelle Beauchamp prit les devants.

— Nous n'avons pas de réservation.

Je crus avoir mal entendu.

— Comment, nous n'avons pas de réservation ? Vous n'avez pas réservé ? Vous avez surfé sur votre tablette pendant tout le trajet et vous n'avez pas réservé ?

— Ce n'est pas la peine, ils ont douze mille chambres ici.

La réceptionniste intervint.

— Nous avons quatre cents chambres, madame, et nous sommes complets.

Christelle Beauchamp la toisa de haut en bas.

— Vous avez certainement une solution, je suis cliente Hilton depuis quinze ans.

La réceptionniste farfouilla sur son clavier.

— Vous restez combien de jours ?

— Un ou deux.

— Je peux vous proposer une junior suite, mais vous devrez la libérer demain matin avant 10 heures. À partir de demain après-midi, j'aurai une autre chambre.

Je m'immisçai dans la conversation.

— Si ce n'est pas trop vous demander, nous avons besoin de deux chambres, madame.

Beauchamp me lança un coup de coude.

— Ne soyez pas vieux jeu, Hugues, je fermerai les yeux quand vous enfilerez votre chemise de nuit.

30

L'ÉCHANGE

La suite était dans les tons ocre, meublée de manière impersonnelle, comme dans tous les Hilton de la terre.

Le lit était haut et large. Une reproduction de Klimt garnissait l'un des murs. Deux petits canapés étaient installés face à face à proximité d'une porte vitrée qui donnait sur la terrasse. Seul l'épais couvre-lit rouge vif garni de motifs dorés comportait une touche locale.

Christelle Beauchamp posa sa valise et son sac sur le lit, ce que j'interprétai comme une prise de possession implicite.

Elle désigna les canapés.

— Si vous les mettez bout à bout, vous devriez pouvoir en faire un lit à votre taille.

— Ne vous inquiétez pas pour moi, j'en ai vu d'autres.

— Je m'en doute, baroudeur comme vous êtes.

Elle lança ses chaussures à travers la pièce et se dirigea vers la salle de bains.

— Je suis crasseuse, je vais prendre une douche.

Elle n'attendit pas ma réaction, s'engouffra dans la pièce et referma la porte derrière elle.

245

Je m'assis dans l'un des canapés.

Mes jambes se mirent à trembler et un voile noir passa devant mes yeux. J'étais en phase de décompression, le stress et la fatigue que j'avais accumulés se faisaient sentir. Je fermai les yeux et me concentrai pour relâcher les tensions qui contractaient les muscles de ma nuque.

Pour un temps, j'étais hors de danger, mais la trêve ne serait que de courte durée.

Qu'allait faire Witmeur ?

Il n'avait pas eu le temps matériel d'obtenir un mandat du juge d'instruction pour procéder à des écoutes téléphoniques, raison pour laquelle il avait fait appel aux opérateurs de téléphonie mobile qui coopéraient sans trop ergoter. Il avait géolocalisé les appels de Raoul et savait que j'étais à Casablanca.

Par conséquent, il connaissait mon numéro. Pourtant, il ne m'avait pas appelé.

Pourquoi ?

Vraisemblablement pour me prendre par surprise.

Il avait pris un vol pour le Maroc et y était arrivé hier, dans l'après-midi. Il avait passé la soirée à faire le tour des hôtels de la ville, ma photo à la main.

Avec un peu de chance, il avait commencé par les hôtels de luxe et était tombé sur le mien en moins d'une heure. Le réceptionniste lui avait donné le nom d'emprunt sous lequel j'étais descendu et Witmeur avait aussitôt émis un mandat d'arrêt international au nom de Willy Staquet alias Hugues Tonnon avec ma photo en tête de page.

Willy Staquet était grillé. Dans un jour ou deux, j'aurais une nouvelle identité, mais je n'avais pas pu faire autrement que de m'inscrire à l'hôtel sous le nom de l'accordéoniste. S'il venait à l'idée de Witmeur que j'étais passé en Algérie, ma peau ne vaudrait pas très cher.

Je fis un effort pour me remémorer les détails de mon séjour à Casablanca.

Si ma mémoire ne me faisait pas défaut, je n'avais pas signalé à l'hôtel que je me rendais au Rick's et ils n'avaient pas vu Christelle Beauchamp. Pas plus que je n'avais évoqué ma visite à Adil Meslek.

La probabilité que Witmeur retrouve le taxi qui nous avait conduits à l'aéroport était faible, la ville en comptait des centaines et j'avais payé la course en espèces. L'éventualité qu'il débarque chez le loueur qui nous avait livré le 4 x 4 n'était guère plus élevée. Dans le pire des cas, il apprendrait que j'étais accompagné, mais ne connaîtrait ni le nom de ma compagne ni ma destination.

Dans le pire des cas.

J'en étais là de mes conjectures lorsque Christelle Beauchamp sortit de la salle de bains. Elle était dans le plus simple appareil et ne semblait pas préoccupée de couvrir sa nudité. Elle avait de petits seins pointus, une taille fine et des hanches étroites.

Elle passa devant moi et me lança un regard courroucé.

— Qu'est-ce qu'il y a ? Vous n'avez jamais vu une femme à poil ?

— Je m'attendais à plus de pudeur de votre part.

— Ce que vous êtes vieux jeu.

Je notai qu'elle était adepte de l'épilation intégrale et qu'elle portait un tatouage à l'endroit en question.

Je n'eus pas l'indélicatesse de le considérer avec

247

attention, mais il me sembla qu'il représentait une sorte de papillon.

Je détournai le regard et me levai.

— Je vais me rafraîchir.

Ma toilette terminée, j'enroulai une serviette autour de ma taille et revins dans la chambre.

Christelle Beauchamp se trouvait sur le lit, allongée sur le ventre, les fesses à l'air, ce qui me permit de constater qu'elle portait un second tatouage sur l'épaule gauche, une lettre sortie de l'alphabet chinois cette fois.

Je m'habillai à l'abri de sa vue avant de l'interpeller.

— Vous n'avez pas faim ?

— Si.

— Je descends au restaurant, rejoignez-moi quand vous serez prête.

— Profitez-en pour faire votre tour d'inspection sanitaire.

Je pris l'ascenseur et me rendis au rez-de-chaussée.

Dans une large mesure, l'hôtel était fréquenté par des hommes et des femmes d'affaires. Ils déambulaient dans le hall au pas de charge, le visage fermé, un attaché-case dans une main, un téléphone dans l'autre. Le légendaire flegme maghrébin n'était pas de mise à Alger.

Le restaurant était vaste et accueillant. Un buffet composé de plats appétissants était disposé sur un présentoir circulaire placé en son centre.

Le maître d'hôtel vint à ma rencontre, l'air dépité.

— Je suis désolé, monsieur, il est 15 heures, le service est terminé, mais un sandwich ou un plat chaud vous seront servis au bar. C'est ouvert jour et nuit.

Ce qu'il appelait le bar était une sorte de guichet situé dans la véranda. Une dizaine de tables basses entourées de fauteuils en similicuir vert occupaient la surface.

Une gigantesque télévision murale occultait en partie la vue sur le jardin et la piscine. À l'écran, le présentateur hurlait comme s'il cherchait à couvrir le bruit d'un avion au décollage.

Christelle Beauchamp vint me rejoindre, la mine sombre.

La loi antitabac n'avait pas encore traversé la Méditerranée et de nombreux fumeurs s'en donnaient à cœur joie.

Elle agita la main devant son visage.

— Bon choix.

— Le restaurant est fermé. Si vous en voulez un autre, le plus proche se trouve au centre d'Alger. Nous pouvons y être dans une heure.

— Ne vous inquiétez pas pour moi, j'en ai vu d'autres.

Un serveur vint à notre rencontre en courbant l'échine. Nous passâmes commande de club-sandwiches et de bouteilles d'eau minérale.

Je jetai un coup d'œil à la télévision. Le braillard avait plié bagage. Son remplaçant parlait français. L'émission proposait de revoir les meilleures phases des matches de foot de la saison écoulée.

Christelle Beauchamp avala son sandwich en trois bouchées.

— Vous avez des nouvelles de nos passeports ?

— Il y a moins de vingt-quatre heures que j'ai commandé ces papiers et mon contact m'a dit qu'il lui fallait deux jours. Nous les aurons demain ou après-demain, au mieux.

— Il y a un vol Air Algérie pour Paris, jeudi matin à 7 h 35. Un autre à 10 heures. Il faudrait qu'on prenne l'un de ceux-là.

— Si vous le dites. Mais sans papiers, il ne sera possible de prendre aucun de ces vols.

— Au pire, vendredi matin, il y a un vol direct pour Bruxelles.

Un long goal hystérique surgit de la télévision.

J'attendis patiemment que le commentateur soit à bout de souffle pour reprendre le fil de la conversation.

— Il est hors de question que je prenne un vol direct pour Bruxelles.

— Dans ce cas, il reste Barcelone ou Milan.

— Nous aviserons.

Après les phases de match, nous eûmes droit aux interviews des héros.

Christelle Beauchamp avala le reste de son verre et se leva.

— Je vais faire une sieste, vous êtes prié de ne pas me déranger.

— Comptez sur moi.

Le visage d'un footeux ruisselant occupait tout l'écran. Il avait la mâchoire pendante et un coquard à l'œil gauche. Son regard ne pétillait pas de la plus vive intelligence.

— Le football, c'est un peu comme Armstrong quand il a marché sur la Lune, on se souvient de qui a marqué le goal, pas de qui a fait la passe gagnante. Un buteur n'est rien sans son passeur.

La comparaison me parut saugrenue.

Je commençais à m'assoupir lorsque mon téléphone se manifesta.

— Bonjour, cher monsieur, c'est Rachid.

Rachid ?

Comment avait-il eu mon numéro ?

250

Je me souvins qu'il m'avait confisqué mon portable pendant notre négociation.

— Bonjour, Rachid. Nous sommes arrivés à bon port, merci.

— Vous pensez à ma petite commission ?

Le colis.

Je l'avais oublié.

Je consultai ma montre.

— Bien sûr. Votre colis. J'allais prendre un taxi. 18 heures, vous m'avez dit.

Il reprit d'une voix chantante.

— 18 heures. Au monument aux morts. Rappelez-moi à ce numéro dès que vous aurez remis le colis.

— Je n'y manquerai pas, Rachid.

Je remontai à toute vitesse dans la chambre.

Christelle Beauchamp était allongée sur le lit, nue.

Elle semblait dormir.

Je me dirigeai sur la pointe des pieds vers mon bagage et m'emparai du colis. Il était de la taille d'un carton à chaussures et pesait moins d'un kilo. Il avait été soigneusement emballé et entouré d'un fil métallique torsadé pour décourager une éventuelle tentative d'ouverture.

En mon for intérieur, je comptais me soustraire à cette corvée, mais c'était sans connaître Rachid.

Je tentai d'imaginer ce que contenait le colis.

De la drogue ?

Des liasses de billets de banque ?

Des photos compromettantes ?

Je redescendis, fonçai à la réception et commandai un taxi. J'étais dans les temps. Il me restait près de deux heures pour me rendre au lieu du rendez-vous.

Le réceptionniste me conseilla malgré tout de partir

au plus tôt. Le monument aux morts se trouvait à l'entrée de la ville, les embouteillages étaient légion et il valait mieux prendre ses précautions.

Je changeai quelques euros en dinars algériens et me rendis à l'entrée de l'hôtel. Je franchis le portail de sécurité et débouchai dans la rue où le taxi m'attendait.

Nous prîmes la direction d'Alger. Le trafic se densifia à mesure que nous approchâmes de la ville. Je débarquai devant le monument aux morts à 17 h 10.

Il était situé sur une esplanade qui surplombait le port. Il était constitué de trois arches en forme de feuille de palmier qui s'élançaient vers le ciel et se rejoignaient pour culminer à une centaine de mètres.

Quelques touristes photographiaient les lieux. De nombreux policiers patrouillaient aux abords. Je fis mine de m'intéresser à la statue du soldat qui se trouvait au pied d'un des piliers. Je tentai ensuite de faire le tour du Mémorial, mais un policier m'interdit le passage vers l'arrière.

À 18 heures précises, je me plaçai en évidence en haut des marches et attendis.

Deux minutes plus tard, une voiture s'arrêta.

L'une des portières arrière s'ouvrit. Une femme en djellaba sortit du véhicule et vint à ma rencontre.

Elle s'arrêta à ma hauteur. Elle portait un voile qui ne laissait apparaître que ses yeux.

Sa voix n'était qu'un murmure.

— Quel temps il fait à Paris ?

Je me rendis compte que j'avais oublié la réponse que j'étais censé donner.

Je lui indiquai le colis que j'avais sous le bras.

— C'est bien moi, j'ai eu Rachid au téléphone, il y a deux heures.

Elle glissa la main dans l'échancrure de sa djellaba. Sa voix s'affermit.

— Et moi, je vous demande quel temps il fait à Paris.

Je fis un effort pour me remémorer le mot de passe.

— Je vous prie de bien vouloir m'excuser, je suis un peu fatigué.

Elle se retourna et adressa un signe aux passagers de la voiture.

Je jetai un coup d'œil par-dessus son épaule. Ils devaient être quatre ou cinq, tassés les uns contre les autres dans l'habitacle. Une bouffée de panique me submergea.

J'eus un éclair de lucidité.

— Ça y est, je me souviens, madame. Il fait un peu moins chaud qu'ici.

Elle me fixa longuement de ses yeux noirs.

— Donnez-moi le colis.

Je lui tendis la boîte.

Elle me l'arracha des mains.

— Attendez là.

— Ce n'est pas ce qui a été convenu.

Ses yeux se firent menaçants.

— J'ai dit, attendez là.

— Bien, j'attends là.

Elle dévala l'escalier et rejoignit le véhicule. Elle dialogua quelques instants avec l'un des passagers. Ce dernier lui tendit un colis plus petit, de la taille d'une boîte à chaussures pour enfants.

Elle revint vers moi.

— Pour vous.

— Pour moi ?

— Oui.

— Bien, je vous remercie. Il ne fallait pas.

Dès qu'elle eut disparu, je pris mon portable et appelai Rachid.

— Voilà, Rachid, mission accomplie. J'ai remis le colis.

— Bien. Vous avez reçu un petit paquet en retour ?

— Oui. C'est gentil.

— J'ai un petit service à vous demander. Vous allez déposer ce paquet chez un ami à moi, à Paris.

Le paquet me parut soudain plus lourd.

— Il n'en est pas question, Rachid, ce n'est pas ce qui a été convenu. Je ne déposerai rien à Paris. Vous avez reçu votre argent, j'ai remis le colis. Nous sommes quittes.

— Soyez raisonnable. Vous n'aimeriez pas que les autorités algériennes débarquent au Hilton et vous déclarent en état d'arrestation, n'est-ce pas ? Autre chose, faites attention quand vous passerez les contrôles, il ne faudrait pas que vous vous fassiez prendre avec ce paquet. Je vous envoie l'adresse de mon ami par texto.

À cet instant, je me rendis compte que je venais de commettre la grossière erreur d'utiliser mon portable. Witmeur saurait dans quelques minutes que je me trouvais à Alger.

31

UN MOMENT D'ÉGAREMENT

Je décidai de quitter les lieux en toute hâte et traversai le boulevard, le paquet sous le bras.

Deux chauffeurs de taxi attendaient le client à l'ombre d'un arbre séculaire, en face du Mémorial. Ils avaient ouvert les portières pour aérer leur véhicule et fumaient des cigarettes en plaisantant. Ils baissèrent le ton lorsqu'ils me virent approcher et engagèrent une courte négociation.

Celui qui eut gain de cause fit un pas dans ma direction.

— Taxi, monsieur ?

— Oui, à l'hôtel Hilton, s'il vous plaît.

Il me désigna la voiture de tête, me fit asseoir et referma les portières. Il effectua un demi-tour qui immobilisa la circulation, sous l'œil indifférent des policiers.

Mon téléphone sonna au moment où nous quittions la ville.

Je décrochai sans réfléchir, persuadé qu'il s'agissait de Rachid.

— Oui ?

La voix de Witmeur retentit.

— Comment fait-il à Alger, Tonnon ?

J'eus l'impression que l'on me versait de la glace pilée dans le tympan.

Hébété, je répondis d'instinct.

— Il fait plus chaud qu'à Paris.

— Il fera encore plus chaud pour vos fesses si vous ne vous présentez pas aux autorités belges dans les septante-deux heures.

Outre son fulgurant esprit de repartie, je notai que *maître* ou *monsieur Tonnon* avaient disparu au profit d'un simple *Tonnon*. Bientôt, il m'appellerait *mon vieux*.

— Je suis innocent, monsieur Witmeur.

— Je sais. Les prisons sont remplies d'innocents.

— Je ne plaisante pas. Je n'ai pas cherché à fuir, j'ai mené mon enquête. Je sais à présent qui a tué Nolwenn Blackwell.

Il laissa planer un silence avant de reprendre.

— Fantastique. C'est qui ?

— Juan Tipo.

— Juan Tipo ? Le footballeur argentin ?

— Oui.

— Vous avez des preuves, bien sûr.

— Bien sûr, j'ai des preuves. Je peux même certifier qu'il n'en était pas à son coup d'essai. Cet homme avait déjà tué.

— Qui donc ?

— L'affaire Shirley Kuyper, en Afrique du Sud. Une prostituée qui a été assassinée. Le meurtre a eu lieu dans la nuit du 27 au 28 juin 2010, à Johannesburg. L'affaire n'a pas été résolue. C'est lui, l'assassin. Contactez la police sud-africaine. Il vous suffira de montrer la photo de Juan Tipo aux témoins. En plus, vous verrez qu'il n'a pas d'alibi pour cette nuit-là. Si vous examinez les rapports balistiques, vous constaterez que c'est la même arme qui a tué Shirley Kuyper et Nolwenn Blackwell.

— Juan Tipo est une star, Tonnon. Comment se fait-il que les témoins dont vous parlez ne l'aient pas reconnu ?

— Vous connaissez la tête de tous les footballeurs professionnels, vous ?

Il ne répondit pas.

Je venais de marquer des points.

Il se reprit.

— Quel est le mobile de ces deux meurtres ?

— Je ne sais pas, c'est peut-être un tueur en série.

Il ricana.

— Vous devriez mieux choisir vos lectures. Les tueurs en série, c'est comme les secrets de la Bible ou les extraterrestres, c'est fait pour les lecteurs crédules.

— C'est peut-être un prédateur sexuel.

— Si c'était le cas, nous aurions retrouvé des traces de son sperme sur la scène de crime.

Je respirai. Sans le vouloir, il venait de me livrer une information rassurante. Ils n'avaient rien trouvé. Il me restait une chance de m'en sortir.

— Vous n'avez pas trouvé de traces de sperme ?

— Pas le sien, le vôtre.

J'encaissai le coup.

— Il y a une explication, monsieur Witmeur.

— Je n'en doute pas. J'ai même une idée précise.

— Je n'ai pas tué Nolwenn Blackwell. Vérifiez l'information que je viens de vous donner. Vous verrez que c'est la même arme qui a été utilisée pour les deux meurtres et que Juan Tipo n'a pas d'alibi.

— Tant que vous êtes dans les confidences, ce n'est pas vous non plus qui avez tué Richard Block ?

— Bien sûr que non ! Je suis persuadé que c'est encore la même arme qui a été utilisée. Je suis tout aussi certain que Tipo était à Bruxelles la nuit où Nolwenn Blackwell a été tuée et qu'il était à Paris l'après-midi où Block a été abattu. En revanche, vous pourrez sans peine contrôler que je n'étais pas en Afrique du Sud l'année passée à cette période-là.

— Je vous informe que vous aussi, vous étiez à Paris quand Richard Block s'est fait abattre, non ?

— Je menais mon enquête. Je suis innocent.

Il décida de mettre fin à la conversation.

— Si vous êtes innocent, vous n'avez rien à craindre de la justice de votre pays. Il ne vous reste plus qu'à rentrer en Belgique et à vous présenter spontanément à mes services. Nous pourrons discuter de tout cela sereinement. Je vous laisse septante-deux heures.

— Je m'engage à rentrer en Belgique si vous vous engagez à contrôler ce que je viens de vous donner.

Il fit claquer sa langue sur son palais.

— Vous me donnez votre parole ?

— Je n'en ai qu'une. Je vous rappelle que je suis avocat.

— Bien. Je checke ces infos.

Il raccrocha.

Je sentis un poids quitter mon estomac.

S'il examinait mes dires, je serais bientôt hors de cause et mes ennuis toucheraient à leur fin.

J'arrivai à l'hôtel à 19 h 30.

Je me fis héler par Christelle Beauchamp alors que je traversais le hall.

— Vous voilà ! Venez !

Elle était accoudée au bar en compagnie d'un adonis à la mâchoire carrée et au sourire extatique. Il portait un costume bleu ciel et une chemise rouge vif, ce qui me fit penser qu'il était américain.

J'approchai et évaluai la scène. Il tombait sous le sens qu'il lui faisait du gringue, qu'elle n'y était pas insensible et qu'ils étaient tous deux bien entamés.

Elle fit les présentations.

Il s'appelait Tom, j'étais Hugues, son *colocataire*.

— Tom vient de New York et repart demain matin.

Je mimai l'affliction.

— Quel dommage !

Il me broya la main et marmonna quelques formules de politesse en anglais.

Où qu'ils se trouvent dans le monde, les Américains estiment que la primauté doit être donnée à leur langue et qu'il appartient aux autochtones de se mettre au diapason.

Je répondis en français.

— Ravi.

Il n'en prit pas ombrage et me demanda ce que je voulais boire.

J'attirai l'attention de Christelle Beauchamp pendant qu'il passait commande d'un whisky.

— Je vous informe que nous sommes en situation illégale dans ce pays et qu'un minimum de discrétion s'impose.

Elle soupira.

— Il vous arrive de vous détendre, monsieur Tonnon ?

— Je viens d'hériter d'un colis suspect et j'ai reçu un appel de l'inspecteur de la police belge qui me court après depuis une semaine, vous comprendrez que je sois quelque peu tendu.

Elle désigna Tom du menton.

— OK. Je l'évacue et vous me racontez ça. De toute façon, il me fatigue avec son baratin et j'ai eu ce que je voulais.

— Une tournée à l'œil ?

— Pas que. Avalez votre verre.

Je ne tins pas compte de son injonction et bus mon whisky à petites gorgées.

Mon téléphone me signala l'arrivée d'un message.

Rachid m'envoyait l'adresse de son ami à Paris. Je devais me rendre dans une épicerie de la rue Ordener et demander Akim.

Je répondis que je m'en occupais tout en me jurant intérieurement que je n'en ferais rien.

Lorsque j'eus terminé mon verre, Christelle Beauchamp se tourna vers Tom et déclara que nous devions y aller. Elle le remercia pour la conversation, dit avoir apprécié sa compagnie et lui souhaita un bon voyage de retour.

Il resta interdit, la mâchoire pendante. L'assaut triomphal qu'il s'apprêtait à lancer se transformait en naufrage.

Nous passâmes au restaurant. Le serveur se précipita, nous proposa une table isolée et nous fit quelques suggestions.

Lorsque nous eûmes arrêté notre choix, je lui racontai ma rencontre à Alger. Elle m'écouta sans m'interrompre, le regard embrumé.

— Qu'est-ce qu'il y a dans ce colis ?

— Je n'en sais rien.

— Si on l'ouvrait ?

— Je n'en ferai rien.

— Comme vous voulez.

Je poursuivis en lui relatant l'appel téléphonique de

Witmeur et les perspectives plutôt rassurantes qui en découlaient.

— En bref, pour vous, ça se présente plutôt bien. S'il vérifie vos informations, comme il l'a promis, il devrait vous lâcher les baskets.

— Je le souhaite.

Elle claqua dans ses mains.

— Ça se fête.

Je mis ce brusque accès d'enthousiasme sur le compte de l'alcool. Elle rappela le garçon et lui commanda une bouteille de vin, ce qui confirma mon hypothèse.

Elle me lança une œillade.

— Sidi Brahim rosé, vous m'en direz des nouvelles.

Le serveur s'exécuta et nous entamâmes d'emblée la bouteille.

Elle leva son verre avec solennité.

— À la nôtre !

Elle sauta ensuite du coq à l'âne et se mit à me raconter sa vie ainsi que les circonstances qui l'avaient amenée à devenir une journaliste engagée. Elle mélangeait les dates, les lieux, les faits et mettait un accent particulier sur ses déboires sentimentaux et sa relation avec ce Fred. Ce discours décousu et défaitiste ne me surprit guère, l'alcool prédispose les femmes à s'épancher sur leurs échecs. Les hommes, quant à eux, préfèrent se glorifier de leurs victoires, quitte à s'en inventer certaines.

La bouteille ne fit pas long feu et elle commanda sa sœur jumelle dans la foulée.

La soirée prenait des allures de déjà-vu.

J'eus ensuite droit à une interminable harangue sur la déplorable condition de la femme dans le monde, le manque de reconnaissance de leur travail et le fait qu'elles agissent le plus souvent dans l'ombre des hommes.

Au dessert, elle se pencha vers moi.

— Dites-moi, Hugues… Je peux vous appeler Hugues ?

— Je vous informe que vous avez déjà pris cette liberté à Casablanca.

— Je ne m'en souvenais plus. Je crois que j'ai trop bu, si nous allions dormir ?

Je considérai les vestiges sur la table.

— Votre suggestion me paraît raisonnable.

Nous nous levâmes et je ressentis les effets de l'alcool dans mes jambes. Je signai la note et nous nous dirigeâmes d'un pas chancelant vers les ascenseurs.

Elle entra la première dans la cabine, s'adossa à la cloison et jeta un regard à mon reflet dans le miroir.

— Répondez-moi honnêtement, Hugues.

À mon tour, je pris soin de prendre appui contre la paroi.

— Je vous écoute.

— Je vous plais, non ?

Je répondis du tac au tac.

— Beaucoup.

La duplicité est une seconde nature chez tout avocat qui se respecte.

Elle me dévisagea d'un air entendu.

— Je m'en doutais.

— Qu'est-ce qui vous rend si catégorique ?

— Ce Tom.

— Quoi, ce Tom ?

— Vous étiez jaloux.

Je m'esclaffai.

— Jaloux, moi, vous plaisantez ?

— Je l'ai vu, vous étiez jaloux.

Nous sortîmes de l'ascenseur.

Elle tituba dans le couloir. Dès son entrée dans la chambre, elle se débarrassa de ses chaussures et se déshabilla en toute hâte. Une fois nue, elle s'affala sur le lit et plongea la tête dans l'oreiller.

Je me déshabillai à mon tour, pliai mon pantalon avec soin et posai ma chemise sur un cintre.

Elle souleva la tête et me regarda faire, l'air énigmatique.

— Hugues ?

— Oui ?

— Vous allez vous taper un lumbago sur ce canapé.

— Sans doute.

Elle tapota sur le lit.

— Venez plutôt ici.

Après une nuit blanche dans cette voiture, la perspective de dormir dans un lit me ravissait.

— Je vous remercie.

Je m'allongeai en prenant soin de maintenir une distance respectable entre elle et moi. J'éteignis la lumière et fermai les yeux.

La pièce se mit aussitôt à tanguer.

Je ne sais combien de temps je somnolai, mais je sais ce qui me réveilla.

Christelle Beauchamp avait roulé sur elle-même pendant son sommeil. Son corps avait rencontré le mien et elle était lovée dans mes bras, ses fesses collées contre mon bas-ventre. Elle semblait dormir à poings fermés. Sa respiration était ample et régulière. La chaleur de son corps m'envahissait.

Je sortis de ma torpeur, me libérai de son contact et battis en retraite.

263

Elle grommela, se rapprocha et revint se blottir contre moi.

J'hésitai quelques instants à répondre à ce que j'interprétai comme une invitation tacite. Le désir l'emportant sur la raison, je la saisis par la taille et exerçai une pression sans équivoque, m'attendant qu'elle se réveille en sursaut pour me gratifier d'une gifle.

Elle maugréa et se colla un peu plus à moi. Elle poussa ensuite un long soupir, me prit dans sa main et me guida en elle.

MERCREDI 31 AOÛT 2011

32

DUEL

Une sonnerie résonna au loin.

Des images se bousculèrent dans ma tête. J'étais chez moi. Nolwenn Blackwell était allongée à mes côtés, morte, tuée de deux balles dans la tête. Witmeur et Caroline s'impatientaient devant ma porte. Je devais en toute hâte trouver une solution pour dissimuler le cadavre et nettoyer le sang avant de les faire entrer.

J'ouvris les yeux.

Christelle Beauchamp dormait à mes côtés, ses jambes emmêlées dans les miennes.

La sonnerie reprit.

J'attrapai mon téléphone. Le numéro de Witmeur apparut sur l'écran.

Je pris l'appel.

— Monsieur Witmeur, j'attendais votre appel. Alors ?

— Alors ? Alors, vous êtes dans la merde, mon vieux.

Christelle Beauchamp ouvrit un œil.

Je lui fis signe de garder le silence.

— Pourquoi dites-vous cela ? Vous avez vérifié les informations que je vous ai données ?

— J'ai fait ça, en effet. Commençons par l'affaire Kuyper. Pendant la nuit du 27 au 28 juin 2010, Juan Tipo fêtait la victoire de son équipe contre le Mexique. La délégation argentine au grand complet s'est réunie dans un restaurant chic de Sandton. Après ça, ils se sont éparpillés par petits groupes pour faire la tournée des bars. Juan Tipo est rentré seul, à 2 heures du matin, les caméras vidéo de l'hôtel sont là pour l'attester. De plus, il est redescendu au bar vers 2 h 30 et y est resté jusqu'à près de 6 heures. En plus du concierge et du barman, d'autres membres de l'équipe sont venus le rejoindre et peuvent en témoigner.

— Je ne comprends pas. Et la nuit de la mort de Mlle Blackwell, où se trouvait-il ?

— Dans son lit, je suppose. Je n'ai pas pris la liberté de le déranger pour l'interroger, je ne tiens pas à créer un incident diplomatique et passer pour un con. En revanche, je peux vous dire où il se trouvait ce jeudi 25 août, en fin d'après-midi, pendant que Richard Block se faisait descendre à Paris. Il participait à une séance d'entraînement pour les jeunes joueurs de son club, à Eindhoven.

Christelle Beauchamp dégagea ses jambes d'un mouvement brusque.

Elle se redressa dans le lit, l'air horrifié, et m'interpella à voix basse.

— On a baisé ?

Je lui désignai le téléphone et posai un doigt sur ma bouche pour lui intimer le silence.

Je repris mon dialogue avec Witmeur.

— Je ne comprends pas. Et l'arme du crime ?

— Joli tuyau crevé. Richard Block a été abattu de plusieurs balles de 9 mm tirées par un pistolet-mitrailleur Uzi, une arme d'origine israélienne. Au vu des éléments qui précèdent, j'en ai conclu que Juan Tipo n'a tué ni Shirley Kuyper ni Richard Block. Dans ce cas, pourquoi aurait-il tué Nolwenn Blackwell ?

Christelle Beauchamp continuait à m'interroger du regard, assise dans le lit, incrédule.

Je levai les sourcils en signe d'impuissance et repris le fil de la conversation.

— Il y a quelque chose qui ne colle pas dans cette histoire.

Il s'emporta.

— Ce sont vos boniments qui ne collent pas dans cette histoire, mon vieux. Vous truquez les cartes. Il faudra trouver une autre combinaison.

— Je ne truque rien du tout.

— Dans ce cas, quelqu'un d'autre truque les cartes. Trouvez qui, il vous reste moins de soixante heures.

Christelle Beauchamp sauta hors du lit et plongea dans la salle de bains.

— Attendez, monsieur Witmeur. Laissez-moi plus de temps. Je suis sûr de ce que j'avance.

— Attendre quoi ? Plus de temps pour quoi ? Pour que vous commettiez d'autres délits ? En vérifiant vos informations, mon collègue de la police de Johannesburg m'a signalé qu'un certain Willy Staquet s'était présenté chez lui muni d'une carte de police belge. Son signalement ressemble étrangement au vôtre et il vous a reconnu sur la photo que je lui ai fait parvenir. Usurpation d'identité, faux et usage de faux, abus de confiance, dissimulation de documents confidentiels, et j'en passe. Soixante heures. Pas une minute de plus.

Christelle Beauchamp sortit de la salle de bains. La confirmation de ce qu'elle craignait se lisait sur son visage.

— Salaud ! Vous m'avez baisée.

Witmeur réagit.

— Vous dites ?

— Rien, monsieur Witmeur, c'est la femme de ménage.

— La femme de ménage ?

— Je vous rappelle.

Je raccrochai et fis face à Christelle Beauchamp.

— J'étais en communication avec l'inspecteur de police dont je vous ai parlé hier.

Elle ne m'écouta pas.

— Vous avez profité d'un moment de faiblesse de ma part pour me baiser.

Elle lança dans ma direction quelques ustensiles de toilette qu'elle avait pris dans la salle de bains : savon, flacon de shampoing, verre à dents.

Elle ponctua chaque lancer d'une insulte.

— Goujat, connard, bouffon !

J'esquivai un pot de crème qui termina sa course sur *Le Baiser* de Klimt.

Je n'étais pas d'humeur à calmer le jeu.

— Maintenant, ça suffit ! Vous dépassez les bornes. Je n'ai fait que répondre à votre demande. Je précise que j'ai tout d'abord repoussé vos avances, c'est vous qui avez insisté.

— Salaud ! Vous me le paierez. Vous avez abusé de moi, vous avez triché, vous avez enfreint les règles élémentaires de savoir-vivre, vous n'avez aucune éthique.

Je vis rouge et perdis mon calme.

— Vous vous êtes promenée nue devant moi pendant

tout l'après-midi, vous comprendrez qu'un tel comportement puisse être interprété comme une invitation. Si cela peut vous rassurer, ce fut de courte durée et je n'en garde pas un souvenir impérissable.

Elle me crucifia du regard.

— Mufle !

Elle retourna dans la salle de bains et claqua la porte derrière elle.

Les nouvelles que m'avait données Witmeur m'inquiétaient davantage que la frustration affective de Christelle Beauchamp. Somme toute, je n'avais fait que donner suite à sa requête. J'étais en outre persuadé qu'elle n'en était pas à son coup d'essai, l'alcool avait un effet stimulant sur sa libido et je n'en étais pas responsable.

En me repassant la conversation que j'avais eue avec Witmeur, j'eus le sentiment qu'il s'était évertué à démonter les indices que je lui avais fournis, mais qu'il s'était gardé de confirmer ceux qui pouvaient coïncider avec mon scénario.

Avait-il envoyé la photo de Tipo à la police sud-africaine pour qu'ils la présentent aux témoins ? Si oui, pourquoi ne m'en avait-il rien dit ? Sinon, quelles en étaient les raisons ? Et pourquoi n'avait-il pas contrôlé l'alibi de l'Argentin pour la nuit où Nolwenn s'était fait assassiner ?

Il connaissait à présent ma nouvelle identité et saurait dans peu de temps que j'étais au Hilton d'Alger. Allait-il envoyer la police algérienne ou attendre mon hypothétique retour en Belgique ?

Une chose était sûre, le piège se refermait sur moi.

Selon lui, j'avais truqué les cartes. Selon moi, il avait menti par omission, pour une raison qui m'échappait, mais qui allait certainement au-delà de l'assouvissement d'une vengeance personnelle.

J'eus également l'impression diffuse qu'il m'avait transmis une information qui se trouvait sous mes yeux depuis le début, mais que j'avais jusqu'à présent négligée.

33

LE GRAND ALIBI

J'étais descendu pour prendre mon petit-déjeuner au restaurant. Christelle Beauchamp semblait anéantie d'avoir eu ce moment de relâchement et avait refusé de m'accompagner. Elle préférait se faire monter un petit-déjeuner dans la chambre pour le manger au calme.

Je savourais intérieurement la situation, malgré les perspectives inquiétantes qui se profilaient après l'appel de Witmeur. La défenderesse de la femme-objet prise à son propre jeu. J'avais masqué ma jubilation et entrepris quelques tentatives pour renouer le climat de bonne entente.

Chaque effort que j'avais consenti s'était vu accueilli par des réponses sèches et laconiques.

— Écoutez, Christelle, ce n'est pas dramatique, nous avions tous les deux un peu bu. Je veux bien prendre les torts à ma charge, si cela peut vous réconforter.

— Le mal est fait. Et ne m'appelez pas Christelle.

— Je suis navré.

— Vous aviez bu moins que moi.

— Sans doute, mais je n'ai fait que répondre à votre sollicitation.

— Sollicitation involontaire de ma part.

— Dans ce cas, oublions ce qui s'est passé.

Elle avait croisé les bras, la mine renfrognée.

— Vous auriez dû vous abstenir, vous saviez que je n'en avais pas la moindre envie.

J'avais réprimé un sourire.

— Comment pouvais-je le savoir ? J'ai la faiblesse de penser que je plais aux femmes, ce genre d'aventure m'est arrivé plus d'une fois.

Elle avait eu un sursaut de combativité.

— Je ne m'en vanterais pas. Vous avez profité d'une situation analogue avec Nolwenn. Allez prendre votre petit-déjeuner et fichez-moi la paix.

Je m'étais examiné dans le miroir de l'ascenseur pendant la descente.

Malgré les cernes et le stress que j'avais accumulé, je trouvais que je conservais mon apparence séduisante et mon allure d'avocat réputé. Charmeur comme je l'étais, je n'avais pas besoin d'enivrer une femme pour la conquérir. Si les dernières relations que j'avais eues s'étaient déroulées à la faveur de telles circonstances, le palmarès éloquent que j'affichais ne permettait pas d'en généraliser la pratique.

Je commandai mon petit-déjeuner et le pris tout en surfant sur Internet.

Aucun élément nouveau n'était survenu dans l'affaire Nolwenn Blackwell. En revanche, l'enquête sur la mort de Richard Block avait progressé.

La police n'avait pas trouvé de témoins directs, mais plusieurs personnes avaient déclaré avoir entendu des détonations et vu un homme prendre la fuite. Il était monté à bord d'une voiture de moyenne cylindrée, de couleur blanche, une Renault Clio ou une Volkswagen Golf, dans laquelle un second homme l'attendait. L'homme et le conducteur semblaient de type hispanique.

Ces informations me mettaient hors de cause, mais Witmeur avait pris soin de ne pas me les communiquer.

Pourquoi ?

Question sans réponse.

L'espace d'un instant, j'envisageai l'idée qu'il m'avait menti sur toute la ligne, mais je la rejetai aussitôt. Il n'aurait jamais pris le risque de s'attirer les foudres de sa hiérarchie en montant une telle cabale.

Le plus intéressant n'était pas là.

L'un des articles précisait que Richard Block avait la réputation d'être un homme sans histoire, qu'on ne lui connaissait pas d'ennemis et qu'il rentrait d'un voyage d'affaires à Bangkok lorsqu'il avait été assassiné.

Je relevai que l'une des informations que m'avait communiquées Sac à main lors de son rapport était quelque peu différente. Il ne s'agissait plus ici de vacances en Thaïlande, mais d'un voyage d'affaires à Bangkok.

Par association d'idées, l'évocation de cette destination touristique assortie de tueurs de type hispanique me fit penser que le Mexique, dont avait parlé Witmeur lors de son appel téléphonique, avait peut-être quelque chose à voir dans cette affaire.

Le Mexique avait été battu par l'Argentine lors de la Coupe du monde, à Johannesburg, le 27 juin 2010. Dans la nuit du 27 au 28 juin 2010, Shirley Kuyper avait été assassinée. L'arme qui avait servi était la même que celle qui avait été utilisée le 23 août 2011, lors du meurtre de Nolwenn Blackwell.

Comme cela m'arrivait lorsque je préparais un dossier complexe, j'éprouvai l'impression d'avoir sous les yeux des informations fragmentaires qui s'emboîtaient les unes dans les autres comme les pièces d'un puzzle. Je ne pouvais encore distinguer le fil conducteur qui les unissait, mais je pressentais qu'il existait.

J'interrogeai Google sur le match du 27 juin 2010 qui avait opposé l'Argentine au Mexique. Un premier lien me dirigea vers un site d'actualités sportives.

Le titre ne manqua pas de m'interpeller.

« Coupe du monde 2010 – Trop facile pour l'Argentine ? »

Roberto Zagatto, le niveau de jeu du Mexique et l'erreur d'arbitrage ont été au cœur des questions que vous avez posées à notre envoyé spécial à Johannesburg. La sélection d'Amérique centrale n'a pas semblé en mesure d'offrir une opposition consistante à l'équipe d'Argentine.

Je fis une nouvelle recherche en y ajoutant les mots *erreur d'arbitrage*. Le résultat proposé en tête émanait d'un quotidien français en ligne.

« Deux grosses erreurs d'arbitrage ont noirci le tableau de la Coupe du monde »

Si l'on a coutume de dire qu'un bon arbitre est un arbitre que l'on ne voit pas, ce fut loin d'être le cas durant ce mois sud-africain.
Avec en point d'orgue ces deux énormes erreurs commises le 27 juin lors des matches Allemagne-Angleterre et Argentine-Mexique en huitièmes de

finale. Avec, d'un côté, un but refusé et pourtant valable de Franck Lampard, le ballon ayant de manière significative franchi la ligne, et de l'autre, un but accordé à Zagatto malgré un hors-jeu flagrant.

Ces images ont fait le tour du monde. Plus grave, ces décisions ont eu un impact sur le sort des deux rencontres, l'Angleterre étant en position de revenir à 2-2 avant la pause tandis que l'Argentine en a profité pour prendre l'avantage contre le cours du jeu.

Je restai songeur.

Sans pouvoir me l'expliquer, je pressentis que cette information était d'une manière ou d'une autre liée aux autres.

Les mots *cours du jeu* m'inspirèrent une nouvelle idée. Je relançai la recherche en y ajoutant le mot *pari*. J'aboutis sur un site de paris en ligne qui proposait les dernières cotes des matches du 27 juin 2010, à quelques heures du coup d'envoi.

Les Argentins sont donnés largement favoris avec une cote de 1,45 sur Bwin. L'exploit mexicain est quant à lui coté à 5,75. La cote du match nul est de 3,50. Juan Tipo va-t-il se réveiller et Roberto Zagatto va-t-il marquer ? C'est un des nombreux side bets proposés par le site aux gamblers.

Je ne compris pas grand-chose au jargon utilisé, mais cette donnée méritait d'être creusée. J'avalai le reste de mon café et remontai bon train dans la chambre.

Christelle Beauchamp venait de terminer son petit-déjeuner et empilait ses vêtements dans sa valise.

Je marquai ma surprise.

— Où allez-vous ?

— Je rentre à Paris.

— Nos passeports sont arrivés ?

— Je rentre à Paris. Seule.

— Sans passeport ?

— J'ai téléphoné au consulat de France pour leur signaler la perte de mon passeport. Ils m'en préparent un nouveau. Il sera à ma disposition dans l'heure qui vient.

— Vous n'aviez pas de visa d'entrée.

— Ce sont des fonctionnaires, pas des détectives privés.

— N'avions-nous pas un accord ?

— Nous en avions un. Vous l'avez rompu. Nous ne l'avons plus.

Pour la seconde fois de la matinée, je sentis la moutarde me monter au nez.

— Et si vous arrêtiez vos gamineries ?

Elle s'arrêta net et mima l'indignation de manière convaincante.

— Mes gamineries ?

— Vos simagrées de femme outrée, si vous préférez. Vous allumez les hommes et vous vous étonnez ensuite qu'il vous arrive des bricoles.

La colère déforma ses traits.

— J'allume les hommes ? Il m'arrive des bricoles ? Une relation sexuelle contre mon gré, c'est ce que vous appelez des bricoles ?

— Je ne parle pas de moi, je parle de cet Américain

hier, au bar, que vous avez allumé comme un feu de Bengale.

Elle se mit à hurler.

— Cet Américain, au bar ? Vous savez ce que je faisais avec cet Américain au bar ?

Elle se rua vers sa valise et se mit à fourrager dans ses affaires. Elle en sortit un petit carnet bleu qu'elle me lança au visage.

— Voilà ce que je faisais avec cet Américain.

Je me baissai et ramassai le document.

Il s'agissait du passeport de Tom.

— Je voulais vous aider à sortir du pays sans vous forcer à attendre ces supposés nouveaux passeports. Comme la police belge sait maintenant que vous êtes à Alger, il ne lui faudra pas longtemps pour découvrir que vous vous terrez ici.

Je compris qu'elle jouait la comédie. Elle ne savait rien de l'appel de Witmeur au moment où elle trinquait avec le New-Yorkais.

Je changeai de stratégie et me fis mielleux.

— J'ai mal interprété votre démarche, je vous prie de bien vouloir m'excuser. J'apprécie l'intention, même si je réprouve les moyens. De plus, trafiquer un passeport américain n'est pas à la portée de n'importe qui.

— Inutile de changer la photo, il a le même air niais et content de lui que vous.

Je jugeai son trait d'esprit puéril et m'abstins d'y répondre.

— Je comprends votre énervement. Si vous souhaitez rentrer à Paris, faites-le, je me débrouillerai. Mon passeport arrivera aujourd'hui ou demain, au plus tard. Avant que vous ne partiez, j'aimerais que vous sachiez qu'il y a du nouveau concernant la mort de Nolwenn.

Cette annonce parut tempérer son aigreur.

— Qu'avez-vous de nouveau ?

— Juan Tipo a un alibi. Après la victoire contre le Mexique, les joueurs sont allés dîner dans un restaurant du centre. À la fin du repas, ils se sont séparés et sont partis par petits groupes. C'est vraisemblablement à ce moment-là que Tipo est allé rejoindre Shirley Kuyper chez elle, mais il était de retour à l'hôtel vers 2 heures et est resté au bar jusqu'à l'aube.

Elle parut dubitative.

— Ce qui signifie que votre théorie du chantage s'effondre. Nolwenn n'a pas pu être témoin de quelque chose, puisque Tipo était à son hôtel au moment où Kuyper s'est fait tuer.

— Parce que nous sommes partis sur l'idée que le chantage visait Tipo d'une part et le meurtre de Kuyper de l'autre.

— C'est vous qui êtes parti sur cette idée, pas moi.

— Je ne peux pas imaginer qu'il n'y ait aucun lien. Il y a l'article dans le journal, le même chez Nolwenn et Block. Tous deux se font assassiner. C'est la même arme qui a tué Nolwenn et Kuyper. En plus, il y a la visite de Nolwenn à Adil Meslek et le fait qu'elle m'ait dit qu'elle attendait une rentrée d'argent.

Elle soupira.

— En deux mots, vous revoilà au point de départ.

— Non. Je n'écarte pas la tentative de chantage. Peut-être visait-elle quelqu'un d'autre ou avait-elle autre chose en tête.

— Peut-être.

Je relançai dans une autre direction.

— Vous m'avez dit que Nolwenn était allée en Afrique du Sud pour assister au match des Argentins contre les Mexicains et qu'elle en était repartie le 2 juillet. Avez-vous plus de précisions sur son emploi du temps durant cette semaine ?

— Si j'en avais, je vous les aurais données.

— Vous a-t-elle dit quelque chose à propos de la semaine qu'elle a passée là-bas ? Réfléchissez. Il a dû y avoir un incident, elle vous en a peut-être parlé. Un détail peut être important.

Elle se mit à réfléchir.

J'avais visé juste, un brin de diplomatie, un doigt d'énigme et sa fibre journalistique reprenait le dessus.

Elle s'assit sur le lit, toute à ses pensées.

— Je ne vois pas. La seule chose qu'elle m'a confiée à propos de ce séjour est qu'elle a vécu une semaine épouvantable. Avec les entraînements, les matches, les briefings et les interviews, elle était plus souvent seule dans sa chambre, devant sa télé, qu'avec Zagatto.

J'acquiesçai.

Tout bon avocat sait qu'un indice peut en cacher un autre.

— Laissez-moi donner un coup de téléphone, vous partirez après.

34

L'ARNAQUE

La secrétaire d'Amaury Lapierre fit preuve d'une résistance opiniâtre. En désespoir de cause, je dus utiliser des arguments contraires à mes principes.

— N'insistez pas, madame, je vous dis que c'est personnel. Arrêtez de discuter et faites ce que je vous demande.

Bien que piquée au vif, elle resta courtoise et s'engagea à informer son patron de mon appel. D'une voix mécanique, elle me garantit qu'il me rappellerait au plus tôt s'il l'estimait nécessaire.

Je raccrochai et m'adressai à Christelle Beauchamp.

— Il ne nous reste plus qu'à attendre.

Elle écarquilla les yeux.

— Attendre ? Vous rigolez ? C'est Lapierre que vous venez d'appeler ? Amaury Lapierre ?

— Vous êtes perspicace. En effet, c'est Amaury Lapierre que je viens d'appeler.

Les questions se bousculèrent.

— Amaury Lapierre ? Qu'est-ce qu'il vient faire là-dedans ? Vous croyez que je vais attendre ? Attendre quoi ? Vous vous imaginez qu'il va vous rappeler ?

C'est pendant qu'elle me posait cette question que la sonnerie de mon téléphone retentit.

D'un signe de la main, je lui suggérai de garder le silence et décrochai.

Lapierre prit les devants et m'interpella d'un ton vif.

— C'est Amaury Lapierre, qu'est-ce que vous me voulez ?

— Je vous remercie de me rappeler aussi rapidement, monsieur Lapierre. Lors de notre rencontre à Paris, vous m'avez dit être prêt à m'aider. Voulez-vous que l'on arrête l'assassin de Mlle Blackwell ?

Ce retour en arrière servait autant à lui rafraîchir la mémoire qu'à situer le contexte pour Christelle Beauchamp.

— Je n'ai pas changé d'avis sur la question. Bien sûr que je veux qu'on mette la main sur ce salaud.

— C'est tout à votre honneur. Je me trouve à Alger, je suis sur une piste et j'aimerais vous poser quelques questions. Elles risquent de vous paraître insolites. Accepteriez-vous d'y répondre sans chercher d'emblée à en cerner la finalité ?

— Allez-y, mais grouillez-vous et parlez normalement, vous n'êtes pas dans une de vos plaidoiries.

Que signifiait pour lui *parler normalement* ?

J'allai droit au but.

— Soit. Est-il possible de truquer un match de football ?

Un long blanc suivit ma question.

Je m'inquiétai.

— Vous êtes là, monsieur Lapierre ?

Il se racla la gorge.

— Oui, je suis là.

Ma question semblait l'avoir ébranlé.

— Que se passe-t-il ?

— Je vous le dirai dans un instant. Oui, c'est possible.

— Même des matches importants ?

— Surtout des matches importants. Sinon, quel serait l'intérêt ?

— J'entends des matches de très haut niveau.

— J'ai bien compris. Vous allez me parler de la Coupe du monde.

À mon tour, je fus estomaqué.

— Comment le savez-vous ?

— Nolwenn m'a posé une question identique il y a quelques semaines.

Je répétai d'un ton exclamatif, en fixant Christelle Beauchamp. Les sens en alerte, elle se rapprocha.

— Nolwenn vous a posé la même question, il y a quelques semaines ?

Je décollai le téléphone de mon oreille pour lui permettre de capter la conversation.

Lapierre poursuivit.

— Oui, elle m'a posé exactement la même question, mais je n'y ai pas prêté attention. Sur le moment, ça m'a paru sans importance.

— Dans ce cas, ce n'est pas une coïncidence et cela signifie que je suis sur la bonne piste. Comment est-il possible de truquer un tournoi de cette ampleur ?

Il marqua une nouvelle pause pour préparer sa réponse.

— Je vais vous raconter quelque chose, monsieur Tonnon. Figurez-vous qu'une bonne partie des résultats de la Coupe du monde de 2006 s'est jouée dans un *Kentucky Fried Chicken* de Bangkok, deux semaines avant le début de la compétition. Au moins quatre matches ont été truqués.

Je ne connaissais rien à ce sport, mais la nouvelle me parut d'envergure.

— Comment est-ce possible ? Et pourquoi ?

— À votre avis ? La gloire ? Le prestige ? Le nationalisme ?

Je vis où il voulait en venir.

— L'argent ?

— Bien sûr, l'argent. Les Anglais et les Russes, qui supervisaient les choses jusque-là, sont en train de se faire doubler sur le marché mondial par les Chinois et les Thaïlandais. Le business du pari est gigantesque. Proportionnellement, on peut le comparer au marché de la prohibition durant les années 1920 aux États-Unis.

— Comment arrivent-ils à trafiquer un match devant des millions de téléspectateurs ?

— Ils paient les joueurs. Pour perdre, évidemment. Entre trente mille et cent mille dollars par joueur, plus pour certaines stars, avec huit joueurs en moyenne par équipe. S'il le faut, ils arrosent aussi les arbitres. Rassurez-vous, malgré ces sommes, ils restent gagnants.

— Vous me parlez de 2006. Qu'en est-il de la Coupe du monde de 2010 ?

— Même topo, je présume. Je n'ai pas suivi les opérations. Vous pouvez être sûr qu'il y a eu des magouilles, c'est le jackpot, cette compétition.

— Nolwenn vous a-t-elle parlé du match qui a eu lieu entre l'Argentine et le Mexique ?

Il réfléchit quelques instants.

— Pas que je sache. Elle m'a posé la même question que vous, sans aller plus loin. Je lui ai répondu ce que je vous ai répondu. Elle voulait savoir si ce genre de paris m'intéressaient.

Je m'aventurais en zone dangereuse.

— Et cela vous intéresse-t-il ?

— Trop aléatoire, trop risqué. Il y a trop de personnes concernées. Ce genre de truc, c'est comme pour les grands complots, quand il y a trop de monde impliqué, ça finit toujours par transpirer. En plus, les joueurs, je parle des footballeurs, ne savent pas se taire. Certains ont envie de faire parler d'eux. Le capitaine de la sélection ghanéenne a déclaré à un journaliste qu'il avait été approché depuis les jeux Olympiques d'Athènes pour lever le pied dans certains matches. Tôt ou tard, ils finissent par vendre la mèche pour justifier leur défaite. Pire, il y en a qui veulent le beurre et l'argent du beurre.

— Que voulez-vous dire ?

— Ils dévoilent la machination à certaines personnes et leur proposent de parier. Ils leur prélèvent ensuite une commission sur leurs gains. Parfois, ils choisissent mal leur cible. Un joueur a proposé un marché à un homme qu'il a rencontré dans un bar. Le gars était flic. Ces types-là, ce sont des footballeurs, pas des génies.

— Merci, monsieur Lapierre, j'ai les informations qu'il me fallait.

— Tenez-moi au courant.

— Comptez sur moi.

Je raccrochai.

Christelle Beauchamp me dévisageait, l'air dubitatif.

— C'est bien joli tout ça, mais je ne vois pas le rapport avec la mort de Nolwenn.

— Tout est là, Christelle. Le beurre et l'argent du beurre.

— Ne m'appelez pas Christelle.

Je fermai les yeux pour assembler les pièces et me mis à réfléchir à haute voix.

— Il y a moyen de truquer un match de foot en payant les joueurs. Le *Kentucky Fried Chicken*. Ils veulent le beurre et l'argent du beurre. Ils ne savent pas se taire. Ils choisissent mal leur cible. Kuyper se fait tuer. Nolwenn se fait tuer. Block rentre de Bangkok.

— Je ne comprends rien à ce que vous racontez.

Je rouvris les yeux.

— Tout est là !

Elle parut inquiète.

— Vous allez bien ?

Je m'emparai de ma valise et ouvris l'armoire.

— Passez-moi le passeport de Tom. Nous faisons un crochet au consulat de France pour aller chercher votre passeport et nous rentrons à Paris.

— Nous ?

— Nous. J'ai besoin de vous pour arrêter l'assassin de Nolwenn.

Pour la première fois depuis dix jours, j'eus le sentiment que je venais de prendre une bonne décision.

35

SUEURS FROIDES

Nous descendîmes à la réception pour les informer de notre départ et régler la note.

Tom, notre ami new-yorkais, tournait en rond dans le hall, les cheveux en bataille, l'air inquiet. Il se rua sur nous dès qu'il nous vit et nous expliqua, en anglais et avec emphase, qu'il était très désappointé parce qu'il avait perdu son passeport, que c'était une réelle pitié, qu'il ne comprenait pas comment une telle chose avait pu se produire et que son avion décollait à midi.

Christelle Beauchamp lui adressa quelques mots de réconfort et poursuivit son chemin.

Il la regarda s'éloigner et en profita pour me demander, la bouche plissée, si j'avais passé une bonne nuit.

En guise de réponse, je lui adressai un clin d'œil entendu.

Ma carrière était émaillée de cocus bêtifiants : des hommes à l'air béat qui retraçaient leur mésaventure au tout-venant au lieu d'adopter un profil bas et de passer leur débâcle sous silence. Certains allaient jusqu'à décrire avec émerveillement les stratagèmes imaginés par leur épouse pour leur fausser compagnie et rejoindre leur amant. Plutôt que d'attirer ma sympathie, cet étalage de naïveté m'exaspérait.

Lors d'un entretien affligeant, j'avais interrompu l'un d'eux alors qu'il énumérait avec force détails les errements nymphomaniaques de son ex-femme.

— Pouvons-nous résumer vos dires en actant que votre femme a entretenu plusieurs relations extraconjugales à votre insu ?

J'escomptais un sursaut d'orgueil, une réaction indignée. Il s'était esclaffé comme si j'avais lancé une boutade.

— Oui, maître, actez que je suis cocu à l'insu de mon plein gré.

Je laissai Tom imaginer ce qu'avait été ma nuit et gagnai la réception. Je changeai des euros en dinars algériens et payai la facture en espèces. Je commandai ensuite un taxi pour le consulat de France.

Christelle Beauchamp s'interposa.

— Il faut d'abord que je passe au poste de police pour déclarer la perte de mon passeport.

— Vous ne me l'aviez pas précisé.

— Ce n'est pas moi qui fais les règlements.

Je me tins coi. Je ne souhaitais pas qu'elle revienne sur les événements de la veille et me ressasse ses griefs en public, d'autant que Tom rôdait dans les parages.

Le taxi arriva dans les minutes qui suivirent, un imposant monospace noir aux vitres fumées dont le climatiseur était réglé à la température minimale, proche de zéro degré.

Je m'adressai au chauffeur.

— Auriez-vous l'obligeance de monter un tant soit peu la température avant que ma compagne de voyage ne vous le demande de manière plus abrupte ?

Cette dernière leva les yeux au ciel, excédée.

— Ce que vous êtes pompeux.

Si l'ivresse avait l'heur de l'émoustiller, la gueule de bois la rendait insupportable.

Le passage au poste de police nous prit plus d'une heure, laps de temps durant lequel je restai tapi dans le taxi afin de ne pas attirer l'attention des policiers. J'en profitai pour aller sur Internet et acheter deux billets sur le vol Air France qui décollait à 15 h 10.

Je réglai le dû à l'aide de la carte Visa de Willy Staquet et réservai les places aux noms de Thomas Campbell et de Christelle Beauchamp.

Je terminais l'opération lorsque la susnommée fit sa réapparition. Je compris à sa mine renfrognée que la formalité ne s'était pas déroulée sans encombre. Je sortis du taxi et fis le tour du véhicule pour lui ouvrir la portière.

Elle fulmina.

— Bande de cons !

Je m'abstins de lui poser la moindre question.

Un autre taxi vint se ranger le long du trottoir, à une trentaine de mètres du nôtre. Tom en descendit, affairé. Par miracle, il ne remarqua pas notre présence.

Christelle Beauchamp se précipita dans l'habitacle et siffla entre ses dents.

— Quel boulet, celui-là !

Le peu de considération qu'elle accordait à sa victime leva les derniers scrupules que j'éprouvais à avoir assouvi mes pulsions.

Le taxi reprit sa route. Nous traversâmes un vieux quartier pour nous rendre à notre destination. Le centre d'Alger avait des allures de Marseille laissée à l'abandon. Rien ne semblait avoir changé depuis Pépé le Moko.

Le consulat général de France était constitué d'un bâtiment carré de deux étages au toit constellé d'antennes. Trois fonctionnaires en bras de chemise fumaient une cigarette sur le pas de la porte.

Christelle Beauchamp pila devant eux pour qu'ils libèrent le passage et s'engouffra dans l'immeuble en brassant l'air de la main.

Je fis à nouveau le pied de grue, mais l'attente fut de plus courte durée. Elle ressortit du consulat moins d'une demi-heure plus tard.

La célérité de l'Administration française ne parut pas avoir calmé son irascibilité. Elle s'affala sur la banquette et agita une série de papiers sous mes yeux.

— Ils ne m'ont pas donné un nouveau passeport, mais un laissez-passer valable pour vingt-quatre heures. J'espère qu'il y aura de la place dans l'avion pour Paris. Sinon, il faudra choisir une autre destination, parce que je ne resterai pas un jour de plus dans ce pays.

— Rassurez-vous, tout est réglé, nos places sont réservées.

Il était plus de 13 heures lorsque nous prîmes la direction de l'aéroport. Je réalisai que le compte à rebours commençait. Mes contractions musculaires resurgirent et mon estomac émit quelques gargouillis.

L'espace d'un instant, je ne fus plus aussi sûr d'avoir pris la bonne décision.

À l'approche de l'aéroport, une sensation d'angoisse me submergea. Je ne pus m'empêcher de céder à un début de panique.

Je brandis le passeport de Tom.

— Vous croyez vraiment que c'est une bonne idée ? Vous ne pensez pas que c'est trop risqué ? La ressemblance n'est pas frappante.

Elle soupira.

— Les flics français sont incapables de reconnaître un Arabe sur une photo. Ici, c'est la même chose, dans l'autre sens.

L'argument me parut léger, mais je dus m'en contenter.

Peu avant l'entrée de l'aéroport, nous fûmes arrêtés par un barrage de police. L'un des hommes s'approcha de la voiture. Il était muni d'un petit appareil équipé d'une antenne qu'il braqua dans notre direction.

Un filet de sueur glaciale descendit le long de mon torse.

Il demanda au chauffeur de sortir de la voiture et d'ouvrir le coffre.

Je fus pris de tremblements convulsifs.

Le policier jeta un vague coup d'œil à l'arrière, referma la malle et nous autorisa à repartir.

Nous eûmes droit à un deuxième contrôle trois cents mètres plus loin. La procédure fut identique, mais l'homme exigea que l'on ouvre également le capot. Il ausculta le moteur et libéra le passage.

Arrivés au terminal, nous descendîmes du taxi, récupérâmes nos valises et nous dirigeâmes vers l'entrée de l'aérogare. Nos bagages furent passés au scanner et nous fûmes soumis à une fouille corporelle avant de pouvoir entrer. Il faisait une chaleur torride, ce qui était une excuse acceptable pour justifier la ruine de ma chemise.

L'opération terminée, Christelle Beauchamp m'interpella.

— Détendez-vous, on voit à votre tête que vous n'êtes pas net.

Je la dévisageai.

292

Hormis les yeux rougis par les excès de la veille, le stress ne semblait pas avoir de prise sur elle.

— La critique est aisée. Dans le pire des cas, les Algériens pourraient vous reprocher de séjourner illégalement dans leur pays. Ils vous feraient une remontrance et vous renverraient en France. Vous n'êtes pas en possession d'un passeport volé, vous n'êtes pas recherchée par Interpol comme suspecte principale dans trois affaires criminelles et vous ne devez pas répondre d'un tas d'autres chefs d'accusation.

— C'est pour toutes ces raisons que vous devez avoir l'air décontracté.

La logique féminine restait pour moi une énigme.

Nous allâmes chercher nos billets au comptoir d'Air France où la préposée se contenta de regarder la couverture de nos passeports sans les ouvrir.

Nous fîmes enregistrer nos bagages et nous rendîmes vers la salle d'embarquement où de nouvelles tracasseries administratives nous attendaient.

Un policier nous indiqua une table où se trouvaient les formulaires de sortie que nous dûmes remplir. Il nous expliqua que le document devait être présenté accompagné du passeport à un guichet situé quelques mètres plus loin.

J'y jetai un coup d'œil à la dérobée.

Je vis quatre hommes en uniforme, dont deux lourdement armés qui encadraient un fonctionnaire chargé de contrôler les passagers.

Mes mains étaient moites, mon visage ruisselait, ma chemise me collait à la peau. Il fallait être aveugle pour ne pas voir que j'étais au bord de la syncope.

Tel un condamné, je remplis les papiers et me dirigeai vers le gibet.

Christelle Beauchamp souffla dans mon dos.

— Détendez-vous, merde !

Un quatuor d'Asiatiques nous devançait. L'attente me parut interminable et je crus défaillir lorsque vint mon tour. Je tendis le passeport volé et le formulaire de sortie. L'homme s'empara des documents, apposa quelques tampons, jeta un vague coup d'œil au passeport et le glissa en retour sur la tablette.

Je le repris, incrédule.

La tête me tournait.

Christelle Beauchamp passa à son tour, me prit par le bras et me guida vers le portail de sécurité.

— J'ai cru que vous alliez leur présenter vos poignets pour qu'ils vous passent les menottes.

Je tentai de répondre, mais ma langue était collée à mon palais.

Il était 14 h 30.

Un appel signala que l'embarquement pour le vol Air France à destination de Paris commençait.

Je crus que la partie était gagnée lorsque je vis deux policiers armés de fusils pour la chasse au mammouth. Le regard suspicieux, ils pratiquaient un contrôle systématique des papiers à l'entrée du couloir qui menait à l'avion.

Je me rongeai les sangs jusqu'à ce que l'un d'eux me fasse signe d'avancer.

La main tremblante, je lui tendis mon passeport. Il l'ouvrit, examina la photo, m'examina, retourna à la photo, revint vers moi.

— C'est vous, ça ?

Mes intestins marquèrent le coup.

Je tentai un sourire et répondis en m'inspirant de l'accent de John Wayne.

— Yes, c'est un vieux photo, je dois le changer.

Il considéra une nouvelle fois la photo et interpella son acolyte. Ce dernier contempla la photo et me fouilla du regard. Ils échangèrent quelques mots en arabe.

Christelle Beauchamp mima l'impatience.

— Bon, on peut y aller ?

Le policier fit une moue fataliste et me rendit le passeport.

J'avançai dans le couloir tel un automate, la nuque raide, les jambes engourdies. Je m'engageai dans l'appareil. L'hôtesse me souhaita la bienvenue à bord, me regarda avec inquiétude et me demanda si tout allait bien.

Christelle Beauchamp intervint.

— Rassurez-vous, ça va aller. Il a peur en avion depuis qu'il est tout petit. Viens, mon chéri.

Nous prîmes place.

Lorsque l'avion atteignit son altitude de croisière, je me détendis peu à peu. Malgré la crânerie qu'elle avait affichée, je sentis que Christelle Beauchamp en faisait autant.

Je fermai les yeux et attendis qu'elle me pose la question.

L'attente fut de courte durée.

— Dites-moi.

— Oui ?

Elle prit l'air dégagé, comme si elle abordait un point de détail.

— C'est qui, l'assassin ?

— L'une des plus vieilles techniques de manipulation consiste à prêcher le faux pour savoir le vrai. Je suis persuadé que vous allez exceller dans ce registre.

36

L'APPÂT

Nous atterrîmes à Paris-Charles-de-Gaulle à 18 h 35, précisément à l'heure prévue, ce que le commandant de bord ne manqua pas d'annoncer avec jubilation.

Lorsque nous approchâmes du poste de contrôle, j'hésitai entre le passeport de Tom et celui de Willy Staquet. Je finis par présenter celui de l'accordéoniste.

Dans tous les cas de figure, Witmeur saurait sous peu que j'étais à Paris. L'ultimatum qu'il m'avait fixé expirait dans moins de quarante-huit heures, ce qui était une raison valable pour mon retour. Je comptais de toute façon le prévenir de mon arrivée.

Je tendis le document d'une main crispée. Le policier y jeta un rapide coup d'œil et m'ouvrit le passage.

Christelle Beauchamp fit le mauvais choix et exhiba son laissez-passer franco-algérien. S'ensuivirent de longues palabres dont elle ne sortit indemne qu'après avoir rencontré les supérieurs du policier dans un bureau isolé.

Elle ne m'avait plus adressé la parole depuis le décollage à Alger. La réponse énigmatique que j'avais donnée à sa question l'avait manifestement refroidie.

Je m'étais abstenu de relancer, elle d'insister.

Nous récupérâmes nos bagages sans un mot et prîmes la direction de la sortie.

Ce mutisme réciproque me convenait. Je ne souhaitais pas qu'elle me bombarde de questions ou me presse de lui soumettre le projet que j'avais en tête, d'autant que je n'avais ni réponse ni stratégie à proposer, mais seulement une vague idée à exploiter.

J'avais mis à profit les deux heures de vol pour me creuser les méninges et concocter un semblant de plan. Elle m'avait guetté du coin de l'œil pendant que je rédigeais la chronologie et le minutage présumé de l'opération sur mon iPad, sans pour autant s'abaisser à me demander de quoi il retournait.

Nous sortîmes du terminal et je hélai un taxi.

Il faisait vingt-cinq degrés, mais la température me parut fraîche.

Je me tournai vers elle.

— Où habitez-vous ?

Ce fut plus qu'elle ne put en supporter.

Elle maugréa.

— Quand vous aurez fini avec vos cachotteries, vous me ferez signe.

— Ayez encore un peu de patience, je vous expliquerai tout en détail chez vous. Où habitez-vous ?

— Dans le quinzième, mais il est hors de question que vous veniez chez moi. Sur Paris, neuf hôtels sur dix ne vous demanderont aucun papier.

Je souris intérieurement. La mollesse de son objection indiquait que j'avais pris l'ascendant.

— Ce n'est pas pour une question de discrétion, mais pour la bonne exécution de notre plan. Rassurez-vous, je ne resterai pas une minute de plus que nécessaire et je ne boirai pas une goutte d'alcool.

Ma provocation délibérée resta sans retour, ce qui conforta ma thèse. L'avantage que j'avais acquis ne serait toutefois que de courte durée. Dès que je lui aurais fait part de mes déductions, la harpie qui sommeillait en elle reviendrait à la charge.

La circulation sur le périphérique était fluide. Le taxi nous déposa rue Falguière une heure plus tard. Christelle Beauchamp habitait dans un immeuble de coin situé au-dessus d'une brasserie appelée *Le Grillon*.

L'appartement était à son image, faussement bohème et vraiment chaotique. L'ancien voisinait avec le contemporain sans recherche apparente : les tentures venaient de Katmandou, un canapé en cuir noir squattait le salon, des affiches de cinéma des années 1950 tenaient lieu de décoration murale et un Mac 27 pouces trônait sur un bureau Louis XV.

L'ensemble était d'un goût discutable.

Je tentai de détendre l'atmosphère.

— C'est joli chez vous.

— Ne vous fatiguez pas.

— Je le pense vraiment.

Elle posa sa valise, jeta son sac sur une chaise et s'affala dans le canapé.

— Alors ? Qu'est-ce qu'on fait ?

— Le succès de la première partie du scénario est entre vos mains. Vous êtes journaliste, vous connaissez du monde. Pour vous, ce devrait être un jeu d'enfant. Il faudrait que vous trouviez le numéro de portable de Juan Tipo.

Je m'attendais à une explosion de colère, à un flot de questions, à une salve d'objections. Elle acquiesça.

— Ce devrait être possible. Ensuite ?

— Je vais appeler un ami avocat. Commençons par

cela. Si nous obtenons tous deux ce que nous voulons, nous passerons au deuxième acte. Puis-je utiliser votre ligne fixe ?

— Allez-y.

Elle prit son téléphone portable dans son sac et sortit de la pièce en composant un numéro.

À mon tour, j'appelai Patrick.

Comme je m'y attendais, il ne répondit pas. Le numéro que j'utilisais n'était pas identifié dans ses contacts.

Je lui laissai un message explicite.

— Patrick, c'est moi, Hugues, rappelle-moi au plus vite à ce numéro, merci.

Il me fallut attendre moins d'une minute.

— Hugues ? Je n'ai plus de nouvelles de toi depuis une semaine. Qu'est-ce que tu fous ? C'est quoi ce numéro ? Tu es en France ?

— Calme-toi, je t'expliquerai l'affaire en détail, mais j'ai besoin d'une information de toute urgence.

— Tu es chez les flics ?

— Non, tout va bien, je suis chez une amie.

— Les poulets te cherchent partout, tu t'es foutu dans un sale pétrin.

— Nous en reparlerons plus tard. Pour l'instant, j'ai besoin d'un renseignement.

— Je t'écoute.

— Combien de temps faudrait-il à la police belge pour obtenir l'autorisation de mettre une ligne sur écoute, sachant que le téléphone est un mobile et que l'opérateur est probablement hollandais ? Question subsidiaire, quel serait le délai s'ils décidaient de le faire sans autorisation ?

Il soupira.

— Je ne sais pas dans quoi tu t'es fourré, mais je vais te répondre. Pour l'opérateur, ça ne pose pas de problème, ils ont des accords entre eux. Pour la procédure, impossible de passer au-dessus, cela se fait dans des locaux de la PJF réservés à cet effet. Un secrétariat gère la demande, ce qu'ils appellent le réquisitoire Jl, pour donner accès à un box d'écoute. En moyenne, je dirais deux heures.

— Merci, Patrick, je te rappellerai. Je vais bientôt rentrer en Belgique et j'aurai besoin de toi.

Je coupai la communication avant qu'il ne parte dans un interrogatoire sans fin.

Je consultai ma montre.

20 h 12.

Je fis le tour du salon et me rendis dans la cuisine. Un monumental frigo américain rouge vif bardé de magnets monopolisait l'espace. Quelques photos de la propriétaire des lieux en compagnie de ce que je présumai être sa fille étaient punaisées sur un pêle-mêle en liège.

Je poussai l'audace jusqu'à ouvrir le frigo et me servis un verre de Perrier qui se révéla plat et sans goût.

Elle fit son apparition alors que je vidais le contenu de mon verre dans l'évier

— Je l'ai.

Elle dissimulait sa satisfaction avec peine.

— Bravo ! Quel est le préfixe ?

— 31.

— J'en étais sûr.

Je jetai un coup d'œil à l'horloge murale.

20 h 32.

Je pris mon téléphone portable et composai le numéro de Witmeur. Il décrocha avant la fin de la première sonnerie.

Fidèle à lui-même, il commença par un poncif du genre.

— Vous voulez jouer au chat et à la souris avec moi, mon vieux ?

J'inspirai une grande goulée d'air avant de lancer ma tirade.

— Écoutez-moi attentivement. Vous voulez mettre la main sur les vrais coupables ? Je vous les offre. Mettez le numéro suivant sur écoute et vous en saurez bientôt plus que moi. Notez : 31-6-3456.7653. Ne me demandez pas de répéter, je sais que cette conversation est enregistrée. Bonsoir, mon vieux.

Je raccrochai, pantelant.

Christelle Beauchamp me dévisageait, mi-interrogative, mi-admirative.

Elle leva les sourcils.

— Pas mal.

Notre différend s'accordait une courte pause.

La fébrilité et l'excitation prenaient le dessus sur son ressentiment. La perspective de signer un beau papier ou de faire parler d'elle n'y était certainement pas étrangère.

— Merci. Espérons qu'il me prenne au sérieux.

— S'il ne vous rappelle pas dans la minute, c'est qu'il vous prend au sérieux.

— Croisons les doigts.

— Mais pourquoi Tipo ? Vous m'avez dit ce matin qu'il avait un alibi en béton armé.

— Justement. Un alibi un peu trop beau. Selon vous, que fait un homme normalement constitué après avoir disputé un match de football, être allé dîner dans un restaurant huppé, avoir eu des relations sexuelles et être rentré à son hôtel à 2 heures du matin ?

Elle fit mine de réfléchir.

— Il va dormir ?

— Pas Juan Tipo. Il reste une demi-heure dans sa chambre puis redescend au bar et y campe jusqu'à l'aube.

— Pour être sûr qu'on l'y voie ?

— Exactement. Et avoir un alibi en béton armé.

— C'est quoi votre scénario, alors ?

— Juan Tipo est allé chez Shirley Kuyper, c'est une certitude. Il avait peut-être un peu trop bu et lui a parlé du match truqué pendant leurs ébats. C'est un footballeur, pas un génie. De plus, il arrive que l'on commette des erreurs quand on est en état d'ébriété.

Elle leva la main en signe de protestation.

— C'est bon, n'en rajoutez pas.

J'enchaînai pour éviter une nouvelle scène.

— Variante, Tipo connaissait le résultat d'un des matches qui n'avaient pas encore été joués et a demandé à Kuyper de parier pour lui. Rappelez-vous, le beurre et l'argent du beurre. Une fois dessoûlé, il s'est rendu compte qu'il avait commis une erreur et a voulu la faire taire.

— Comment l'a-t-il tuée ? Il était au bar.

— Deux hypothèses. La première, l'heure du meurtre n'est pas la bonne.

Elle fit la grimace.

— Vous m'avez dit que le meurtre a eu lieu à 5 heures du matin. Tipo est rentré à 2 heures. Trois heures de décalage ? Les voisins ont entendu une détonation à 5 heures, les flics sont arrivés, le médecin légiste a fait son boulot, tout le monde s'est trompé de trois heures ?

— Il reste la seconde hypothèse.

— Allez-y.

— Tipo est rentré à l'hôtel à 2 heures. Il est monté dans sa chambre et est redescendu une demi-heure plus tard. Le temps de demander à quelqu'un de faire le boulot à sa place.

Je la laissai suivre le cheminement de mon raisonnement.

Elle dodelina de la tête.

— Adil Meslek ?

— Adil Meslek, le brave homme à tout faire.

— Ce qui expliquerait la visite de Nolwenn à Casablanca.

— Exactement. Elle a dû être témoin de quelque chose à Johannesburg. Elle est allée voir Adil Meslek pour lui faire peur et les faire chanter, lui et Tipo, sachant que l'Argentin est fortuné et que l'argent viendrait de lui.

— Et ils ont fait semblant de marcher.

— Oui, sauf que cette fois, c'est Meslek qui a demandé à Tipo de faire le ménage.

— Échange de bons procédés. Plausible. Et maintenant ? Qu'est-ce qui vous fait croire que Tipo va lâcher quelque chose au téléphone ? Votre Witmeur risque d'attendre pendant des semaines, cette histoire date d'il y a plus d'un an.

— Nous allons la réactiver.

— Comment ?

— C'est la deuxième partie du plan.

— Arrêtez de vous la jouer Hitchcock et dites-moi en quoi consiste la deuxième partie de votre plan.

Je jetai un nouveau coup d'œil à l'horloge murale.

20 h 40.

— Vous allez appeler Tipo.

Elle sursauta.

— Moi ? Je ne parle pas espagnol.

— Il a joué dans un club français pendant deux ans.

— Je l'appelle pour lui dire quoi ? « Excusez-moi de vous importuner à cette heure tardive, mais j'aimerais savoir pourquoi vous êtes resté au bar de votre hôtel durant la nuit du 27 au 28 juin 2010 au lieu d'aller dormir après avoir baisé cette pute » ?

Je lui tendis mon iPad.

— Il y a deux scénarios. Soit il répond et vous lui dites ceci, soit vous arrivez sur sa messagerie et vous récitez ce qui se trouve à la page suivante. Considérant que vous lui téléphonerez à 22 h 40, vous avez le temps de vous préparer et de vous mettre en condition.

Elle parcourut en diagonale le texte que j'avais préparé.

Ses yeux s'agrandirent d'effroi.

Elle s'égosilla.

— Vous êtes complètement dingue !

37

CONVERSATION SECRÈTE

À 22 h 40, je lui tendis mon téléphone.

— Vous êtes prête ?

Elle hocha la tête.

— Ça devrait aller. Pourquoi voulez-vous que j'utilise votre téléphone ?

— Par mesure de sécurité. Nous ne savons pas de quoi cet homme est capable. Dans le pire des cas, ce numéro ne le mènera nulle part.

— Comme vous voulez.

Je me gardai de lui dire que la raison principale était que Witmeur l'avait mis sur écoute et que je tenais à tout prix à ce qu'il intercepte l'appel. Si Juan Tipo ne répondait pas, il fallait qu'il sache que c'était un stratagème et que je dirigeais les opérations en coulisse. Impulsif comme il était, il aurait été capable de s'interposer et de faire échouer la manœuvre.

Elle composa le numéro.

Je me tins à une distance respectable pour ne pas la troubler tout en m'assurant de pouvoir entendre ce qui se disait.

Le grésillement d'une première sonnerie se fit entendre.

Elle semblait calme en apparence, mais tout son corps était figé.

Deuxième grésillement.

Je retins ma respiration.

Il y eut un déclic à la troisième sonnerie.

— Ja, Juan.

Elle eut un léger haut-le-corps.

— Juan Tipo ?

— Ja, ik luister.

— Je sais que vous comprenez le français, Tipo.

— Oui, c'est qui ?

— Écoutez ce que j'ai à vous dire, sans m'interrompre. Je suis une amie de Nolwenn Blackwell. Elle m'a envoyé une lettre peu avant sa mort. Elle se sentait en danger. Dans cette lettre, elle explique en détail ce qui s'est passé à Johannesburg pendant la Coupe du monde, l'année passée : le match truqué, l'assassinat de Shirley Kuyper, votre implication, vous voyez de quoi je parle ?

Il y eut un blanc qui me parut interminable.

Je crus qu'il avait raccroché lorsqu'il réagit.

— Non, je ne vois pas de quoi vous parlez.

Il parlait français avec un très léger accent.

Christelle Beauchamp ne se démonta pas. Elle avait mémorisé son scénario et connaissait aussi bien les objections potentielles que les réponses à donner.

Elle reprit.

— Bien. Si vous ne voyez pas de quoi je parle, vous ne verrez donc aucun inconvénient à ce que je communique le contenu de cette lettre ? Il me reste à choisir entre la remettre à la police ou l'envoyer à tous les grands quotidiens. D'après vous, qu'est-ce qui donnera de meilleurs résultats ?

Nouveau blanc.

Elle me regarda d'un air entendu. Ce silence était pour elle un indicateur favorable. Elle sentait qu'elle menait la danse.

Le ton de Tipo se fit agressif.

— Qui êtes-vous ?

— Mon nom ne vous dira rien.

— Pourquoi vous me contactez, moi ?

Elle me lança un coup d'œil interrogateur.

Je n'avais pas prévu une telle question. Je levai les mains en signe d'impuissance.

Elle improvisa.

— Qui voulez-vous que je contacte de votre part ?

J'entendis Tipo émettre une bordée de jurons dans plusieurs langues.

Il se fit menaçant.

— Sale pute ! Qu'est-ce que tu veux ?

Nous revenions dans le canevas attendu.

— La même chose que Nolwenn. Multiplié par deux pour ce qui lui est arrivé. Vous avez vingt-quatre heures pour réunir la somme. Passé ce délai, je ne réponds de rien. L'échange se fera à Paris, demain soir. L'argent contre la lettre. Rappelez-moi à ce numéro quand vous aurez l'argent et que vous serez prêt à partir, je vous donnerai la suite du programme.

Comme convenu, elle raccrocha.

Elle était blême.

Je fis un effort et exultai.

— Bravo, bien joué, Christelle !

— Ne m'appelez pas Christelle.

— S'il vous rappelle, ne répondez pas. Il faut le laisser mijoter pendant au moins trois à quatre heures, au minimum.

— Que va-t-il faire, à votre avis ?

— Je n'en ai pas la moindre idée, mais nous avons donné un coup de pied dans la fourmilière. Cet appel va faire des remous. Il va passer une nuit blanche. Ce qui est sûr, c'est que son téléphone va chauffer et que mon ami Witmeur va se régaler.

— Et ce Witmeur, s'il appelle, qu'est-ce que je fais ?

— Vous me le passez.

— Ce qui signifie que vous comptez rester ici ?

Je fis une moue désabusée.

— Contre mon gré, je peux vous l'assurer, mais il en va du succès de l'opération.

Elle accepta la perspective d'avoir à me supporter une nuit de plus. Selon moi, elle souhaitait surtout ne pas rester seule pendant cette épreuve.

— Vous pensez que ce Witmeur a réussi à le mettre sur écoute ?

— S'il ne l'avait pas fait, il m'aurait rappelé.

— Peut-être.

Elle choisit de changer de sujet.

— J'ai faim. Les émotions, ça creuse. Vous n'avez pas faim, vous ?

— Si, mais il est hors de question que nous sortions. Nous devons être à l'aise pour parler si le téléphone sonne.

Elle me regarda avec une expression indéfinissable.

— Vous voulez que je fasse appel à un service traiteur ?

J'appréciai l'initiative.

— Vous avez ça, à Paris, un service traiteur à cette heure-ci ?

— Bien sûr, vous préférez pizza, sushi ou kebab ?

JEUDI 1er SEPTEMBRE 2011

38

LA NUIT DU CHASSEUR

Il était minuit passé lorsqu'une pizza quatre-saisons froide et molle nous fut livrée par un ado bardé de piercings qui sentait l'huile de moteur. Nous la mangeâmes dans la cuisine, sans appétit, accompagnée d'une bière blonde pour masquer le goût.

Pour meubler, j'indiquai les photos éparpillées sur le pêle-mêle.

— C'est votre fille ?

— Oui. Elle est chez son père, en Normandie. Je la récupère dimanche.

— Elle est mignonne.

Elle redevint aussitôt elle-même.

— Mon appartement est joli, ma fille est mignonne, arrêtez votre cinéma, vous n'en croyez pas un mot ! En plus, je suis certaine que vous détestez les enfants.

Le visage grimaçant de la gamine de Caroline traversa mes pensées.

J'avalai une gorgée de bière.

— Qu'est-ce qui vous fait dire ça ?

— Un vieux garçon égoïste comme vous ne connaîtra jamais le bonheur d'avoir un enfant.

— C'est ce que me disent habituellement ceux qui en ont. Assez curieusement, après m'avoir dit cela, je les entends s'en plaindre, quel que soit l'âge de leur progéniture. Parce qu'ils veulent la Barbie cow-boy ou le dernier jeu vidéo, parce qu'ils veulent sortir jusqu'à l'aube, parce qu'ils veulent se faire tatouer, parce qu'il se drogue ou qu'elle est enceinte.

— Vous parlez comme les bobos parisiens.

— N'empêche, les divorcés sont plus cohérents, ils vantent rarement les vertus du mariage.

À court d'arguments, elle se leva et quitta la pièce pour rejoindre le salon.

Nous passâmes l'heure suivante à consulter nos tablettes respectives en espérant recevoir un appel. En craignant d'en recevoir un aussi.

À 1 heure du matin, nous décidâmes d'arrêter de veiller.

Ni Tipo ni Witmeur n'avaient appelé.

Je ne pouvais cependant imaginer que j'avais fait fausse route. La réaction qu'avait eue Tipo était là pour le prouver. En définitive, il voyait mieux que nous ce que les mots de Christelle Beauchamp signifiaient. Lancer des informations fragmentaires pour susciter une réaction et en savoir plus faisait partie de mes artifices coutumiers.

L'un des aspects troublants était la question qu'il avait posée sur le ton de la surprise.

Pourquoi vous me contactez, moi ?

Qui d'autre que lui aurions-nous dû contacter ?

Adil Meslek ? Un modeste préparateur physique payé à la prestation ? Par ailleurs, son étonnement suivi de son accès de colère semblait indiquer que ledit Meslek n'avait pas osé l'informer de notre visite à Casablanca.

L'autre aspect préoccupant était le silence qu'il avait observé après l'appel. Je m'attendais qu'il reprenne contact avec nous pour avoir plus de détails ou négocier le délai et le montant.

Sur ce dernier point, je n'avais aucune idée de la hauteur de la somme à négocier. Pas plus que je n'en avais sur le déroulement de la suite des opérations au cas où il n'y aurait aucune réaction de la part de Witmeur. Je me voyais mal organiser une remise de rançon, sans compter qu'il me faudrait échanger une lettre qui n'existait pas contre une somme d'argent dont le montant était indéterminé.

Je tentai de juguler le stress qui me submergeait.

Peut-être ne parvenait-il pas à atteindre les personnes concernées ou attendait-il le lendemain pour agir ?

Peut-être cherchait-il les moyens de réunir la somme ?

En tout état de cause, je ne pouvais concevoir qu'il ait raccroché après l'appel pour aller dormir.

Somme toute, le silence de Witmeur était plus inquiétant. Si Tipo avait passé quelques appels téléphoniques, pourquoi ne m'avait-il pas rappelé pour me le signaler ? Dans le cas, peu probable, où Tipo n'aurait eu aucune réaction, pourquoi ne s'était-il pas empressé de m'informer qu'il s'agissait d'un nouveau *joli tuyau crevé* ?

Dernière possibilité, Tipo avait contacté la police. Il me restait alors à prendre la fuite au plus vite. Le chantage et la tentative d'extorsion de fonds s'ajouteraient à la liste déjà longue des délits que l'on me reprochait d'avoir commis.

Cette éventualité me fit craindre que Witmeur ne fût occupé à localiser mon téléphone. Durant quelques instants, je l'imaginai, remontant l'avenue, muni d'un petit appareil équipé d'une antenne, comme le poli-

313

cier à l'entrée de l'aéroport d'Alger, suivi comme son ombre par un commando d'intervention spéciale armé jusqu'aux dents.

Les minutes passant, je commençai à douter du plan que j'avais concocté.

Je jetai un coup d'œil à ma montre.

Il était plus d'1 heure : je ne pouvais plus rien entreprendre aussi tard. Le plus raisonnable était de laisser la nuit me porter conseil.

Je proposai à Christelle Beauchamp de conserver mon téléphone, de se retirer dans sa chambre et de me fournir de quoi dormir sur le canapé.

— Si Tipo appelle ?

— Remballez-le, demandez-lui de vous rappeler dans une demi-heure et venez me rejoindre.

— Si votre flic appelle ?

— Les chances sont minces. Si cela se produit, ne décrochez pas, foncez et passez-le-moi.

Elle s'éloigna de quelques pas et fit demi-tour.

— Je vais peut-être vous paraître pessimiste, mais je n'ai pas l'impression que votre plan ait la moindre chance de fonctionner.

Sa remarque ne fit que retourner le couteau dans la plaie.

— Nous ne savons pas ce qui se passe de l'autre côté. C'est peut-être le branle-bas de combat.

Son visage exprima la plus profonde perplexité.

— Bien sûr. Je vais vous chercher un sac de couchage.

Elle revint quelques instants plus tard et jeta un sac de couchage sur le canapé. Il était dans un état pitoyable et exhalait une odeur de feu de bois refroidi.

— Merci.

— Salle de bains, première porte à gauche dans le couloir, les toilettes en face. Vous serez gentil de rabattre la lunette du W.-C.

— Bien sûr. Pour qui me prenez-vous ?

— Et ne vous avisez pas d'entrer dans ma chambre.

— Bien sûr que non.

Elle tourna les talons et quitta la pièce.

— Bonne nuit.

— Bonne nuit, Christelle.

— Ne m'appelez pas Christelle.

39

LA MAIN AU COLLET

Je ne sais au juste ce qui troubla mon sommeil.

J'ouvris les yeux.

Il commençait à faire jour.

Je jetai un coup d'œil à ma montre. 5 h 20. Mes pieds dépassaient du canapé. L'odeur du sac de couchage me collait à la peau et imprégnait l'air ambiant.

Je me redressai.

L'appartement était calme et silencieux. Malgré cette tranquillité apparente, je pressentais un danger sans pouvoir en déterminer la cause.

Un léger craquement se fit entendre. Je patientai quelques secondes, les sens en alerte. Le bruit se renouvela. Je compris qu'il était à l'origine de mon réveil et du sentiment d'insécurité qui m'envahissait.

Je tendis l'oreille et tentai de le localiser. Il se reproduisit. Il ne provenait pas de l'appartement, mais de la porte d'entrée.

Je me levai et m'approchai sur la pointe des pieds. Au moment où je l'atteignais, le craquement retentit à nouveau, plus présent, plus sonore, plus menaçant. Je reculai d'un pas et vis avec effroi que l'encadrement de la porte tremblotait.

Mon cœur bondit hors de ma poitrine. Quelqu'un tentait de forcer la serrure au pied-de-biche.

Je me retournai pour repérer mon téléphone. Il n'était nulle part. Je me rappelai que Christelle Beauchamp l'avait emporté dans sa chambre.

La porte vibra de plus belle.

D'un regard circulaire, j'explorai le salon à la recherche d'une arme de fortune.

Un parapluie était accroché sur le rebord d'une commode. Je fis quelques pas et m'en emparai. Au passage, je saisis le sac de couchage et l'enroulai en partie autour de mon avant-bras en vue de me protéger d'une éventuelle attaque au couteau.

Je fis face à la porte, gorgé d'adrénaline.

Un long grincement résonna et la serrure céda. Des particules de bois volèrent dans le salon et la porte s'ouvrit à la volée.

Un homme fit irruption.

Je ne l'avais jamais rencontré, mais il ne m'était pas inconnu.

Le teint mat, les cheveux embroussaillés, le front ruisselant, il était plus grand que je ne l'aurais imaginé. Outre sa taille et sa carrure imposante, l'énorme pistolet qu'il braquait sur moi m'impressionnait au plus haut point.

Roberto Zagatto.

En quelques fractions de seconde, les dernières pièces du puzzle se mirent en place. Je revis le joueur de football à la télé.

Un buteur n'est rien sans son passeur.

317

Je me rappelai ce que Christelle Beauchamp m'avait dit.

À Johannesburg, Nolwenn a passé plus de temps seule dans sa chambre qu'avec Zagatto.

Enfin, tel un flash, je me souvins qu'elle m'avait également confié qu'un soir Zagatto était venu chez elle avec Nolwenn.

Les détails qui m'avaient échappé.

Les détails qui allaient tout faire basculer.

Les détails qui allaient me coûter la vie et celle de Christelle Beauchamp.

Je tentai de crier, en vain. Une balle de golf était coincée dans ma gorge.

Zagatto avança d'un pas. Une haine mêlée de surprise se lisait sur son visage.

Il ne se posa aucune question. Un obstacle se dressait sur son chemin et il fallait le surmonter.

Ce sont des footballeurs, ces types-là, pas des génies.

Sans un mot, il leva le bras et dirigea le canon de son arme dans ma direction.

— Lâche ton arme, écarte les bras et allonge-toi sur le ventre.

Je ne réalisai pas immédiatement que ce n'était pas Zagatto qui avait parlé, mais une voix vaguement familière qui avait éclaté dans son dos.

Zagatto ouvrit de grands yeux, hésita un instant, puis lâcha son arme.

Je jetai un coup d'œil derrière lui et vis apparaître Witmeur.

Il avait enfilé un gilet pare-balles. L'épaule agressive, le regard belliqueux, il tenait à deux mains un pistolet pointé sur le footballeur. Il pénétra dans le salon, aussitôt suivi par une colonne d'hommes armés équipés comme lui de gilets pare-balles.

Il s'adressa une nouvelle fois à Zagatto.

— Allonge-toi par terre, les mains derrière le dos, et joue pas au héros.

Des flics n'en finirent pas d'entrer dans le salon. Ils devaient être une dizaine.

L'un d'eux s'empara d'un talkie-walkie et éructa.

— C'est bon, on le tient, flag, appelle Kees et dis-lui qu'ils peuvent arrêter l'autre.

Zagatto s'allongea sur le ventre et mit les mains derrière le dos. L'un des flics intervint, posa un genou dans son dos, pendant qu'un autre lui passait les menottes.

Witmeur observait la scène d'un air entendu.

Lorsqu'il estima que tout danger était écarté, il se tourna vers moi.

Je pris conscience que j'étais à moitié nu, cloué sur place, pétrifié, brandissant le parapluie d'une main, le sac de couchage de l'autre.

Witmeur secoua la tête.

— Dites voir, Tonnon, vous ne croyez pas que vous avez passé l'âge de jouer à Gladiator ?

40

UNE JOURNÉE EN ENFER

Witmeur conduisait, j'étais assis à la place du mort.

Il était de guingois, tourné en partie vers moi, l'air buté, une main sur le volant, son épaule récalcitrante fendant la route.

Il était près de 22 heures. Nous avions quitté Paris deux heures plus tôt et je venais de vivre l'une des journées les plus éprouvantes de cet été calamiteux.

Après l'arrestation musclée de Zagatto, le policier français qui semblait diriger les opérations était allé réveiller Christelle Beauchamp. Elle était apparue quelques minutes plus tard, habillée, l'air frais et dispos. Elle m'avait à peine accordé un regard et avait continué à discuter à mi-voix avec le flic.

Curieusement, elle n'avait paru ni surprise ni choquée de découvrir le chaos qui régnait dans son appartement. Une dizaine d'hommes armés papillonnaient dans son salon. Plusieurs d'entre eux téléphonaient à voix haute. Les autres tournaient en rond, la mine sombre.

Witmeur se pavanait avec ostentation au milieu de la scène tel un matador après l'estocade finale. Zagatto était affalé à ses pieds, dépité, menotté, vaincu.

320

Lorsque ce dernier avait vu entrer Christelle Beauchamp, il avait eu un sursaut de dignité.

— Je te jure que tu me le paieras, sale pute.

Elle était restée de marbre.

Comme s'ils n'attendaient que ce signal, une partie
des policiers avait quitté la pièce en embarquant le
footballeur.

Une demi-heure plus tard, l'un d'entre eux m'avait
emmené au commissariat central du quinzième arrondis-
sement, rue de Vaugirard. Christelle Beauchamp avait
fait le trajet dans une autre voiture. À notre arrivée,
le policier m'avait intimé l'ordre de m'asseoir dans le
couloir. Celui qui avait conduit Christelle Beauchamp
l'avait priée de le suivre en multipliant les formules
de politesse.

Je ne savais s'ils me considéraient comme coupable,
suspect, complice ou simple témoin. En tout cas, ils ne
m'avaient pas passé les menottes.

Malgré l'heure matinale, l'effervescence régnait dans
les locaux. De temps à autre, une porte s'ouvrait, un
flic sortait, un autre entrait. Des bribes de conversations
s'échappaient.

J'avais passé deux heures assis dans le couloir sans
que personne s'inquiète de mon sort. Vers 9 heures, un
planton m'avait offert un café lyophilisé et un croissant
qui avait goût de pétrole.

Vers 10 heures, un policier était venu me chercher,
m'avait fait entrer dans un bureau, m'avait posé l'une
ou l'autre question avant de me renvoyer à mon banc.

J'étais persuadé qu'ils en faisaient de même avec
Christelle Beauchamp pour recouper nos dires. À la
lueur des informations qu'ils recherchaient, j'avais

déduit qu'ils étaient occupés à cuisiner Roberto Zagatto et qu'ils essayaient de reconstituer le puzzle.

J'avais subi un second interrogatoire, puis un troisième. De questions en réponses, le scénario de la nuit avait commencé à se dessiner.

La première partie de mon plan avait fonctionné. Comme je l'espérais, la police belge avait mis Tipo sur écoute. Juste après l'appel de Christelle Beauchamp, ce dernier avait alerté Zagatto. Je ne sais au juste ce qu'ils s'étaient dit, mais Zagatto avait embrayé séance tenante.

À midi, un flic m'avait conduit dans une autre salle pour m'y faire subir une énième audition. Deux hommes en costume étaient assis à un bureau, au fond de la pièce. Ils préparaient un compte-rendu destiné à la presse et ne semblaient nullement se préoccuper de ma présence.

J'avais tendu l'oreille et capté l'essentiel du message, ce qui m'avait en partie rasséréné.

Ce mercredi 31 août, à 22 h 43, la police belge a intercepté un échange téléphonique entre M. Juan Tipo et M. Roberto Zagatto. Durant cette conversation, des menaces de mort ont été proférées à l'encontre d'une journaliste française. M. Zagatto, qui se trouvait alors à Londres, a pris son véhicule et s'est rendu à Folkestone où il est arrivé à 0 h 45. Il a pris un ferry à 1 h 08 et a débarqué à Calais à 2 h 43. Alertés par la police belge, nos services l'ont pris en filature et l'ont suivi jusqu'à Paris où il est arrivé à 5 h 15. Il s'est rendu au domicile de la journaliste française en question et a forcé sa porte. Nous sommes intervenus en bonne intelligence avec nos collègues belges. Lors de son interpellation,

M. Zagatto était armé. Parallèlement à cette arres-
tation, M. Tipo a été appréhendé à Eindhoven. Cette
opération entre dans le cadre de l'enquête en cours
sur le meurtre de Mlle Nolwenn Blackwell, survenu
il y a dix jours à Bruxelles. Les deux suspects sont
en aveux. Nous vous donnerons plus de détails dans
un prochain bulletin.

Je m'étais senti mieux. Je ne faisais pas partie des
acteurs principaux, ce qui ne signifiait pas pour autant
qu'ils m'avaient mis hors de cause.

L'après-midi avait été harassant.

J'avais subi interrogatoire sur interrogatoire. Trois
policiers m'avaient pris en charge. Une nouvelle fois,
j'avais dû leur raconter le fil des événements depuis
l'entrée de Nolwenn dans mon bureau jusqu'à l'irruption de Zagatto dans l'appartement de Christelle Beauchamp.

Sans cesse, ils m'interrompaient pour revenir sur mes
déclarations et me poser des questions sur des points
de détail. Quand j'en avais terminé, ils me laissaient
souffler cinq minutes, puis me faisaient tout rembobiner
pour reprendre à zéro.

À ce jeu-là, j'avais fini par confondre des lieux, des
heures ou des données accessoires telles que la marque
de la voiture que j'avais louée, les circonstances de
ma rencontre avec Jean-René Lazare ou la description
physique de Rachid.

Ils se faisaient alors une joie de souligner l'inexacti-
tude de mes propos et me faisaient tout recommencer.

À bout, n'écoutant que ma lâcheté, j'avais tout
avoué : ma nuit de stupre avec Nolwenn, ma rupture
avec Caroline, mon compte en banque suisse, les faux

seins de Mme Witmeur, mon cambriolage chez Block, mes tribulations nord-africaines avec Christelle Beauchamp, mes faux papiers, ma rencontre avec Lapierre, ma traversée de la frontière en baudets passeurs de drogue et tout le reste.

Seuls le colis que j'avais été chargé de déposer pour Rachid et l'étreinte malheureuse avec ma compagne d'aventure avaient été passés sous silence.

Vers 17 heures, j'avais eu droit à un sandwich.

Une heure plus tard, Witmeur avait fait sa réapparition alors que j'attendais dans le couloir, assis sur mon banc. D'un ton sec, il m'avait informé qu'il me ramènerait à Bruxelles en début de soirée.

Il était aussitôt reparti pour ne revenir qu'à 20 heures et m'ordonner de le suivre. Il m'avait fait monter dans sa voiture sans me donner d'explications et avait pris la direction de la Belgique.

Cela faisait deux heures qu'il roulait sans respecter les limitations de vitesse.

Mon silence prolongé n'ayant eu aucune prise sur lui, je pris l'initiative de l'interpeller lorsque nous passâmes la frontière.

— Depuis quand saviez-vous ?

Ma voix avait vibré dans l'habitacle. Je pris conscience que mes oreilles bourdonnaient.

Il me lança un bref coup d'œil sans détourner la tête.

— Depuis quand je savais quoi ? Que vous étiez incapable de tirer un coup de feu ? Depuis la première minute.

Sa réponse ne me surprit qu'à moitié.

— Dans ce cas, pourquoi vous êtes-vous acharné sur moi ?

Il grimaça un sourire.

— Comme vous sembliez vouloir vous mêler de cette affaire, je me suis dit que vous feriez un enquêteur free-lance acceptable.

— Je suis sûr que ce n'est pas la seule raison.

— C'est exact. Nous avons un contentieux, non ?

Je compris soudain la raison de ce transfert en seul à seul. Il avait demandé à ses hommes de rentrer en train pour pouvoir régler ses comptes avec moi.

Comme beaucoup, il n'avait pas fait le deuil de son divorce et la quote-part que j'avais exigée pour l'intervention chirurgicale de sa femme ne l'avait pas aidé à passer le cap.

Je l'observai à la dérobée. Ses cheveux gras, ses traits avachis, ses vêtements bas de gamme, sa posture de faux dur.

Je ne sais ce qui se produisit.

Pour la première fois, je le vis autrement. Je n'avais plus à mes côtés un flic revanchard, mais un homme meurtri. Un homme blessé dans sa chair et dans son amour-propre.

J'imaginai l'espace d'un instant les gauloiseries qui devaient circuler dans son dos, les rires gras, les quolibets, la surenchère des confrères. Je compris la honte qu'il devait éprouver au quotidien.

Je me souvins d'une citation que l'un de mes clients avait prononcée.

La honte est dans l'offense, non dans l'excuse.

Sans me prévenir, lors d'une rencontre avec la partie adverse, il s'était excusé auprès de sa femme. Il avait dressé la liste des erreurs qu'il avait commises, sans chercher à se justifier ou à se donner bonne conscience.

Sa femme était restée muette d'étonnement.

Elle s'était levée et l'avait pris dans ses bras.

La procédure de divorce s'était arrêtée là.

Depuis ce jour, je reste convaincu qu'une partie des conflits conjugaux pourrait se régler sans heurts si les deux parties acceptaient de reconnaître leurs torts respectifs au lieu de s'enferrer dans une logique d'affrontement.

J'inspirai et m'éclaircis la voix.

— Je suis désolé, monsieur Witmeur.

Cette fois, il tourna la tête et me dévisagea.

— Vous êtes désolé ? De quoi ?

— Je suis désolé d'avoir privilégié ma gloriole personnelle et ma soif de reconnaissance. Je suis désolé de vous avoir humilié, de ne pas avoir tenu compte de votre sensibilité. J'ai été con et arrogant et je vous prie de bien vouloir accepter mes excuses.

Il me dévisagea une nouvelle fois et vit que j'étais sincère. Il cligna plusieurs fois des yeux, reporta son attention sur la route et se mura dans le silence.

Quelques kilomètres plus loin, il emprunta une bretelle de sortie.

Je tentai de nous localiser.

Nous étions à hauteur de Mons. La jauge d'essence n'émettait pas de signal de détresse et je n'avais pas manifesté le désir de satisfaire un besoin naturel.

Il poursuivit à faible allure vers l'entrée de la ville en jetant de fréquents coups d'œil à droite et à gauche, comme s'il cherchait un endroit propice.

Après une centaine de mètres, il immobilisa le véhicule et m'apostropha.

— Descendez, Tonnon, on va régler ça entre hommes.

41

DEUX HOMMES DANS LA VILLE

Il me défia du menton.

— Tu en veux encore une ?

— Pourquoi pas ? Une petite dernière, alors, pour la route.

Il fit signe au tenancier.

— Deux Bush.

Dans un premier temps, j'avais cru qu'il allait m'emmener dans un terrain vague pour solder notre différend aux poings. À mon grand soulagement, j'avais compris en sortant de la voiture qu'il concevait le règlement de comptes *entre hommes* d'une tout autre manière.

Il avait repéré un petit café dans une rue déserte, un bistro miteux tout droit sorti d'une chanson de Jacques Brel. Une odeur de bière chaude et de transpiration imprégnait l'endroit. Suspendue dans un coin, une télé d'un autre âge ronronnait en sourdine. Derrière le comptoir, le patron broyait du noir en essuyant ses verres.

Nous nous étions installés près de l'entrée. Quelques habitués discutaient de la crise gouvernementale à la table voisine. L'œil injecté, un index pointé vers le ciel, le plus aviné de la bande expliquait d'une voix pâteuse ce qu'il ferait, lui, s'il était Premier ministre.

Witmeur avait eu la délicatesse de ne pas revenir sur mes excuses. Lors de la première tournée, il avait levé son verre et porté un toast *aux chevaux, aux échelles, à nos femmes et à ceux qui les montent*. Je lui avais rendu un sourire de connivence, ne me sentant pas en position de force pour souligner la lourdeur de sa dédicace.

Nous avions bu notre verre en silence, bercés par le débat en cours à la table contiguë : diminution des impôts, réduction du chômage, chasse aux fraudeurs qui dissimulent leur argent dans des banques suisses.

À la seconde Bush, Witmeur avait lancé le sujet.

— Vous savez fermer votre gueule, Tonnon ?

J'avais pris mon air le plus angélique, celui que j'affecte lorsque la partie adverse met au grand jour l'une de mes manigances.

— Nous sommes entre nous, il n'y a ni témoins ni enregistrement. De plus, je respecte les règles de déontologie et j'ai une mémoire séquentielle.

Il avait avalé une longue gorgée de bière et s'était essuyé la bouche avec le revers de la main.

— L'affaire a commencé à Johannesburg, pendant la Coupe du monde. Plusieurs matches ont été truqués. Cet aspect de la question est loin d'être éclairci, et pour tout dire, je m'en fous, je ne me suis occupé que de ce qui me concernait.

J'avais vu juste.

— Le score contre le Mexique était écrit d'avance. Tipo et Zagatto le savaient.

— Bien sûr, ils le savaient, ce sont des joueurs de pointe. Je ne connais pas les détails de la magouille, mais ce qui est sûr, c'est que les Mexicains n'ont rien fait pour gagner, Zagatto l'a avoué. Après le match, le 27 juin, les Argentins ont fêté leur prétendue victoire et Tipo a voulu s'offrir un petit extra. Meslek, l'un des préparateurs, lui a refilé l'adresse d'une pute. Tipo lui a téléphoné et ils ont arrangé une rencontre.

J'avais tenté une ouverture.

— Laissez-moi deviner, comme il connaissait le score d'un des matches à suivre, il lui a demandé après leurs ébats de parier une belle somme pour son compte ?

Il avait vidé son verre et commandé le suivant.

— C'est plus sordide que ça. Ce connard n'a pas voulu la payer. Il estimait qu'il l'honorait en la baisant. La fille ne l'a pas vu du même œil. Pour la calmer, il lui a refilé un tuyau sur un match de demi-finale, en lieu et place du règlement de sa prestation, mais elle n'a pas accepté et a exigé d'être payée en espèces. Comme le ton montait, elle l'a menacé de révéler ce qu'il lui avait dit s'il ne la payait pas. Erreur fatale. Tipo a fait profil bas. Il lui a dit qu'il n'avait pas de fric sur lui, qu'il allait rentrer à l'hôtel pour en prendre et qu'il allait revenir. Pas très futée, ou trop sûre d'elle, la nana l'a cru et lui a refilé la carte d'accès au lotissement.

Dès lors, les choses m'étaient apparues clairement.

— Tipo est rentré à l'hôtel affolé, il est allé réveiller son ami Zagatto et lui a expliqué la situation.

— Exactement. Ils ont mesuré le risque qu'ils couraient si la fille parlait et ont décidé de *s'occuper* d'elle. Comme Tipo avait été repéré par les voisins, c'est Zagatto qui s'en est chargé.

Nous avions attaqué notre troisième Bush de concert.

J'avais complété le scénario.

— Là-dessus, Tipo est descendu au bar pour s'offrir un alibi en béton.

— Tout à fait.

— Je présume que Nolwenn Blackwell a dû capter quelque chose. En tout cas, le fait que Zagatto s'en aille en pleine nuit après avoir discuté avec Tipo en panique a dû lui mettre la puce à l'oreille.

Witmeur avait secoué la tête.

— Tu n'y es pas. Ces gens ne sont pas du même milieu que le tien. Ils ne raisonnent pas comme toi. Ils ne réagissent pas de manière sensée.

Le passage au tutoiement ne m'avait pas étonné, la Bush titrait douze degrés.

Je m'étais gardé d'en faire autant.

— Expliquez-moi ce qui s'est passé.

— À son retour, ce con de Zagatto lui a tout avoué. Le trucage, la pute, le meurtre. Ils étaient fous amoureux. Il lui a fait jurer de ne rien dire et elle a accepté. Ils considéraient cela comme une preuve d'amour.

— Fin du premier acte.

Il avait marqué une pause.

La discussion à la table attenante battait son plein. La bière aidant, les propos du futur Premier ministre m'avaient soudain paru pleins de bon sens. Il s'était levé pour faire valoir ses idées et se proposait de rencontrer séance tenante Barack Obama pour travailler de front avec lui sur un plan de relance économique.

Witmeur avait vidé son verre et étouffé un renvoi.

— Comme tu dis, fin du premier acte. Ça aurait pu en rester là si Nolwenn Blackwell ne s'était pas fait plaquer par son nain. Elle était aux abois et est revenue sur son serment. Elle a repris contact avec son ex et lui a demandé du fric contre son silence.

C'est à ce stade que j'avais fait fausse route.

La question que Tipo avait posée lors de l'appel téléphonique s'expliquait.

Pourquoi vous me contactez, moi ?

— Je me suis trompé, je pensais que Nolwenn s'était adressée à Tipo. Quelle a été la réaction de Zagatto ?

— D'abord, il ne l'a pas crue capable de ça et a rigolé. Il lui a dit qu'elle n'avait aucune preuve et l'a envoyée se faire voir. C'est alors qu'elle a mis Block dans la combine. Ils ont mené leur petite enquête qui les a conduits au journal sud-africain et au meurtre de la pute. Après ça, elle est allée voir Meslek à Casablanca. Elle savait qu'il était le pourvoyeur de filles. Pendant ce temps, Block est parti à Bangkok avec l'idée de prouver le trucage des matches.

— Je vois. Block a envoyé la coupure de presse à Zagatto pour le mettre sous pression et Nolwenn a repris contact avec lui pour lui donner des éléments de preuve. Entre autres, l'aveu de Meslek.

— C'est à ce moment qu'il a compris qu'elle ne plaisantait pas. Surtout qu'entre-temps Meslek avait alerté Tipo pour lui raconter la visite de Nolwenn. Si l'un tombait, l'autre tombait. Zagatto était coincé à Londres, ce qui lui donnait un alibi. Il a demandé à Tipo de lui renvoyer l'ascenseur. Il avait gardé un double de la clé de l'appartement de Nolwenn. Il a envoyé la clé à Tipo par courrier express. Les flics hollandais ont retrouvé une copie du bordereau d'envoi chez DHL.

J'avais imaginé l'épilogue.

— Tipo est arrivé d'Eindhoven dans la nuit de lundi à mardi, alors que j'étais avec elle. S'il avait débarqué deux heures plus tôt, il me serait tombé dessus et tout se serait passé autrement.

Witmeur avait eu un geste fataliste.

— Il t'aurait sans doute descendu.

— Sans doute.

L'alcool faisait son effet. Mes oreilles avaient recommencé à bourdonner et mes yeux se fermaient contre ma volonté.

Malgré cela, j'avais noté qu'il manquait une pièce.

— Et Block, qui l'a tué ?

Sur ces entrefaites, il avait commandé une quatrième tournée et s'était envoyé une bonne rasade avant de répondre.

— Block a fait l'imbécile. Il est parti jouer les détectives privés à Bangkok, histoire de prouver les matches truqués. Il n'est pas passé inaperçu, avec ses allures de tantouze, à se déhancher au milieu du cartel du jeu. Ils ont attendu qu'il rentre à Paris pour s'occuper de lui. Les tueurs ont été identifiés. Ils ont quitté la France, mais ils ont été repérés en Espagne. Leur arrestation ne devrait pas tarder. C'était un simple contrat pour eux, on n'arrêtera jamais les commanditaires.

La boucle était bouclée, trois morts, trois assassins, trois mobiles.

Nous avions terminé notre verre en silence.

À côté, le Premier ministre proposait de licencier le roi, de former une république et de devenir président.

Witmeur m'avait proposé de relancer en me défiant du menton.

Le patron vint déposer les deux Bush.

Witmeur avala la sienne en deux traits et m'encouragea à en faire autant.

— Magne-toi, la nuit n'est pas finie, on a encore du travail.

— Du travail ?

— On rentre sur Bruxelles, je dois enregistrer ta déposition avant minuit.

— Vous plaisantez ? Je suis à moitié soûl.

— Et alors ? Moi aussi. Ça ira plus vite.

Il se leva et chancela.

Je devais mieux tenir l'alcool que lui. Nous sortîmes du bistro et il me tendit les clés de la voiture.

— Je vais pisser. Tiens, prends le volant, c'est plus prudent.

Il partit se soulager dans le caniveau et j'en fis de même.

Nous arrivâmes tant bien que mal à destination vers 1 heure du matin.

Une préposée et un flic en uniforme somnolaient dans le local de garde. Une odeur de soupe à la tomate prenait à la gorge, un néon en fin de vie clignotait au plafond et un haut-parleur invisible crachotait les messages que s'échangeaient les voitures de patrouille.

Witmeur salua ses collègues et me pria de le suivre. Nous montâmes dans son bureau.

— Assieds-toi.

Il ouvrit une armoire chargée de dossiers et y prit un classeur volumineux. Je notai que mon nom était inscrit au marqueur bleu sur la couverture, suivi d'une série de lettres et de chiffres.

— Bon, voyons ce qu'il y a là-dedans.

Le ton de sa voix s'était durci.

Je jouai au naïf.

— C'est mon dossier ?

— Je le crains.

Il chaussa une paire de lunettes et se mit à feuilleter le dossier en énumérant les chefs d'accusation.

— Déclarations mensongères, délit de fuite, non-

333

assistance à personne en danger, faux et usage de faux, abus de confiance, non-présentation à une convocation judiciaire, usurpation d'identité, dissimulation de preuves, faux témoignages, entrée et séjour illégal dans un pays souverain, stationnement interdit, excès de vitesse.

Je l'interrompis.

— Excès de vitesse ?

Il releva la tête.

— 147 kilomètres-heure, le mercredi 24 août à 15 h 39, sur la E40, entre Ostende et Bruxelles.

— Soit.

— Violation de domicile, insultes à un agent de la force publique dans l'exercice de ses fonctions.

— Insultes ?

Il souleva ses lunettes.

— Tu m'as dit d'aller me faire foutre.

— J'étais en colère.

— Conduite en état d'ébriété.

Je m'insurgeai.

— C'est quoi, cette histoire ? Conduite en état d'ébriété. Quand ça ?

— Ce soir.

— Vous rigolez ?

Il referma le classeur.

— Dans quelques jours, le scandale des matches truqués éclatera et tu deviendras une star. Tu feras la une des canards, tu seras un héros. Le lieutenant Barnès aussi.

Je vis une ouverture.

— Vous aussi, dans quelques jours, vous pourriez devenir un héros.

Il leva un sourcil.

— Ah bon ? Pourquoi ?

— J'ai quelque chose pour vous. Un paquet. Je vous offre la possibilité d'arrêter un gros trafiquant.

Je lui relatai le marché que j'avais passé avec Rachid et lui fis part de l'échange de colis.

Il parut intéressé.

— Qu'est-ce qu'il y a dedans, à ton avis ?

— Faux papiers, diamants, héroïne, je ne sais pas. Du lourd, en tout cas.

— File-le-moi, je vais le faire ouvrir par le labo.

— Il est en bas, dans ma valise.

— OK, on y va.

Il se leva.

D'un geste, il expédia le classeur dans la poubelle.

— Ce qu'on peut pondre comme paperasse.

Je me levai à mon tour, sous le coup de l'émotion.

— Merci, monsieur Witmeur.

Il me répondit en m'adressant un clin d'œil.

Une information que j'avais laissée passer me revint.

— À propos, qui est ce Barnès dont vous parliez ?

— Cette. Lieutenant Christine Barnès, elle travaille au Service central des courses et jeux de Nanterre. Ça fait quatre ans qu'elle fait le sous-marin pour piéger les truqueurs de paris. Tu la connais mieux sous le nom de Christelle Beauchamp. On s'en jette un petit dernier avant d'aller dormir ?

LUNDI 19 SEPTEMBRE 2011

ÉPILOGUE

Véronique passa la tête par la porte de mon bureau.
— M. Witmeur est arrivé.
— Merci, Véronique. Faites-le entrer.
Il avait eu raison.
Durant une semaine, les journaux belges n'avaient parlé que de moi et de mes exploits.
J'étais passé à la radio et au journal de 20 heures. J'étais devenu une star, un héros, un demi-dieu. J'avais élucidé les meurtres de Nolwenn Blackwell, de Richard Block et de Shirley Kuyper. De plus, de manière indirecte, j'avais permis le démantèlement d'une filière de paris illégaux et de trucages en tout genre. Mes voisins me saluaient avec déférence, les femmes minaudaient sur mon passage, mes confrères se réjouissaient de cette heureuse tournure et une marque de café soluble m'avait proposé d'apparaître dans une de leurs publicités.
De son côté, tenue par son devoir de réserve, le lieutenant Barnès était restée muette. Seuls quelques communiqués officiels relataient avec sobriété les grandes lignes de l'enquête.
En fin de semaine, j'avais pris l'initiative de l'appeler sur son portable.

— Bonjour, lieutenant Barnès, c'est Hugues Tonnon.

Sa réponse avait claqué.

— Capitaine. Capitaine Barnès.

— Pardonnez-moi. Toutes mes félicitations, capitaine.

— Merci. Comment allez-vous, monsieur Tonnon ? On dirait que les choses s'arrangent pour vous.

Sa voix s'était radoucie et je m'étais quelque peu détendu.

— En effet. C'est d'ailleurs pour cette raison que je vous appelle. Je tenais à vous remercier pour l'aide que vous m'avez apportée au cours de cette histoire. Sans vous, je ne sais pas comment je m'en serais sorti.

Elle avait marqué une pause.

— Je n'ai fait que mon travail. Pour être honnête, vous aussi, vous m'avez bien aidée. Sans vous, je n'y serais pas arrivée. Je serais sans doute encore occupée à tourner en rond.

Comme le climat me semblait favorable, je m'étais jeté à l'eau.

— Je voulais aussi vous présenter mes excuses pour ce qui s'est passé, capitaine. Je suis impardonnable, j'ai profité de la situation, je me suis laissé aller à mes plus bas instincts. J'aurais dû me contrôler. Croyez bien que je regrette mon attitude.

Le silence qui avait suivi mon *mea culpa* m'avait paru interminable.

— Hugues ?

— Oui ?

— J'accepte vos excuses.

J'avais poussé un soupir de soulagement. En plus des remords sincères que j'éprouvais, l'idée de me faire attaquer en justice par un officier de police pour agression sexuelle me taraudait depuis que j'avais appris sa véritable identité.

— Je vous remercie.

Elle avait aussitôt repris.

— Par la même occasion, je vous présente les miennes.

J'étais resté interdit.

— Les vôtres ? Pourquoi ?

— Pour avoir profité de la situation, moi aussi.

— Je ne comprends pas.

Elle avait laissé échapper un léger rire.

— Vous savez, pour faire l'amour dans son sommeil sans s'en rendre compte, il faut avoir deux grammes d'alcool dans le sang ou une bonne dose de GHB, et j'étais loin d'avoir atteint ce stade.

J'étais resté stupéfait.

— Vous étiez consciente ?

— Bien sûr que j'étais consciente. Je suis désolée de vous avoir fait croire le contraire. J'étais sous une pression permanente depuis quatre ans. Cette mission me hantait, corps et âme. D'un coup, j'ai senti que j'approchais de la fin. J'ai eu besoin d'une soupape. Pour tout vous dire, j'en avais envie. Le lendemain, je m'en suis voulu d'avoir dérapé et d'avoir eu un comportement non professionnel.

— Alors, vous ne m'en voulez pas ?

Sa voix s'était durcie.

— Si, je vous en veux.

— Pourquoi ?

Elle m'avait interrompu.

— Je vous en veux d'avoir dit que vous n'en gardiez pas un souvenir impérissable.

J'avais marqué un long moment de silence, ne sachant comment rattraper ma muflerie.

Elle avait repris l'initiative.

— Je plaisante, Hugues, remettez-vous ! C'est déjà oublié. Je dois vous laisser, le devoir m'appelle. Venez me voir quand vous serez de passage à Paris, nous nous raconterons nos histoires d'anciens combattants.

J'avais balbutié.

— D'accord, je vous appellerai. À bientôt, capitaine.

Son rire avait résonné.

— Au revoir, Hugues. Au fait, appelez-moi Christine.

Witmeur fit son apparition dans mon bureau.

Je me levai et lui tendis la main.

— Bonjour, je suis heureux de vous voir. Merci d'avoir accepté mon invitation.

Il me serra la main sans sourire.

— Qu'est-ce que vous me voulez ?

Dès le lendemain de notre retour à Bruxelles, il était revenu au vouvoiement.

— Voir comment vous allez. Asseyez-vous, je vous en prie.

Il s'assit et croisa les jambes.

— La routine.

Je ne pus attendre plus longtemps pour lui poser la question qui me brûlait les lèvres.

— Alors, le trafiquant, vous l'avez arrêté ? Qu'est-ce qu'il y avait dans le paquet ?

Il prit un air énigmatique.

— Vous connaissez Rabah Driassa ?

Je supposai qu'il s'agissait d'un membre influent d'al-Qaida, mais ne voulus pas m'aventurer sur un terrain glissant.

— Ce nom me dit quelque chose.

Il soupira.

— Ça m'étonnerait. Rabah Driassa était l'icône de la chanson algérienne des années 1960 à 1980. Le paquet contenait des CD d'un enregistrement pirate qui date de 1969. Le délit est passible d'une amende de deux mille euros.

J'accusai le coup.

— Je suis désolé.

Il souleva sa mauvaise épaule en un geste fataliste.

— C'est comme ça. Vous avez eu des nouvelles de Lapierre ?

— Il m'a téléphoné pour me faire part de sa satisfaction.

Selon la presse people, il continuait à voir la strip-teaseuse que Nolwenn avait mise dans son lit, un élément qui m'aurait à coup sûr permis d'obtenir réparation. En plus de ses félicitations, il m'avait réitéré sa demande de discrétion quant à ce que nous nous étions dit, tant à Paris qu'au téléphone.

Witmeur décroisa les jambes et fit mine de se lever.

— C'est tout ce que vous vouliez savoir ?

— Non, j'aimerais vous montrer quelque chose.

Il fit aller sa bouche de gauche à droite.

— Un autre tuyau crevé ?

— Je ne pense pas, suivez-moi.

Je me levai et sortis du bureau, Witmeur sur mes pas. Nous prîmes l'ascenseur et nous arrêtâmes au sous-sol.

Il m'interrogea du menton.

— Où allons-nous ?

— Dans le garage.

— Vous avez acheté une nouvelle caisse ?

J'avais récupéré ma Mercedes, propre et intacte.

— Vous verrez.

J'actionnai l'interrupteur et le parking souterrain s'éclaira.

En son centre trônait une Ducati rouge pétant.

Il s'exclama.

— Merde ! Une Ducati Superbike 1198 ! Il n'y a pas loin de deux cents chevaux qui piaffent là-dedans. Vous allez vous tuer avec ça.

— Je ne crois pas. Elle est pour vous, monsieur Witmeur. Je vous dois bien ça.

Il me dévisagea, incrédule.

— Pour moi ?

— Pour vous.

Il battit plusieurs fois des paupières et tenta de masquer son émotion. Il s'approcha du bolide, passa la main sur le carénage.

— Elle est magnifique. Je ne sais pas quoi dire. En tout cas, on dirait que ça paie, le divorce.

— De moins en moins. Avant, il fallait vingt minutes pour se marier et trois ans pour divorcer. Aujourd'hui, la tendance s'inverse.

Il enjamba le bolide et bomba le torse.

— Je vais vous dire un truc. Sans mariage, il n'y aurait jamais eu de divorce. Les gens se sépareraient. Point. Certains chialeraient, d'autres s'engueuleraient. Après ça, la vie continuerait. Je ne dis pas qu'il n'y aurait pas un meurtre ou un suicide de temps en temps, mais ce serait rare. En tout cas, il n'y aurait pas ces discussions merdiques, ces règlements de comptes à la con, ces polémiques pourries, ces déballages impitoyables et ces tentatives de réconciliation stériles. Sans mariage, le divorce n'existerait pas, ma femme aurait encore ses

344

petits nichons et j'aurais gardé ma moto. Quant à vous, vous auriez fait autre chose de votre vie et vous n'en seriez pas arrivé là.

Il renifla et me tendit la main.

— Merci, vieux.

Faites de nouvelles découvertes sur
www.pocket.fr

- Des 1ers chapitres à télécharger
- Les dernières parutions
- Toute l'actualité des auteurs
- Des jeux-concours

Il y a toujours
un **Pocket** à découvrir

Composé par Nord Compo
à Villeneuve-d'Ascq (Nord)

Achevé d'imprimer en avril 2015
par CPI à Barcelone

POCKET – 12, avenue d'Italie – 75627 Paris cedex 13

Dépôt légal : mai 2015
S25432/01